LES ENFANTS DE LA GRANGE

ANETTE

Tome 1

De la même auteure :

Vers un même horizon
Mars 2024
Éditions BoD

Sur mon cœur, une hirondelle
Juin 2024
Éditions BoD

La promesse d'une lune rousse
Octobre 2024
Éditions BoD

NADINE JOLY

Les enfants de la grange

ANETTE

Tome 1

ROMAN

© 2025, Nadine Joly

Édition : BoD · Books on Demand, 31 avenue Saint-Rémy, 57600 Forbach, bod@bod.fr

Impression : Libri Plureos GmbH, Friedensallee 273, 22763 Hamburg (Allemagne)

ISBN : 978-2-8106-2868-1
Dépôt légal : Février 2025

Le baiser d'un enfant, c'est l'âme de sa mère...

Sören Kierkegaard

Une menace à son enfant, trouble le sang d'une mère...

Jean Frain du Tremblay

Chapitre I

La délivrance

« Il faut que je me lève avant eux, que je me mette à l'abri, c'est le moment, je crois ! », pensa alors la jeune fille, grimaçant.

Anette avait des douleurs dans les reins, des bouffées de chaleur, ou des frissons, ça dépendait du moment. Elle comprit en se réveillant qu'il se passait quelque chose dans son corps…

Cette jeune et jolie jeune fille, à la chevelure dorée, avait des yeux d'un vert lumineux printanier. Petite et menue, elle avait ces derniers mois pris quelques kilos bien camouflés sous un tablier chasuble. Sidonie, la maîtresse de maison, lui en avait encore fait la remarque pas plus tard que la semaine dernière, lui disant qu'elle se remplumait à vue d'œil ! Anette lui avait répondu alors que c'était la conséquence d'une cuisine bien trop grasse !

Cela en resta là, par chance…

Elle descendit de son lit qui lui sembla encore plus dur ce matin, et bien plus froid. La petite fenêtre de la chambre s'égouttait au ralenti en laissant des traînées cristallisées sur la vitre. Un automne hivernal pour un début octobre. Chose qui n'était pas rare au Puy de Pauliac situé à plus de cinq cents mètres d'altitude, niché au centre de cette belle Corrèze, entourée de collines, forêts et rivières. Un bout du Massif central.

Le parquet blanchi par le temps craqua sous ses pieds. Il fallait se déplacer comme un chat afin de ne pas être entendue à travers les cloisons menant à la chambre au bout du couloir. Celle de ses maîtres.

C'était une vieille maison de pierres bien ancrée dans le sol, mais si peu entretenue. Au moindre souffle de vent, on pouvait croire que les ardoises ondulaient sur le toit, que les volets battaient la mesure, que la porte d'entrée gonflait son ventre pour mieux en apprécier la force. Lorsque la pluie s'en mêlait, les pierres s'ouvraient pour avaler les gouttes d'eau qui s'écrasaient dans leurs gueules, puis se refermaient, laissant l'humidité s'imprégner à l'intérieur des murs. Lors des premières gelées, des cristaux se formaient alors à l'unisson pour faire frissonner tous ses habitants, laissant la cheminée s'essouffler par tant d'efforts pour maintenir un semblant de chaleur. Seule la marmite de bouillon était aux premières loges, le cul bien au chaud et noirci par la braise.

Il n'y avait bien que l'été qui rendait hommage à cette construction d'un autre siècle, gardant une fraîcheur bénie des Dieux…

Mais ce matin, Anette n'avait pas le temps de rêvasser, il fallait faire vite. Vite et réfléchir…

Elle prit le sac de toile de jute qu'elle avait préparé avec un peu de linge, le minimum qu'elle avait pu trouver, troquer ou fabriquer en cachette de sa chambre à la lueur d'une chandelle… L'électricité n'était pas encore arrivée jusqu'ici. De toute façon, Émile, le maître de maison, n'en voulait pas de ce diable comme il l'appelait ! Elle s'enroula dans la couverture rêche et usée de son lit et prit ses sabots à la main afin d'éviter le cliquetis des semelles.

Sur la pointe des pieds, elle se rendit jusqu'à l'escalier, croisant le chat encore ensommeillé, tout hébété de la trouver là ce matin si tôt. Il se frotta à sa jambe puis redescendit se faufiler lestement sur le fauteuil de la cuisine au coussin encore tout chaud de sa présence nocturne.

Anette posa le pied sur la deuxième marche, lorsqu'une douleur fulgurante se propagea dans ses reins, la pliant en deux et l'obligeant à serrer les dents pour ne pas crier. Après une bonne inspiration et toujours avec grande prudence, elle reprit sa descente silencieuse.

La cuisine, encore sombre à cette heure, laissait entrevoir une lueur rougeâtre au creux de l'âtre ou un chaudron d'eau restait à demeure pour les besoins quotidiens. Le premier geste était de raviver le feu et de préparer le café, disons plutôt une boisson chaude faite avec plus de chicorée amère que de grains dorés et agréablement odorants ! Le vrai et bon café coûtait bien trop cher pour des petits paysans. La dernière guerre laissait encore des pénuries et habitudes alimentaires restrictives dans ce début des années cinquante…

Sidonie, habituellement, se levait toujours la première pour préparer le petit-déjeuner, pour ensuite monter réveiller Anette avec bienveillance. Mais il arrivait qu'Émile l'ait déjà fait en passant devant sa chambre tout en hurlant. « Debout sale feignasse, tu crois que le boulot va se faire tout seul ? ».

La maîtresse de maison était une femme bien en chair, au visage rond et au regard très doux. Ses yeux avaient l'air de toujours sourire, même lorsqu'elle était contrariée. Sa voix, à l'accent roulé du sud-ouest, était chantante et apaisante. Ses fins cheveux bruns, retenus en chignon serré, commençaient à grisonner, marquant le passage de la quarantaine.

Elle était tout le contraire de son mari, au visage rougi tantôt par le vin, tantôt par la colère. Fort en gueule, il avait très peu d'empathie pour l'espèce humaine, surtout envers les femmes ! Lorsqu'il posait sa main sur votre bras, vous aviez la sensation que vos os allaient être broyés. Un homme brutal et au ton guttural.

Il était parfois des couples qui se formaient et qui vous étonneront toujours ! Anette se demandait souvent comment il avait pu séduire Sidonie ?

Le fermier engloutissait chaque matin un solide petit-déjeuner fait de pain, fromage, jambon ou terrine, le tout rincé d'un verre de vin suivi d'un café. Après s'être essuyé la bouche avec le revers de sa manche, il partait à l'étable où Anette le rejoindrait un peu plus tard pour mettre les deux veaux aux pis de leurs mères. Seule une vache serait à traire, sa génisse ayant été vendue. Pour l'heure, et jusqu'en mars, les bêtes resteraient à l'étable, laissant le gel ou la neige blanchir les prairies.

La jeune fille, ce matin, n'avait pas le temps de faire passer le café pour prendre une boisson chaude. Aussi, attrapa-t-elle au passage une longue tranche de pain noir de la veille qui avait fini par durcir durant la nuit. Quant à l'eau, elle en aurait à volonté dans la grange.

Anette sortit sans bruit. Elle avait seulement trente mètres à faire pour rejoindre la grange, assez pour se mouiller et se refroidir jusqu'aux os. Après une dizaine de pas, la chienne Finette fonça droit sur elle comme sortie de nulle part !

— Et bien, que fais-tu là, tu as dormi dehors avec ce temps ? Regarde dans quel état tu es pauvre bête.

Va donc à ta niche ma Finette, et pas un bruit surtout ! la caressant entre les oreilles.

Le chien lui donna un dernier coup de langue et alla se glisser dans sa niche sans japper, comme si le ton cérémonieux de sa gentille maîtresse ne lui permettait aucun écart de conduite.

Juste avant d'arriver à la porte de la grange, une nouvelle douleur lui cisailla le ventre.

« Comme c'est douloureux, mon Dieu, aidez-moi à tenir le coup, faites que tout se passe bien ! », maugréa-t-elle, la voix rauque.

Cette jeune fille de 16 ans avait très peu d'information sur ce qui l'attendait vraiment. Bien sûr, elle avait déjà entendu des histoires de grossesses et de bébés racontées par des femmes du village, sur les marchés, chez leur voisine Berthe ou en visite chez Sidonie. Mais de là à tout bien comprendre ! Lorsque l'on vivait coupée du monde avec un couple de paysans, qui eux-mêmes ne sortaient jamais, que pouvait-on bien savoir de la vie, si ce n'était de travailler, d'avoir souvent faim, et de dormir sur une paillasse bien trop dure dans une chambre bien trop froide ! La seule chose qu'elle avait dû apprendre à ses dépens, et bien trop tôt, était la bestialité et la cruauté des hommes…

Une chaleur rassurante l'imprégna lorsqu'elle poussa la grande porte. La grange était séparée en deux parties. D'un côté, les bêtes, de l'autre, le matériel agricole. Des seaux, pots à lait, charrue, charrette, sacs de jute remplis de compléments alimentaires, ballots de paille… Juste au-dessus se trouvait le fenil ou venait s'étendre l'herbe bien sèche.

Les vaches furent surprises de cette visite bien matinale. Les deux veaux encore couchés dans leurs boxes tendirent une oreille frémissante.

— C'est bien trop tôt mes petits, rendormez-vous, et vous les mamans, du calme, votre maître viendra un peu plus tard. Toi la Belle, tu patientes encore un peu, je viendrai te traire dans un moment !

Anette prit un pot à lait vide pour le plonger dans la cuve d'eau bien fraîche, puis se dirigea vers l'échelle qui menait au fenil. Arriver tout en haut lui demanda bien des efforts entre douleurs, son chargement, et la quinzaine de marches qui n'en finissaient pas… Essoufflée, elle se faufila tout au fond, dans un coin tapissé de foin et protégé des regards. Normalement, Émile n'avait pas besoin de monter, c'était elle qui se chargeait de faire passer le foin par la trappe une fois qu'il avait raclé l'étable. Mais hier soir, elle avait des tiraillements dans le bas-ventre qui l'alertèrent. Aussi, avant de fermer la grange pour la nuit, elle avait jeté son foin en avance pour gagner un peu de temps. Ainsi, ce matin, elle n'avait point à le faire ! Comme Émile devait partir à Brive, il ne chercherait même pas à la réveiller. Cette foire le rendait toujours d'humeur joyeuse, sûrement à la pensée des verres de vin qui l'attendaient avec ses compagnons de breuvage…

Ses douleurs accentuées au lever tombaient à pic. Tout aurait pu être tellement plus compliqué avec Émile dans les parages. Elle aurait dû fuir son ventre rempli de vie et sans un sou ! Heureusement que ça faisait deux ou trois jours qu'elle sentait que ça allait arriver, prévenue par des coups lancinants dans les reins et un poids de plus en plus lourd, de plus en plus bas. Elle s'était souvent demandé comment Sidonie n'avait pas vu ces derniers temps son ventre tendre sa blouse ? À croire qu'elle était bigleuse !

Anette étala la couverture prévue et roulée depuis plusieurs jours dans la paille qu'elle avait creusée et aérée pour faire une alcôve. Elle sortit de son sac une serviette de toilette, un couteau qu'elle avait passé à la flamme, du fil à coudre et un grand lange de coton. Le reste était un change pour elle. Une robe en flanelle noire, un tricot, une cape et son unique paire de chaussures. C'était tout ce dont elle aurait besoin pour la suite…

Entre deux douleurs, elle grignota son quignon de pain dur et but un peu d'eau. C'était peu goûteux et bien trop froid, mais elle se sentait nauséeuse, il valait mieux ne pas charger son estomac, se résigna-t-elle.

Elle entendit les vaches s'agiter, comme si sa présence suscitait un réel intérêt !

« Tant qu'elles ne meuglent pas, tout va bien, sinon, je descendrai m'en occuper », se rassura la jeune fille quelque peu angoissée.

Le temps de terminer cette dernière pensée qu'une douleur foudroyante la cloua sur place. Anette sentit le besoin de s'allonger un peu. Des frissons remontaient tout le long de son dos, et son ventre se tendait et devenait dur comme du bois. Le temps de se diriger vers la couverture, un liquide chaud entre ses cuisses et s'insinua entre les brins de paille, changeant sa couleur jaune délavé en un jaune orangé.

« Tout ceci est-il normal ? Oh, Sidonie, si vous étiez là pour m'aider, j'aurais bien moins peur ! », se morfondit la jeune fille de plus en plus terrorisée.

Le temps de s'étendre dans son nid, qu'une vague de douleurs successives s'en vint, laissant Anette sans souffle. Elle n'arrivait plus à reprendre sa respiration. Le nez pincé, les mains crochetant des brins de paille, les reins arqués et le ventre tendu, elle était soumise à dame nature sans ne rien pouvoir faire d'autre que subir encore une fois !

« Décidément, rien n'était bon dans ce bas monde concernant la femme », constata-t-elle, amère.

Elle ne sut combien de temps s'écoula à subir cet assaut éprouvant, lorsqu'elle entendit la porte de la grange s'ouvrir. Émile. Ce dernier ne put s'empêcher de sa grosse voix de râler, comme à son habitude !

— Ah, les filles, je vous décrotte et la petite merdeuse fera le reste ! Nourrie, logée et blanchie, elle peut bien payer par son travail, nom d'une pipe ! Je t'en foutrais moi des filles dans une ferme ! Si seulement j'avais touché un bon gars, travailleur et curieux. Il m'aurait tenu compagnie, et deux bras vaillants m'auraient bien été, pardi ! Cette fille, elle vaut rien, toujours nichée dans les jupes de la femme. Tiens, elle lui passe tout à la petiote, celle-là !

Émile, tout en tirant avec la fourche le fumier dans l'allée, parlait aux vaches comme si elles seules pouvaient entendre et comprendre ses soucis et son aigreur !

— C'est que la femme, elle aurait bien aimé avoir un petit, mais voilà, même pas foutue d'en faire un ! Tiens, c'était pas les filles qui manquaient au village que j'aurais pu engrosser, mais voilà, le père et la mère, n'en ont pas démordu de cette Sidonie, tout ça parce qu'ils avaient un peu de biens ! Tu parles d'un bien, c'est le frère qu'a tout eu ! Heureusement que je vous ai vous. Des bêtes, sans doute, mais vous me le rendez bien, avec de bons petits veaux et même de l'affection…

Cet homme avait pour habitude de se confier à ses vaches, se faire plaindre surtout, comme si elles pouvaient lui rendre grâce !

Une fois la brouette remplie de fumier, Émile sortit de l'étable pour aller compléter, comme chaque matin, l'énorme tas de purin dans le couderc. Une fois revenu vers ses bêtes, il remplit les auges d'eau propre. Voyant la paille fraîche dans le coin de l'étable, Émile s'en étonna, mais sans réfléchir plus que ça, disposa une litière bien fraîche dans les boxes.

— Tiens, la gamine a pris de l'avance hier soir, c'est bizarre, mais bon, au moins c'est fait ! Pour une fois qu'elle en fait un peu plus sans qu'on lui demande, on va pas s'en plaindre ! Allez, les filles, je m'en vais à Brive avec le Guste et sa carriole. La merdeuse ne va pas tarder à s'occuper de vos petits et de la traite. À ce soir mes jolies !

Au moment de sortir, un bruit sourd se fit entendre. Émile tendit l'oreille en roulant des yeux. Il fit le tour de l'étable et passa du côté du hangar. Il entendit à nouveau un petit cri, plus aigu cette fois-ci, qui venait du fenil.

Anette se couvrit la bouche pour ne pas laisser sortir ses cris. Elle avait l'intérieur du ventre en feu, elle avait si mal et si peur.

« Pourvu qu'il ne m'entende pas et ne monte pas jusqu'ici ! », pria-t-elle, effrayée à l'idée d'être découverte.

À peine eut-elle cette pensée, qu'elle entendit craquer les barreaux de l'échelle. Elle s'enfonça encore plus dans le tas de foin, serra les cuisses et les dents plus fortement, tout en se répétant.

« Surtout, ne bouge plus, arrête de respirer et ferme les yeux », tous ses sens en alerte…

— Ce serait bien une chatte là-haut qui a encore fait ses petits dans le foin ! Il va falloir encore que je les récupère pour les noyer, ceux-là. Si on laissait faire la nature, on serait envahi, marmonna Émile tout en montant.

Il pointa sa tête au-dessus du plancher de bois recouvert d'un bon foin sec, sa fierté. Il fureta d'un bout à l'autre, l'œil méfiant, la bouche pincée, l'air mauvais, mais ne vit pas la queue d'un chat.

La jeune fille n'en pouvait plus tant elle souffrait, elle avait envie de crier, de hurler, de pleurer et même, de lui sauter au visage tel un chat, oui, un chat sauvage et enragé ! Que n'aurait-elle pas donné en cet instant pour le mettre en pièce comme un vulgaire rat !

« Faites qu'il parte vite, mon Dieu, épargnez-moi ! », pria-t-elle secrètement, lorsqu'elle l'entendit à nouveau râler.

— Bah, je t'aurai bien sale bête, toi et tes sales petits, quand j'aurai le temps ! je mettrai pas longtemps à te dénicher va, tu peux me croire la chatte, tu perds rien pour attendre !

Émile redescendit lourdement et s'en retourna vers la maison pour se changer. Il fallait être convenable pour aller à la ville, il fallait faire le riche !

Anette remercia le seigneur de l'avoir épargnée, et lui demanda son pardon pour ce qui allait suivre.

« Je vous jure que je n'y suis pour rien, seigneur. Un homme répugnant a abusé de moi, et voilà où j'en suis, salie, seule et abandonnée, encore une fois, et je vais donner la vie à un enfant dans une étable, comme vous et moi ! Oh pardon, je ne devrais parler ainsi de vous, l'unique Enfant Jésus ! Je suis née près d'un âne, c'est pour cela que je m'appelle Anette du reste, Anette Lagrange ! Née sous un âne dans une grange, ce n'était pas difficile à trouver comme nom de baptême ! Malgré tout le respect que je vous dois, ma vie n'est que misère ! Pourquoi moi, dites-moi ce que j'ai pu faire pour mériter cela, ne m'aimez-vous donc pas un peu ? Vous êtes dans mes pensées chaque jour, je vous prie chaque soir, mais cela ne vous suffit-il pas ? Que dois-je faire de plus, Seigneur, aidez-moi ? », se lamentait Anette, ne pouvant se résigner à subir tout ce malheur.

Les vaches commençaient à meugler timidement et les veaux piétinaient à sentir le lait de leurs mères. Leurs pis étaient pleins et généreux.

La jeune fille devait absolument mettre les petits aux mamelles. Péniblement, elle se leva pour se diriger vers l'échelle, mais une poussée spontanée l'empêcha de continuer. Non, elle ne pouvait pas descendre, cela lui était impossible, il fallait qu'elle retourne à sa couche.

Sans réfléchir, elle s'allongea, se mit en position qui se voulait naturelle, et commença à pousser. Une énergie et une force insoupçonnées propulsaient son corps en avant, lui coupant la respiration. Des vagues successives durcissaient son ventre et ouvraient ses entrailles. Jamais elle n'aurait pu croire qu'une telle souffrance existait. Elle ne sut combien de temps cela dura, mais une expulsion brutale et chaude glissa d'entre ses cuisses.

Elle reprit sa respiration, tâta avec ses mains la petite chose toute gluante qui restait inerte, silencieuse. Elle essaya de bien voir, mais les douleurs la clouaient encore sur sa couche. Une odeur de sang mêlé à l'herbe sèche lui provoqua un écœurement. Elle pensa alors qu'elle allait mourir là, avec, pour seule compagnie, un bébé mort-né dans une grange.

« Parce que, s'il ne bouge pas, ne pleure pas, c'est qu'il est bien mort, c'est notre expiation ! », ne put que se résoudre Anette.

Un dernier effort dans une forte douleur vida totalement son ventre, la libérant enfin de son martyr. Elle arriva à s'asseoir et porta son regard sur cette forme qui gisait entre ses jambes. Elle posa une main sur le minuscule corps velouteux et sentit une chaleur au creux de sa paume. Cette caresse donna une impulsion de survie à l'enfant, qui dans un petit cri, faible, mais bien réel, se fit entendre. Dans un sursaut de lucidité, Anette le prit dans ses bras et sentit le souffle rapide de l'enfant sur sa peau.

« Seigneur, tu es vivant ou… vivante. La jeune mère vérifia pudiquement le sexe de l'enfant. Une fille, j'ai une petite fille ! Des larmes coulèrent le long de ses joues, rebondissant sur le front du bébé, telle une eau baptismale… Dieu nous a permis de vivre ma toute jolie ! Il va falloir être bien courageuse, car l'on va devoir se séparer là, ma douce, mais je te fais la promesse de bien vite revenir te chercher, je ne veux pas que tu t'inquiètes, tout ira bien », voulant s'en convaincre elle-même…

Anette attrapa le couteau et les mains tremblantes, coupa le cordon. Elle ligatura le bout resté accroché au ventre de l'enfant avec du fil à coudre avec la crainte de mal faire. Puis, elle enroula un tissu fin de coton étroit et long, tout autour de l'abdomen.

— Voilà ma mignonne, je pense que ça ira, tu es libre à présent ! Je vais t'appeler Fannie, parce que tu es née dans un fenil. Je trouve que ça te va bien, qu'en penses-tu ? Anette et Fannie. On fait une drôle d'équipe toutes les deux, mais je t'expliquerai tout ça quand tu seras plus grande, lui confia-t-elle.

L'enfant libéré poussa un cri haut et fort, ouvrant la bouche comme un oisillon affamé. Anette la déposa précautionneusement sur la couverture. Puis elle se fit un brin de toilette avec l'eau très fraîche qui, en fin de compte, lui fit un bien fou en lui enlevant le feu d'entre ses jambes. Elle se garnit et revêtit ses vêtements propres. Elle avait mal aux reins, mais se sentit plus à l'aise sans le poids dans son ventre. Elle nettoya rapidement le sol et mit les détritus dans un vieux sac. Au moment où elle se releva, la porte s'ouvrit sur une Sidonie énervée.

— Mais que se passe-t-il ici ? Je vous entends meugler de la maison ! Oh, mais Anette n'est pas venue, je la croyais ici, elle n'était pas dans sa chambre !

Elle libéra les deux veaux qui se précipitèrent vers leurs mères respectives et elle étala le foin dans les mangeoires que la belle laitière commença à déguster dans un va-et-vient lent de ses mâchoires. Puis, la fermière s'installa sur le petit tabouret pour tirer ce bon lait gras et chaud.

— Je ne comprends pas ce qui se passe. L'Émile est parti de bonne heure, moi, je me suis levée comme d'habitude, mais Anette, je ne l'ai pas entendue. Mais où est donc cette petite ce matin ? Au poulailler, aux cochons ? Ah, je n'aime pas m'inquiéter !

Pensive, elle tira le lait machinalement, pensant à Anette. Elle ne la trouvait pas en bonne forme depuis pas mal de temps, puis elle avait grossi, et était devenue pataude.

Un miaulement la sortit de ses pensées.

« Sûrement des chats au fenil », supposa-t-elle. Puis, le miaulement devint plus fort, bien trop fort pour un chaton…

« On dirait les cris d'un bébé, mais boudiou, c'est pas possible, je tourne la boule, ma parole ! Elle se leva prestement. Soyez sages, je reviens », ordonna-t-elle aux vaches.

Sidonie se dirigea vers le hangar et tendit l'oreille. Elle entendit à nouveau le même son qui venait du fenil.

— Y'a quelqu'un là-haut ? cria-t-elle, incrédule, s'accrochant à l'échelle.

— Ne monte pas Sidonie, j'arrive, c'est moi Anette !

— Anette ? Mais qu'est-ce que tu fais encore au fenil ? Les vaches ont tout ce qu'il faut, non d'là ! Tu as eu un problème, ou tu cherches les bébés chats que j'ai entendus également ?

Anette jeta du haut de l'escalier le pot, le sac, la couverture, faisant sursauter Sidonie qui s'écarta. Puis, elle serra très fort sa petite contre elle pour ne pas l'échapper, et descendit prudemment les barreaux. Une fois en bas, elle se retourna, essoufflée, rouge et échevelée. Elle se mit à gémir, laissant son martyr et son chagrin enfin s'évacuer…

— Mais, ma pauvre Anette, dans quel état tu t'es mise ma fille ? Mais, ce n'est pas un chaton, c'est un petit que tu tiens là ! Oh, mon dieu, me dis pas ce que je crois, mais comment c'est possible Marie-Jésus, levant les yeux et se signant ?

Anette, les jambes chancelantes, se sentit partir. Sidonie eut juste le temps de prendre l'enfant dans ses bras et de tenir la jeune mère par un côté pour qu'elle puisse s'asseoir sur une caisse retournée.

— Bon, écoute-moi, je vais remettre les veaux aux boxes puis prendre le seau de lait. Je verrai le reste plus tard. Surtout, ne bouge pas, je reviens te chercher. Pauvre petite, ma pauvre petite ! Tiens, garde-moi ce petiot au chaud en attendant. Tu te sens capable de le tenir au moins ? déposant son châle crocheté en laine autour de l'enfant pour le déposer, bien calé, au creux des bras de sa mère.

Sidonie fila à toutes jambes à l'étable. Jamais les vaches n'auront vu leur maîtresse aussi vive et pressée ! En un tour de bras, elle enleva les veaux à leurs mères, peu enclins à rentrer dans leurs stalles, prit le récipient de lait rempli à ras bord, et repartit vers Anette et l'enfant pour les mettre bien au chaud dans la maison…

Chapitre II

Le mensonge

La cuisine sentait bon le café chaud, et l'âtre, nourri par de belles bûches de chêne sec, laissait danser ses flammes au son des crépitements. Anette inspira longuement pour s'imprégner de cette atmosphère réconfortante. Elle avait toujours aimé se retrouver dans cette pièce en compagnie de Sidonie. Des instants d'échanges précieux entre les deux femmes. La maîtresse des lieux lui confiait ses meilleures recettes, lui apprenait le tricotage ou le reprisage, sans oublier les confidences. Anette s'exécutait avec un bonheur non feint. Mais malheureusement, ces moments agréables étaient inévitablement gâchés par la présence d'Émile lors de sa venue pour les repas. L'homme était toujours d'humeur aigrie et grincheuse, particulièrement en fin de journée !

— Tiens, pose-toi là, ma pauvre enfant, tu tiens à peine debout. Tu vas boire un bouillon chaud, certes d'hier, mais ça va te redonner des forces.

Tout en parlant, Sidonie réchauffa la soupe sur la cuisinière à bois, un luxe depuis peu dans cette cuisine d'un autre temps où il fallait alors cuisiner dans la cheminée… Les pot-au-feu ou blanquettes y cuisaient encore, car Sidonie claironnait à qui voulait l'entendre que rien n'était meilleur qu'un chaudron sur des braises ! Ensuite, elle attrapa une panière à bois vide qu'elle secoua dans l'âtre pour y faire tomber la sciure, puis la tapissa d'un plaid, pour enfin, y déposer le bébé. Elle le regarda tendrement, faisant remonter à la surface son manque d'enfantement. Elle essuya furtivement une larme qui glissait le long de sa joue, témoin d'une souffrance enfouie…

— Bon, tu dois me raconter ce qui s'est passé. Heureusement que l'Émile est parti pour la journée, ça nous laisse le temps pour nous organiser pour le petiot. Il va bien falloir le lui dire, ce bébé, on peut pas le lui cacher, pour sûr !

— La petiote. C'est une fille, la coupa Anette à la voix enraillée par les efforts pour enfanter.

— Oh, une fille ! Que la vie est malchanceuse ! C'est toujours plus facile avec un gars, pour le travail tu comprends ? Les hommes préfèrent des mâles ! Puis toi, tu es si jeune pour être mère, et moi, si vieille à présent pour le devenir. Si tu savais ce que j'ai été heureuse de te voir arriver chez nous pour tes huit ans. Tu étais toute menue et si timide, mais mignonnette comme un cœur. Tu es la fille que je n'ai pas eue, mon Anette, et j'espère que tu es heureuse avec nous. Bon, je sais bien que l'Émile n'est pas facile, pardi ! Mais, il ne te ferait pas de mal, va, c'est un vieux râleur, voilà tout, comme beaucoup d'hommes qui triment à la terre ! Puis si l'Émile, il buvait pas tant avec le Guste…

Anette se moquait bien du pourquoi son mari n'était qu'un rogneux. Il y avait bien longtemps qu'elle avait perdu le moindre sentiment à l'égard des hommes. Elle ne ressentait que de la haine pour lui.

— Elle s'appelle Fannie, précisa Anette. Elle est née dans une grange tout comme moi. Un âne ou des vaches, ça reste une étable, pas vrai ? Quand le sort s'acharne…

Un silence lourd et pesant laissa les deux femmes dans leurs tristes pensées. Ce fut Sidonie qui reprit la parole pour lui demander.

— Qui est le père, ma fille ? Il faut me le dire, pour que ce garçon fasse son devoir. Tu es jeune certes, mais vous devez assumer à présent, pour la petiote ! On t'aidera, ne t'inquiète pas, tu peux compter sur nous. Oh, je ne te cache pas que l'Émile, il va se mettre en colère, mais c'est comme un orage, ça pétarade fort puis ça s'arrête tôt ou tard…

« Celui-ci, ça m'étonnerait ! », pensa amèrement Anette intérieurement.

Des bruits de succion provinrent de la panière où l'enfant se remettait de ses émotions.

— Il paraît que naître est une grande souffrance, mais on ne s'en souvient pas ! Si l'on pouvait tout oublier aussi facilement, exprima alors la jeune mère tout en regardant ce petit être si fragile.

— C'est ce qu'on dit, répondit Sidonie tout en posant un bol fumant de bouillon devant sa protégée. Tiens, bois ça bien chaud, ma fille. Anette, tu m'entends, tu te sens bien ? Tu as l'air si absente !

Anette sortit de sa léthargie et prit le bol entre ses deux mains encore tremblantes. La vapeur couvrit son visage d'une fine couche relaxante, et l'odeur fit gémir son estomac. Le liquide chaud lui fit un bien fou à la première goulée et elle vida le bol d'une traite…

— Et bien, ça c'est une sacrée descente, tu étais déshydratée, pardi, sourit Sidonie tout en lui remettant une bonne louche dans le bol. Alors, qui est le père, Anette ? Tu ne peux pas attendre plus longtemps, l'enfant est là, il faut agir vite !

— Le père ? C'est que je ne le connais pas, répondit Anette, les yeux baissés.

— Comment ça, tu l'connais pas ? Tu veux dire que tu sais pas qui c'est, ou que tu hésites entre un tel et un tel ? Mais enfin, pas toi, pas ma gentille Anette, c'est pas possible ! s'emporta Sidonie, devenue rouge comme une pivoine.

— Mais, vous me prenez pour qui, à la fin ? hurla Anette. Je ne fréquente aucun garçon, vous voyez bien que je suis toujours avec vous et Émile, ici, à la ferme ! À part lorsque vous me demandez d'aller porter des œufs, du fromage ou des biscuits chez la Berthe, comme ce soir-là ! essayant de la rendre en partie responsable de son mensonge...

Le bébé fut dérangé par les cris et se mit à pleurer. Anette se leva précipitamment et le prit tout contre elle. Elle se rassit les yeux baignés de larmes tout en berçant l'enfant.

— Elle a faim ta petiote ! Elle n'a rien demandé, elle, alors maintenant, faudrait voir à t'en occuper et la mettre au sein.

— Sidonie, asseyez-vous donc que je vous raconte, lâcha Anette sur un ton ne permettant pas un autre choix ! Le père, je ne l'ai point vu, il faisait nuit. Je revenais de chez la Berthe, je lui avais porté quelques biscuits qu'on avait faits ce jour-là, vous vous en souvenez ? Vous savez que je coupe par le bois pour aller plus vite. Au retour, cette fin de journée, la nuit était tombée rapidement, on était en janvier ! Bon, il faut dire qu'on avait taillé une bonne bavette toutes les deux ! Enfin bref. À mi-chemin, j'ai entendu craquer une branche, mais je me suis dit, quoi de plus normal dans un bois ?

Anette but une goulée de bouillon, à présent tiédi, tant sa bouche était sèche ! Cela lui permettait également de réfléchir à la suite de son récit. C'était bien la première fois qu'elle était amenée à mentir, enfin pas vraiment, la deuxième à dire vrai !

Sidonie ressemblait à une statue de pierre aussi rouge que celle de Collonges-la-Rouge ! Pas un cil ne bougeait, on entendait juste un souffle rapide, mais régulier.

Anette continua alors…

— J'ai allongé le pas, comme si j'avais un mauvais pressentiment. Puis, un autre craquement, plus fort et plus proche cette fois-ci, m'a fait sursauter. Le temps de zyeuter autour de moi, que l'individu s'était déjà jeté sur moi. Après, vous connaissez la suite, pleura Anette à chaudes larmes.

La jeune fille essaya d'arranger l'histoire à sa façon, mais son calvaire et sa souffrance restaient encore bien trop frais et douloureux…

— Mais tu l'as vu tout de même ? Tu sais qui c'est, mais tu as peur de me le dire ! Puis, tu aurais dû nous en parler de suite, l'Émile, il lui aurait donné une bonne raclée à ton gars !

— Ce n'est pas mon gars, se défendit Anette, et non, je ne l'ai pas vu, il faisait trop sombre, je l'ai déjà dit ! Puis, j'ai dû perdre connaissance ! Je sais que quand j'ai repris mes esprits, j'avais mal à la tête et…

ailleurs aussi, mais il n'y avait plus personne, répondit faiblement la jeune fille, gênée par autant d'intimité !

Sidonie se tint le cœur devant une telle horreur. Jamais elle n'aurait cru possible un tel acte si près de chez eux. Et même plus loin, où que ce soit, cela était affreux ! Elle prit le temps de boire un verre d'eau bien fraîche pour recouvrer ses esprits. Puis, avec son mouchoir, elle se tamponna les tempes et le front, et finit par se moucher bruyamment comme pour évacuer le trop-plein d'émotions.

Elle vint s'asseoir à côté d'Anette et posa sa main sur son bras qui berçait toujours le bébé rendormi.

— Il faudra porter plainte aux gendarmes et savoir s'il y a eu d'autres agressions de cette sorte vers chez nous. Mais, c'est bizarre, je n'en ai jamais eu vent ! Puis, tu vas rester chez nous avec la petite, on verra plus tard comment tu feras. Peu importe, pour le moment, ce qui compte, c'est reprendre des forces et du courage, ma fille.

— Non Sidonie, ça ne va pas se passer comme ça. D'une, je ne veux pas affronter l'Émile, il me fait bien trop peur, et de toute façon, il me foutra dehors avec l'enfant. Et de deux, je vais aller trouver du travail, je ne sais pas encore où, mais c'est ce qu'il y a de mieux à faire, coupa-t-elle, bien décidée. J'ai eu 16 ans, je suis en âge de travailler, ou de faire un apprentissage, personne n'aura à y redire si je trouve un patron !

Anette se leva, mit l'enfant dans les bras de Sidonie précautionneusement, en déposant sur le front du nourrisson un tendre baiser, un baiser d'adieu.

— Sidonie, j'ai confiance en vous pour vous occuper de Fannie…

— Mais…

— Laissez-moi finir ! Vous allez prendre soin de la petite jusqu'à mon retour. Le temps que je trouve un travail, un logement et je m'en reviens. Vous voulez bien faire ça pour moi ? Je n'ai que vous, vous êtes comme une mère pour moi, et vous êtes si gentille. Vous aurez un peu l'enfant que vous n'avez jamais eu à dorloter quelque temps, le temps qu'il me faudra pour revenir.

— Mais, pas à mon âge, Anette, puis, je saurai pas faire avec un si petit ! Je n'ai pas de lait, pas de linge, enfin rien pour un nourrisson ! Et l'Émile, tu y penses à lui ? se mit à sangloter la pauvre femme.

— Vous trouverez ce dont vous aurez besoin dans le coffre de ma chambre, pour commencer, en tout cas. Vous qui aimez coudre, vous voilà servie, vous ferez de la layette ! essaya de dédramatiser la jeune mère. Puis le lait, vous avez celui des chèvres, ou des vaches, qu'importe ! Certes, vous en tirerez un peu moins de fromages, mais Fannie vaut bien ça, non ? Ce ne sera pas le premier bébé à être nourri ainsi ! Je n'ai rien d'autre à vous donner Sidonie pour vous aider, je pars les poches vides, vous comprenez ?

— Si je comprends ? Je comprends que je suis bien dans l'embarras, et que mon homme va devenir fin fou ! Tes deux bras en moins et moi coincée ici avec la petite ? Et le travail, il va se faire comment, à ton avis ? L'Émile, tu crois qu'il va permettre ça, t'y as pensé une seconde ? Mais tu veux ma mort, nom de Diou ! jura-t-elle, dépitée.

La pauvre femme était éteinte. Du rouge d'énervement, elle passa à une pâleur inquiétante, aussi blanche qu'une caillade, ce fromage frais caillé et égoutté de lait de vache.

— Oui, j'y ai pensé, figurez-vous ! Vous allez reprendre un jeune de l'assistance publique, un garçon cette fois-ci, de plus de 10 ans ! Un de ceux qui ne seront jamais adoptés ! Depuis le temps que l'Émile se plaint d'avoir touché une fille… Il aura des bras pour travailler, et vous, sur le coup, vous serez plus disponible pour le bébé. Vous voyez, j'ai pensé à tout, Sidonie !

Anette était désolée de voir Sidonie aussi secouée, mais elle se devait de penser à son bébé, à son avenir, c'était tout ce qui comptait pour le moment.

— Que tu dis, à tout ! Moi, je pense que tu as le cerveau retourné, ma petiote ! En même temps, avec ce que tu as subi, c'est pas étonnant. Si seulement t'en avais parlé avant, on aurait tout prévu, gémit la pauvre femme. À 40 ans, tu te rends pas compte ! Je commence à me faire vieille, je fatigue plus vite, puis mon bonhomme aussi, il vieillit… Non Anette, c'est pas possible tout ça. Tu dois voir les choses autrement que je t'dis !

Anette se dirigea vers la porte, le cœur brisé. Elle retint ses larmes, se mordit jusqu'au sang la lèvre inférieure pour ne pas hurler. Elle ne se reconnaissait pas. Jamais elle n'aurait cru avoir autant de courage. D'ordinaire si réservée, si timide, la voici devenue une lionne pour son bébé !

— Mais tu fais quoi là, tu t'en vas pas sur le champ, comme ça, sans rien ? Mais t'as perdu la raison, ma fille, c'est le docteur que je vais faire venir, nom d'là ! Dans ton état, une femme doit garder le lit ! Va donc dans ta chambre te reposer quelques jours, tu auras les idées plus claires, et cette petiote, il lui faut sa mère, hurla Sidonie voyant la détermination de la jeune fille.

Anette tourna la poignée de la porte d'entrée où chat et chien faisaient le guet. Les bêtes comprenaient qu'une chose grave se passait à cet instant dans la maison. Le temps de leur faire une caresse pour les apaiser, elle entendit Sidonie s'affairer dans la cuisine. Une fois l'enfant posée dans sa panière, elle attrapa à la volée, pain, fromage et quelques biscuits secs. Puis elle se dirigea vers la réserve à bocaux, en tira un caché tout à l'arrière, pour y prendre quelque argent.

Elle revint essoufflée, les joues baignées de larmes, marmonnant des mots inaudibles.

— Tiens, fourre-moi ça dans ton sac pour te remplir un peu l'estomac. Et, lui prenant la main, y déposa l'argent qu'elle avait difficilement épargné avec la vente de ses œufs et fromages de chèvre. As-tu au moins de quoi te changer, te garnir aussi ? Dans ton état, ma pauvre petite !

— Oui, ça aussi j'ai prévu, Sidonie, soulevant son sac de toile. Oh, Sidonie ! se jetant dans ses bras et laissant aller son chagrin. Merci, prenez bien soin de ma Fannie, j'ai confiance en vous, je sais que vous le ferez pour moi. Je reviendrai, je ne sais pas quand, mais je reviendrai la chercher, je vous le jure !

Les deux femmes se serrèrent fort, sachant qu'il se passerait du temps avant de se revoir. Anette se détacha, et sans se retourner, traversa la cour qui menait au chemin.

— Reviens-moi vite Anette, et faut pas t'inquiéter pour Fannie, j'en prendrai soin comme si c'était la mienne ! Tu sais que tu peux revenir quand tu veux, même les poches vides, la porte te sera toujours grand ouverte, et ton couvert sera mis, cria la pauvre femme, bouleversée…

Elle resta plantée devant sa porte de longues minutes, à suivre du regard cette frêle silhouette déjà bien loin. Puis, les arbres au-delà du sentier, firent disparaître la jeune fille. Ce fut les pleurs du bébé qui la sortirent de sa paralysie.

« La petiote, mon Dieu, je dois la nourrir la pauvrette. À peine née, la voici le ventre vide et sa mère partie ! Et l'Émile qui va rentrer pour voir ce désastre… »

Ce fut voûtée et plus vieillie, qu'elle regagna sa cuisine. Il fallait qu'elle prenne les bonnes décisions, et vite. De quoi avait-elle besoin dans l'urgence ?

« Prévoir un biberon des chevreaux en attendant d'en acheter pour bébé à la foire, et surtout, penser à le stériliser. Traire une chèvre, ma meilleure, celle qui a le plus de lait. Préparer du linge pour la petite et un lit digne de ce nom. Vérifier le cordon ombilical et s'assurer qu'il est bien ligaturé. Et ce nouveau-né, faut bien lui faire un brin de toilette, tout de même. Oh, y'a le repas du soir pour l'Émile à faire ! Mais je n'ai que deux bras, comment j'peux bien faire tout ça à moi toute seule ? », se lamenta la fermière.

Les tâches n'en finissaient pas de s'accumuler dans un coin de sa tête, et tout cela lui provoqua une forte migraine…

Il fallut à cette nouvelle mère de substitution, toute la journée pour accomplir ce qu'elle avait prévu. Ce ne fut pas une simple affaire avec un bébé qui ne sut prendre la tétine du chevreau bien trop grosse pour une si petite bouche ! Ce fut en trempant un bout de tissu régulièrement dans le lait que l'enfant suçait avec avidité, qu'enfin sa faim s'apaisa ! Dans un de ses plus vieux draps, elle coupa des langes pour le change.

Dans son plus grand et beau panier, elle prépara un bon petit nid douillet.

Elle n'eut ni ne vit jamais un si minuscule bébé, surtout à s'occuper ! Elle fit donc une toilette complète à Fannie, précautionneusement, les mains tremblantes de peur de la casser. Le cordon lui parut propre et elle enroula un nouveau tissu fin et propre coupé en bande autour de l'abdomen du nourrisson, comme Anette sut le faire. La couche, faite d'un carré de coton, était fixée avec deux épingles de nourrice. Comme le lui avait dit Anette, dans le coffre de sa chambre, se trouvaient des petites chemises longues cousues minutieusement, ainsi qu'un tricot réalisé avec des brins de laine de couleurs différentes.

« La gamine avait tout prévu, et ma foi, bien exécuté ! », se dit-elle chaleureusement.

Sidonie ne manquait jamais une occasion pour lui apprendre à tenir un ménage, coudre, tricoter, broder, et cela avait porté ses fruits. Sa patience n'avait pas été vaine. Anette savait tout faire à présent ! Une fierté non feinte l'envahit, car en huit années, elle avait fait de son mieux pour préparer sa protégée à une vie d'épouse. Tout, sauf lui apprendre à se méfier des hommes…

Quand la porte du bas s'ouvrit à la volée, Émile ne vit pas sa femme dans la cuisine, et encore moins d'Anette.

« Bah, elles doivent rentrer les poules, au moins, elles travaillent un peu ces feignasses ! Je vais aller voir mes filles si tout va bien ! Bouger un peu me fera pas de mal, j'sais pas combien on en a bu, mais ça bouillonne là-dedans ! », se tapant sur le ventre.

Ce pauvre Émile aimait plus ses vaches que sa propre femme, en tout cas, c'était ce que se disaient les villageois en riant. Il les appelait mes filles, comme si c'était lui le père ! s'amusait à répéter son ami et voisin, le Guste…

Avant de refermer la porte derrière lui, il entendit un miaulement provenant de l'étage.

— C'est qu'y aurait des chatons au grenier aussi ? Ah, va falloir que je m'occupe de ça bien vite, ça se multiplie à une vitesse cette vermine ! Bou Diou, si j'avais épousé une chatte, j'aurais des tas de marmots bien à moi, pour sûr ! maugréa-t-il amèrement.

Il claqua la porte, en colère, et se dirigea vers l'étable.

Il vit alors sa femme traire la Belle, pendant que les deux veaux tétaient avec brusquerie leurs mères.

— C'est toi qui t'attelles à la tâche, ma femme ? Où est donc la merdeuse ?

Sidonie se racla la gorge. Il valait mieux qu'elle attende d'être à la maison pour lui expliquer, et ne pas stresser les bêtes, car pour sûr, il y aurait des éclats de voix !

— Elle nourrit le cochon, et y'a aussi les poules à rentrer, mais j'ai pratiquement fini. Emporte donc le lait des chèvres et remets une bûche dans le cantou, mon homme, ça me rendra bien service, gardant les yeux rivés aux pis de la Belle, une vache calme et si bonne laitière.

— T'as entendu miauler toi au grenier ces jours ? demanda l'homme.

— Miauler ? Pardi non ! Mais j'irai voir, t'occupe donc pas de ça, va, se raclant la gorge d'inquiétude.

— Bon, si tu le dis…

Le mari en resta les bras ballants, sa femme ne lui demandait pas ce genre de choses d'habitude et encore moins sur ce ton douçâtre. Il s'était passé quelque chose aujourd'hui, se dit-il en prenant les ustensiles pour revenir sur ses pas. Pour sûr, il n'avait pas les idées bien trop claires avec ce qu'il avait ingurgité, mais quand même, la Sidonie lui paraissait bien drôle…

À peine était-il parti, que Sidonie accéléra ses tâches.

« Si l'Émile a entendu miauler, ça veut dire que la petiote, elle est réveillée ! », s'inquiéta-t-elle.

Elle ne mit pas longtemps à fermer l'étable pour arriver peu de temps derrière son mari avec son seau rempli de lait de vache bien frais. Demain, elle avait l'intention de baratter pour avoir son beurre pour la quinzaine.

Elle trouva Émile assis à table, les sourcils froncés et la figure bien rouge, comme à chaque fois qu'il rentrait de la foire.

— Alors, y'avait du monde à Brive ? T'as vu qui donc ? T'as pas oublié ma farine et mon sucre au moins ?

— J't'ai déchargé tout ça dans le garde-manger. Ils le donnent pas du reste leur sucre et leur farine ! Bah, c'est bien toujours pareil, d'un côté, les voleurs et de l'autre, les volés ! Quand tu vois à combien ils achètent nos bêtes et le prix de leur revente ! Tiens, j'ai honte pour eux, ils nous enterreront tous, les petits paysans comme nous ! Ah, mais je l'ai prévenu le Jean, la prochaine fois qu'on fera affaire, faudra qu'il respecte la qualité de mes bêtes et pas son portefeuille ! Oui, c'est comme ça que je lui ai dit ! tapant du poing sur la table. Mais, elle est où, la gamine, nom de Diou ? Tu vas pas me dire qu'il faut tout ce temps pour rentrer dix poules ? Elle doit encore rêvasser à je ne sais quoi, ou à qui, plutôt, grognant comme à son habitude dès qu'il parlait d'Anette.

Des petits cris se firent entendre, venant de l'étage. Sidonie arrêta de respirer et tendit l'oreille.

— Mais, tu vas pas me dire que ça ressemble à des chatons ce bordel ? Nom d'une pipe, j'y monte voir ce coup-ci, se levant péniblement de sa chaise.

— Non, j'y vais, bouge pas, se précipita Sidonie. On va souper de toute façon !

Jamais il n'avait vu sa femme crapahuter aussi vite l'escalier.

Fannie tournait la tête dans tous les sens, comme pour chercher un sein. Malheureusement, elle battait l'air sans trouver la chaleur de sa mère.

— Là, ça va aller ma petite, le lait de chèvre est bien frais. Puis tu auras bientôt un biberon digne de ce nom ! Je vais aller t'acheter tout ce qui manque à la foire. Tu vas rencontrer l'Émile, c'est mon mari. Bon, j'te cache pas qu'il va être contrarié de te voir, mais ça lui passera ! Faudra pas avoir peur surtout, et faudra pas pleurer non plus, ça sera plus facile pour faire connaissance…

Tout en prenant l'enfant dans ses bras, elle se gonfla de tout le courage dont elle avait besoin pour affronter son homme.

Le plus difficile l'attendait…

Chapitre III

La fuite

Anette avait le cœur serré en passant le dernier virage. Elle ne se retourna pas, mais elle sentait le regard attristé de Sidonie dans son dos. Et son bébé, sa petite Fannie. Quelle mère pouvait laisser son enfant tout juste né ?

« Tout ça à cause d'un sale type. Si seulement il pouvait mourir, voilà tout le bien que je lui souhaite à celui-là. C'est tellement injuste de devoir partir à cause de lui. Si les hommes disparaissaient de la terre, nous pourrions être heureuses, nous les femmes ! Sidonie, Fannie et moi resterions rien que nous trois ! », se lamenta Anette tout en marchant d'un pas mal assuré.

Son ventre la cisaillait encore fortement et elle sentait un liquide chaud couler de ses entrailles. Elle se demandait comment elle allait bien pouvoir assumer tous ces désagréments postnataux ? Qui plus est avec si peu d'argent en poche, sans un toit au-dessus de la tête, pratiquement sans change, et encore moins à manger. Qui pourrait survivre plus de deux jours ainsi ? Une jeune fille sans défense, sans connaissance, c'était dangereux dans une ville. Elle n'avait rien connu d'autre qu'un orphelinat et une ferme ! Avec ça, était-on prêt à vivre en adulte ? Anette n'en finissait pas de s'apitoyer sur son sort et de martyriser son esprit…

Arrivée au croisement du Peuch, le premier village que l'on trouvait juste après le Puy de Pauliac, à environ trois kilomètres en direction de Tulle, Anette décida de couper à travers bois pour arriver tout droit sur la gare de Cornil. Ici, l'on montait ou l'on descendait, le plat n'existait pas ! En suivant les petites routes sinueuses, on longeait des forêts et des bois, on traversait des villages isolés et dépeuplés ou les gens restaient méfiants et peu engageants. Mais Anette connaissait bien les raccourcis. Elle se méfiait tout de même en passant dans certains prés, des taureaux au regard peu avenant, alors que les vaches broutaient paisiblement. Elle les empruntait souvent avec Sidonie pour se rendre aux marchés d'Aubazine ou de Cornil pour vendre leurs œufs et des cabécous, ces petits fromages de chèvre si appréciés.

C'étaient les deux bourgs les plus proches de leur village. Elles y faisaient rarement leurs courses, car l'épicier passait régulièrement avec sa fourgonnette pour le manque. Sidonie faisait ses tourtes de pain noir une fois par mois. Puis entre le jardin, le verger, les cochons, les volailles, le lait, le beurre, ses fromages de chèvre ou de vache et les œufs, la ferme était largement approvisionnée. Les conserves, qui prenaient le relais après la belle saison, tenaient une bonne partie de l'hiver. Le cochon, tué une fois par an, se conservait dans les saloirs ou en bocaux. Deux gros jambons se fumaient et séchaient, accrochés dans le haut du cantou, pendant plusieurs mois. Il fallait aussi compter sur ce que la nature distribuait gratuitement. Cèpes, girolles, trompettes de la mort, coulemelles, et aussi châtaignes, noix, noisettes ou baies sauvages… Un vrai arsenal alimentaire !

Anette n'avait jamais pris le train, mais faire une quinzaine de kilomètres pour se rendre à Tulle à pied, cela lui était impossible, surtout dans son état. Dans d'autres circonstances, cela ne lui aurait pas fait peur !

La petite gare était vide à cette heure. Ce n'était ni le jour de marché à Tulle, ni l'heure de partir travailler. Il y avait belle lurette que les ouvriers avaient rejoint leurs usines…

La jeune fille timidement s'approcha du seul homme qui se trouvait derrière un guichet.

— Demoiselle, bonjour, que puis-je pour vous ?

— J'aimerais bien me rendre à Tulle, mais je ne sais pas…

La jeune fille baissa les yeux en devenant toute rouge. Elle se sentait épuisée, et voilà qu'à présent elle paraissait être une vraie bécasse. L'homme comprit sa gêne, mais en bon père de famille, saisit son embarras.

— Mais il y a une première fois à tout, vous n'êtes pas la première à ne pas avoir pris le train ! Pour Tulle, vous me dites ? Alors, voyons, il est 10 h 30. Le prochain train sera à 11 h 15. Tenez, à midi vous y serez ! la rassura-t-il avec un large sourire.

Anette n'était pas tranquillisée pour autant, car elle n'en connaissait pas le prix. L'argent précieux que lui avait donné Sidonie suffirait-il ?

— Vous pouvez me dire combien ça coûte d'y aller, enfin, à Tulle ? C'est que je ne sais pas si j'ai assez...

L'agent lui proposa de lui montrer sa bourse. Il n'y avait pas une grande richesse, certes, mais il trouva largement de quoi faire l'appoint.

— Voilà ma demoiselle qui suffira, vous voyez, il vous en reste encore ! plaisanta-t-il pour la détendre un peu, car il voyait bien que la jeune fille était sur le point de pleurer.

À peine eut-il fini sa phrase, qu'Anette eut un étourdissement et commença à tanguer. L'homme vif la rattrapa par le bras pour la faire asseoir sur un banc proche. Il courut jusqu'au guichet pour revenir avec un verre d'eau.

— Buvez un peu, ça va vous faire du bien. Dites-moi, vous n'avez pas l'air bien en forme, êtes-vous sûre de vouloir vous rendre à Tulle dans cet état ? s'inquiéta l'homme.

Anette but une grande gorgée d'eau et essuya une larme qui roulait sur sa joue.

— Merci, monsieur, je me sens mieux, c'est juste une fatigue passagère. Et oui, je dois vraiment y aller. Je vais grignoter un peu en attendant, j'ai le ventre vide, j'ai sauté mon petit-déjeuner pour être certaine de ne pas louper mon train, le rassura-t-elle à son tour.

— Bien, le ventre plein on se sent mieux, c'est certain, et pendant ce temps je vais chercher votre ticket. Quand le train arrivera, je vous mettrai dans le bon wagon, ainsi, je serai certain que vous ne monterez pas dans celui de Bordeaux ! la taquina le chef de gars en lui lançant une œillade.

Cette boutade tira un sourire à Anette. Cet homme était si gentil ! Si seulement ils pouvaient être tous comme lui, sa vie aurait été autrement, pensa-t-elle secrètement. Certes, elle n'aurait pas eu sa petite Fannie, mais elle mènerait la vie d'une jeune fille insouciante en rêvant d'un avenir sans encombre. Des enfants, elle en aurait eu avec un gentil mari, plus tard... Elle ne put s'empêcher de penser à sa mère qui avait dû vivre la même chose, à la différence, qu'elle l'abandonna comme un animal en mauvaise santé, voué à mourir.

« Oh, pardon ma Fannie, quelle vilaine pensée ! Maintenant que tu es là, je suis bien contente et je t'aime tant ! Jamais je ne t'abandonnerai moi ! », lui promit Anette en secret.

Elle mangea son pain avec du fromage et finit de boire le verre d'eau apporté si gentiment. Elle garda les biscuits secs pour plus tard, la journée risquait fort d'être longue. La jeune fille se sentit mieux rapidement. Elle regarda autour d'elle pour apercevoir le panneau « toilette ». Elle vérifia que personne ne se trouvait dans le petit hall pour s'y diriger, une petite ablution intime ne lui ferait pas de mal…

« Voilà, je suis prête pour la suite, rien de mieux que l'estomac plein et la vessie vide pour continuer », se remontant le moral énergiquement.

— Ah, vous voilà, je vous cherchais justement. Tenez, mon petit, votre billet. Vous n'avez plus longtemps à attendre. Suivez-moi jusqu'au quai, vous y avez un banc pour attendre et au moins, je ne vous perdrai pas de vue !

— Vous êtes si aimable, merci beaucoup, monsieur, remercia Anette avec sincérité.

Dans sa vie, à part Sidonie, elle reçut si peu d'amour et de gentillesse. Ce n'était pas à l'assistance publique qu'elle avait été dorlotée. Il avait fallu filer droit au son d'une morale chaque matin et d'une prière chaque soir, apprendre la propreté dès son plus jeune âge, lire et compter, et, le plus difficile avait été de contenir sa faim. La guerre n'y avait pas aidé avec les rationnements, même si en temps normal, l'établissement ne faisait pas de folie !

Puis, une fois placée à la ferme des Lapierre, elle dut affronter la rudesse d'Émile. Elle aimait aller à l'école d'Aubazine, la maîtresse était gentille, elle voyait d'autres enfants, mais Anette était trop souvent absente, pour un oui, pour un non ! C'était Émile, encore lui, qui décidait. Une vache qui devait vêler, le cochon qu'on devait tuer, le foin qu'il fallait rentrer, les conserves qui devaient bouillir, trop de neige, trop de pluie, trop d'Allemands... Tout était prétexte à ne pas l'envoyer en classe et la garder sous son joug !

« Apprendre avec ta tête ne te servira à rien dans une ferme, apprends donc avec tes bras, ce sera déjà pas mal ! Puis à quoi bon essayer de remplir le cerveau des femmes, faudrait déjà en avoir un ! », lui répétait-il à longueur de temps !

Sidonie essayait bien de contredire son époux, elle était fière de savoir Anette bonne élève ! Mais il l'envoyait valser dans sa cuisine sur le champ. Elle ne le poussait jamais à bout, de crainte de se voir bousculer plus violemment...

Cela dura jusqu'à ses quatorze ans, l'âge légal pour ne plus aller à l'école. Elle eut tout de même son certificat d'études haut la main ! Anette avait de grandes facilités et une très bonne mémoire, mais à quoi cela pouvait-il bien lui servir à présent ?

Anette entendit le train arriver de loin et son estomac se contracta. Elle appréhendait cet engin qu'elle n'avait vu passer que rarement le long de la Corrèze. Elle vit le chef de gare foncer droit sur le quai son sifflet à la bouche. Il commença à battre l'air avec un fanion au bout de la main et un porte-voix dans l'autre. La locomotive fit crisser ses freins et fit retentir son bruyant avertisseur pour s'immobiliser juste devant le banc où était assise Anette.

« Cornil, Cornil. Deux minutes d'arrêt. Départ en direction de Tulle dans deux minutes, départ à 11 h 15, je répète, départ pour Tulle à 11 h 15. »

Anette ne put s'empêcher de sourire, étant seule sur le quai. À quoi bon hurler ainsi pour une pauvre voyageuse ?

Trois personnes sortirent du train. Un homme portant deux valises, une femme, très chic, et sûrement leur fille, si jolie. Ils saluèrent Anette en passant devant elle d'un discret signe de tête.

— Allez, jeune fille, c'est le moment de grimper dans ce train, il ne vous attendra pas !

Anette sursauta. Le chef de gare enjoué lui montra la porte ouverte du wagon.

— Je n'ai rien à faire de plus ? s'inquiéta-t-elle, son ventre de plus en plus contracté par l'angoisse.

— Absolument rien, si ce n'est de montrer votre billet au contrôleur, au cas où il vous le demande.

N'oubliez pas de descendre à la prochaine gare sinon, vous vous retrouverez à Egletons !

La jeune fille s'empressa de monter pour s'apercevoir qu'il n'y avait personne dans son compartiment. Un soulagement, car elle ne souhaitait pas discuter ou s'expliquer sur la raison de son déplacement.

— Sans doute à une prochaine fois, mademoiselle, bon voyage et excellente journée !

Il se retourna pour souffler une nouvelle fois dans son sifflet et crier à pleins poumons.

« Voyageurs, fermeture des portes, départ pour Tulle, départ pour Tulle... »

Il secoua à nouveau son fanion et fit un signe de tête à Anette qui avait le regard figé derrière la vitre. Le train fit alors crisser ses roues sur la ferraille pour prendre de la vitesse. Juste parti, il lâcha son rugissement assourdissant qui fit échos entre les deux vallées...

La jeune fille avait le cœur serré et se demandait quand elle pourrait revenir ici même. Est-ce que ce sera le même chef de gare qui la recevra à son retour ? Combien de temps se passera-t-il avant de serrer sa fille dans ses bras, sa petite Fannie qu'elle avait à peine eu le temps de contempler, de respirer, d'embrasser ? Elle ne l'aura même pas nourri une toute première fois ! Ses yeux se brouillèrent et l'empêchèrent de voir défiler le paysage. De toute façon, coincée entre ces vallons où serpentaient une route sinueuse bordée d'arbres squelettiques et dépouillés, et la rivière qui la narguait en scintillant joyeusement, Anette s'en moquait bien !

Elle finit par grignoter un biscuit pour faire passer le temps. Un petit goût de noisette la ramena vers Sidonie qui lui avait appris à les faire. Elle était si heureuse de réussir les recettes de cette gentille femme, et quelle fierté pour elle ! Que ces moments lui manqueront…

— Votre ticket, mademoiselle !

Anette sursauta pour voir un homme tendre la main vers elle. Dans l'autre, il tenait une sorte de pince.

— Mon ticket ? répéta idiotement la jeune fille.

L'homme sourit en la voyant rougir.

— Le billet acheté à la gare ! Vous en avez un au moins ? faisant remonter sa moustache sous son nez.

— Ah oui, celui-ci, prenant le petit ticket dans sa poche pour le lui donner.

Un cliquetis se fit entendre et le contrôleur le lui remit.

— Merci monsieur ! Dois-je le garder ? s'inquiéta alors Anette, regardant son billet à présent troué.

— Non, jetez-le dans la corbeille sur le quai de Tulle, il ne vous servira plus à rien ! Bonne journée, mademoiselle, reprenant son contrôle, le sourire aux lèvres.

« Je dois paraître bien sotte », se morfondit intimement la jeune fille.

Le train cracha à nouveau son cri fracassant et entama son ralentissement.

« Je suis déjà arrivée à Tulle ? », constata alors Anette qui avait l'impression d'avoir fait cinq kilomètres tout au plus depuis son départ !

Elle comprenait mieux pourquoi les gens partaient travailler à la ville, cela était si facile et rapide ! Là où elle aurait mis bien trois heures à pied pour faire Cornil-Tulle, elle venait de mettre une quinzaine de minutes.

La gare de Tulle était plus agitée que celle de Cornil. Bien plus grande, il s'y trouvait beaucoup plus de monde sur le quai.

Il fallait dire que le quartier de Souilhac était très vivant, d'une part par sa gare, mais aussi par son marché joyeux et fort bien achalandé, ainsi que de nombreuses boutiques. Il s'y trouvait la manufacture d'armes qui employait plus de 1800 ouvriers, ainsi que la fabrique d'accordéons Maugein. Un village dans une ville.

Mais la guerre avait laissé des traces indélébiles dans ce quartier, à tout jamais gravées dans l'histoire… Tout le monde se souvenait et tout le pays savait ! Ce 9 juin 1944, à Souilhac, devant les ouvriers de la manufacture qui furent évacués de force, la division des SS « Das Reich » avait pendu 99 hommes soupçonnés d'être des maquisards, en représailles aux nombreuses pertes subies par les troupes allemandes lors des combats menés par la résistance. Bien d'autres auront été déportés et peu en seront revenus.

À chaque date anniversaire, des fleurs aux fenêtres et balcons remplaçaient les crochets de bouchers et les cordes de cet horrible drame… Une autre horreur s'était jouée le lendemain à Oradour-sur-Glane, où des centaines de victimes subirent cette folie meurtrière allemande. Personne ne pouvait oublier, et beaucoup pleuraient encore ces massacres impensables. Un traumatisme de guerre gravé dans les cœurs et dans le marbre…

Anette ne savait pas par quoi commencer. Se diriger vers la cathédrale Notre-Dame en centre-ville ou plutôt rester dans ce quartier qui lui semblait fort agréable ? Peut-être y trouverait-elle plus facilement du travail et une chambre à louer ?

« Si je n'y arrive pas ici, j'irai voir au centre-ville, mais comment dois-je m'y prendre ? » se demanda-t-elle inquiète.

Ses pas l'emmenèrent vers la petite place Albert-Faucher ceinte de commerces variés. Anette se gorgea de courage et rentra dans chaque boutique pour demander une embauche.

Trois boulangeries, deux boucheries, plusieurs épiceries, des bars, au moins quatre, et une quincaillerie, ne lui apportèrent aucune proposition.

Anette perdit son moral et son courage en cette fin d'après-midi. La nuit commençait à tomber, elle n'avait pas le temps de chercher un hébergement, puis sans emploi, c'était chose impossible ! Elle redescendit vers la place et s'assit sur un banc où elle finit de manger ses biscuits.

« Mais je ne peux pas dormir à la belle étoile tout de même, il fait bien trop froid et c'est dangereux. Quelle bécasse je fais à présent », se lamenta Anette.

Des cloches sonnèrent et firent lever les yeux de la jeune fille, qui se dit que s'il y avait des cloches, il y avait une église et donc un presbytère et un curé ! Elle reprit confiance, se leva prestement pour se diriger vers la manufacture d'armes. Alors qu'elle marchait le cœur plus léger, un flot d'ouvriers arriva droit sur elle. Des pères de famille, des plus vieux, mais aussi des jeunes.

— Alors ma douce, tu veux qu'on te réchauffe un peu, s'esclaffa l'un d'entre eux.

— Non, elle veut plutôt venir boire un coup avec nous chez la Paule, elle a l'air si seule ! reprit un autre.

Anette baissa la tête et essaya de passer en force ce barrage de jeunes hommes excités.

— Ne sois pas timide comme ça, ce n'est pas tous les jours qu'une jolie jeune fille vient nous attendre à la sortie, répliqua l'un d'eux dans un rire gras.

Un homme d'une quarantaine d'années s'arrêta et se retourna vers le groupe.

— Vous n'avez pas honte, de vraies têtes creuses, et irrespectueux avec ça. Rentrez donc chez vous, garnements, vous faites moins les coqs devant vos machines d'ateliers !

Les garçons haussèrent les épaules, mais ne cherchèrent pas l'affrontement, ils avaient l'air de craindre l'homme qui se retourna alors vers Anette.

— Oh, ils ne sont pas bien méchants, l'insolence de la jeunesse, la rassura-t-il. Vous cherchez votre chemin, je peux peut-être vous aider, vous avez l'air de ne pas savoir où aller ?

Anette se demanda si elle pouvait lui faire confiance ? Un homme ! Mais, avait-elle vraiment le choix ?

— Je veux juste me rendre à l'église que je viens d'entendre sonner, mais je ne la vois pas.

— Juste à 300 mètres au bout de la rue d'Arsonval, mademoiselle. Regardez, vous voyez le bout du clocher de l'église Saint-Joseph ? tendant son doigt dans la bonne direction.

Anette se mit sur la pointe des pieds et rassurée, aperçut le clocher tant espéré. Elle lui fit un sourire et le remercia vivement. Des hommes passaient encore tout près d'eux, certains jetant à la jeune fille une œillade sans aucune discrétion.

— Vous avez rendez-vous avec monsieur le curé, j'en déduis ?

— Pas vraiment, mais… il pourra sûrement m'aider à trouver un hébergement, même une toute petite chambre, au mieux un travail ! Mais j'ai surtout besoin d'un lit pour ce soir.

— Une chambre ? répondit l'homme surpris. Vous voyez jeune fille tous ces hommes qui sortent de l'usine, ils louent des chambres à la semaine dans tout le quartier, et bien plus loin. Vous pourriez trouver, mais seulement les jours de repos de fin de semaine quand ils s'en retournent chez eux. Alors, le curé, vous pensez, il ne pourra rien pour vous ! Sans vouloir vous démoraliser, il faudrait trouver un travail avant de penser à louer, jeune fille. C'est la loi du marché immobilier…

Anette se mit à pleurer. Mais où passer la nuit dans ce cas ? Le jour était tombé, l'humidité lui refroidissait tous les os et elle avait mal à ses muscles tétanisés. Puis la nuit… elle avait peur !

L'homme prit pitié d'elle et lui proposa spontanément.

— Suivez-moi, je vais vous aider. Vous ne pouvez pas rester dehors ce soir. Oh, ne vous inquiétez pas, la voyant rougir de gêne, j'ai deux jeunes filles et ma femme sera ravie de s'occuper de vous, elle a un cœur en or. C'est bien pour cela que je l'ai épousée, se mettant à rire sincèrement.

— Mais, c'est très gênant, je ne vous connais pas et… je ne pourrai pas vous remercier de toute façon.

Je ferai mieux d'aller dormir sous un pont en attendant, je ne devrai rien à personne au moins !

— Pour vous faire agresser ? Une jeune fille, la nuit, seule qui plus est, pourquoi prendre ce risque ? Allez, ne soyez pas sotte, j'habite à cinquante mètres rue des Martyrs. Vous y verrez plus clair demain. Mes chipies de filles vont être heureuses de faire votre connaissance. Et vous ne nous devrez rien du tout, si ce n'est un joli sourire !

Anette n'avait plus envie de lutter ni réfléchir. À la rigueur se laisser mourir. Mais de quoi pouvait-on mourir à son âge, là, tout de suite ? Elle emboîta donc le pas de cet inconnu, si gentil et patient. Prendre le temps de la rassurer après une journée de travail, qui pouvait bien faire ça à part un homme bon ? Si sa famille était telle qu'il l'avait dit, alors ça irait pour ce soir…

— Ils ont eu l'air d'avoir peur de vous les garçons, tout à l'heure, osa Anette pour meubler la marche.

L'homme se mit à rire à gorge déployée, puis répondit en se frottant un œil.

— Je suis seulement leur contremaître à ces chenapans… Croyez-moi, certes, il faut savoir les tenir à l'œil, mais ils feront d'excellents ouvriers et sûrement de bons maris quand ils en auront mis un peu plus dans leurs cervelles !

— Oh…

— Tenez, nous sommes arrivés, vous voyez, ça n'était pas long ! Passez devant, je vous en prie. Et n'oubliez pas, juste un sourire !

Anette ne put que répondre timidement à sa demande.

— Voilà qui est bien mieux !

Il lui tint la lourde porte qui donnait sur une petite entrée lambrissée. Une odeur de bouillon de volaille embaumait le lieu, et l'estomac d'Anette se mit à émettre des sons peu discrets, la faisant rougir de honte.

— A moi aussi ça me fait ça quand je rentre chaque soir, sourit l'homme ! Mon épouse, Claire, est un vrai cordon bleu. Au fait, je m'appelle François, François Verdier.

La porte à droite du palier donnait sur un vestibule où déboulèrent en criant « papa » deux fillettes de 10 et 12 ans environ. À la vue de la jeune fille, elles s'immobilisèrent, la détaillant de la tête aux pieds.

— Mes chéries, je vous présente…
— Anette, je m'appelle Anette ! répliqua la jeune fille. Bonsoir, mes demoiselles, retrouvant une gaieté toute naturelle.

Les petites répondirent timidement, lorsqu'une femme d'une beauté époustouflante arriva à son tour. Tout chez elle n'était que douceur. Sa blondeur, sa peau laiteuse, ses grands yeux bleus et un visage si chaleureux…

— Anette, je vous présente Claire, ma charmante épouse, et notre cordon bleu ! Venez, elle va nous régaler encore ce soir ! lui prenant la taille tout en lui déposant un tendre baiser sur la joue, ce qui fit rosir Claire de félicité.

Les deux fillettes prirent chacune une main de la nouvelle venue et la conduisirent dans un confortable séjour lumineux et coque

Anette pensa alors que c'était ça le bonheur. Un couple qui s'aimait, des enfants adorables, des odeurs de bons petits plats, une chaleur douce dans un logement douillet. Une famille heureuse tout simplement…

François et Claire se regardèrent. Les explications seraient pour plus tard. L'épouse comprit l'urgence du moment…

Chapitre IV

Fannie

À la ferme du Puy de Pauliac se déroulait un affrontement houleux…

Lorsque Sidonie arriva en bas de l'escalier tenant Fannie au creux de ses bras, son mari était appuyé, les coudes sur la table, devant un énième verre de gros rouge. Il leva ses yeux vitreux et tirés. Un sourcil s'abaissa d'un côté pour se lever de l'autre, ce qui était toujours un signe de mécontentement chez lui.

— Quésaco ? demanda-t-il, tout à coup bien réveillé.

— Je te présente Fannie, une petiote dont j'ai la garde pour le moment.

— Que t'as la garde, que tu dis ? Mais tu la sors d'où celle-là ? Me dis pas que c'est une de l'assistance publique, déjà qu'à 8 ans c'était une vraie pisseuse l'Anette, alors une tout juste née ! Et d'ailleurs, où elle est passée celle-là, elle cuisine une poule au pot dans le poulailler, nom de Diou ! Tu vas me dire ce qui se trame ici, tu me prends pour un con, ma femme ?

Sidonie ne savait pas par quoi commencer, mais de toute manière, il fallait bien tout raconter, alors autant se jeter à l'eau…

— Anette, elle est partie, t'es pas près de la revoir. Et la petite, c'est la sienne, figure-toi !

L'homme se leva comme une furie et se mit à vociférer en tournant autour de la table.

— Comment ça, partie ? Et la sienne de quoi ? Mais on se fout de ma gueule ici ! Partie tu dis, et en laissant un marmot, et toi, tu te prends pour la mère à présent ? Pauvre vieille, tu vas bien amuser la galerie à t'trimbaler un gosse à ton âge ! Tu t'es vue au moins avec ce paquet dans les bras ? Et le travail, qui le fera ? Mais vous pensez à quoi vous, les bonnes femmes ? Ah, je comprends pourquoi le bon Diou, il vous a rien mis entre les jambes, idiotes comme vous êtes, vous auriez même pas su quoi en faire !

Sidonie vit rouge et ne comptait pas se laisser impressionner. Elle posa la petite dans son panier et vint se planter en face de son homme, les deux mains sur les hanches.

— Tu vas t'asseoir et écouter, parce qu'ici, je vois qu'un idiot moi ! Et je me demande si c'est pas toi qui sais pas t'en servir de ce que t'as entre les jambes, je te rappelle ! Tu pourrais t'inquiéter du comment, du pourquoi, de cette pauvre Anette, de cette petiote qu'a rien demandé. Mais non, tu gueules, c'est tout ce que tu sais faire, gueuler. Tu vas entendre la vérité et te la boucler, s'écria Sidonie, tapant du poing sur la table pour la première fois depuis son mariage.

Il n'avait pas l'habitude de voir sa femme lui hurler dessus et encore moins lui donner un ordre sur ce ton. Puis ce coup sur la table, quelle robustesse ! Ça sentait le roussi pour qu'elle se comporte ainsi.

« La sale garce d'Anette, qu'est-ce qu'elle va lui avoir dit ? Bah, une traînée pareille, ça n'a pas honte de salir les gens et raconter des bobards ! Et la femme, elle aura tout avalé ! », maugréa l'époux, toujours en colère en voyant ce nourrisson chez lui. Il s'assit en bougonnant, s'attendant au pire…

— Anette, elle a été agressée en rentrant par les bois de chez la Berthe, figure-toi ! C'était en fin de journée, en janvier, il faisait déjà nuit. Elle a pas pu voir son agresseur, assommée qu'elle était, la pauvrette. La honte l'a empêchée de tout nous raconter, même pas à moi ! Tu te rends compte, la honte qu'elle a dit ! Si c'est pas malheureux…

Sidonie vivait sa narration comme lorsqu'elle avait entendu Anette lui raconter ce drame. Elle avait les joues en feu, le cœur accéléré, la colère au creux de son ventre.

Émile resta impassible, pensant que la gamine, elle savait raconter de sacrés mensonges !

Sa femme sembla apercevoir alors un demi-sourire sur le visage de son homme.

— C'est tout ce qu'ça te fait ? T'as même l'air content on dirait ! T'as vraiment pas de cœur, je te l'dis, tu me déçois tiens, pauvre homme.

— Eh bin quoi, tu veux que je lui casse la gueule à ce salopard, mais faudra me donner son nom avant ? Puis elle dit ce qu'elle veut la merdeuse, c'était un gars qu'elle voyait en douce et elle a pas osé te le dire. Puis… elle aura foutu le camp avec lui ! rétorqua-t-il, satisfait de son raisonnement. Elle t'a roulée dans la farine, que j't'dis !

Sidonie en resta bouche bée. Elle n'avait jamais pensé à ça, et elle avait vu une telle souffrance chez Anette. Non, l'Émile faisait fausse route, pour sûr…

— Mais, t'y penses pas, elle aurait gardé sa petiote ! Pour qui tu la prends ? C'est une fille honnête, gentille, et je t'interdis de la salir et de mettre ses paroles en doute.

— Bah, t'es qu'une femme, c'est pour ça qu't'y vois pas plus loin qu'ton nez ! Elle t'a fait avaler une couleuvre longue comme ça, allongeant un bras. Moi, ce qu'j'dis, j'le pense, c'est tout. Et la petiote, comme tu dis, elle aurait pas pu s'en occuper de sa gosse à s'enfuir avec son vaurien. Va savoir où ils sont et de quoi ils vivent, elle fait sûrement le tapin, tiens, à l'heure qu'il est…

Sidonie était choquée. Comment avait-elle pu épouser cet homme avec une pierre à la place du cœur ? Sans discernement, sans compassion, sans une once de sentiments. Son malheur venait de lui, elle y pensait à présent. Sûrement qu'avec un autre, elle aurait eu six enfants, au minimum… Mais ce bébé qu'elle tenait aujourd'hui dans ses bras, elle s'en occuperait comme le sien. À quarante ans, on peut encore élever un petit, pardi ! Cette Fannie, Sidonie avait bien l'intention de la materner, de lui donner tout l'amour qu'elle pourra. Pour sûr qu'elle le fera, pour Anette !

Elle se ressaisit pour riposter.

— Tu penses bien ce qu'tu veux, mais moi, ça changera rien ! Cette petite, je vais l'élever en attendant le retour de sa mère, et je te demande pas ce que t'en penses ! Et tu diras au Guste de passer me prendre avec sa charriote et son âne pour m'amener au marché d'Aubazine jeudi matin, j'ai des achats à faire.

Le bébé se mit à pleurer, coupant toute possibilité à l'époux de répondre. Il se leva brusquement et se dirigea vers l'escalier.

— Où tu vas à cette heure, on va souper, s'énerva la femme.

— J'ai pas faim, vous me fatiguez toi et la petite. D'ailleurs, installe-toi dans la chambre de la merdeuse, je veux pas entendre des pleurs la nuit et encore moins subir tes va-et-vient dans le couloir !

D'un pas lourd, il monta l'escalier en se tenant à la rampe et en marmonnant dans sa barbe.

« C'est ça, va cuver ton vin, puis ça m'arrange moi de pas dormir avec toi, pauvre bougre ! », se réjouit Sidonie en embrassant Fannie qui cherchait déjà à téter.

La chambre d'Anette devint donc le refuge de la gent féminine de cette maison. Les nuits, Fannie ne se réveillait qu'une seule fois et finit par accepter d'ouvrir un peu plus grand la bouche pour saisir le bout de la tétine du biberon des chevreaux. Sidonie s'était organisée en l'absence de son époux dès le lendemain pour installer son grand coffre dans la nouvelle chambre. De toute façon, elle préférait entendre les succions de la petite que le ronflement de son mari…

Le surlendemain matin, vers 9 heures, une carriole s'arrêta devant la maison. Heureusement que Sidonie et Fannie étaient prêtes, car le Guste, jamais en retard, était bien là pour les conduire à Aubazine. Elle aurait pu envisager d'y aller à pied par les raccourcis, mais avec Fannie, le biberon à donner, les achats à faire, les sacs à traîner, et son affaire à traiter, ça n'aurait pas été raisonnable.

— Bonjour le Guste, comment va ce matin ? Par chance, il ne pleut pas. Dis-moi, tu peux t'arrêter chez la Berthe, je vais lui laisser la petite, je serai plus libre pour mes affaires, enfin, si ça te dérange pas ?

Le vieil homme se gratta la tête puis rajusta à sa bouche, son maïs roulé, se donnant l'air de réfléchir, enfin, si l'on pouvait vraiment penser chez cet homme-là. Il n'était pas bien méchant, mais la bouteille lui posait un réel problème, il ne fallait pas lui en promettre ! Il partageait avec Émile une paire de bœufs pour les travaux des champs et coupait l'année en deux pour s'en occuper. Actuellement, c'était son étable qui les abritait pour l'hiver. Tant que les hommes s'entendaient bien et que le travail se faisait, Sidonie fermait les yeux. De toute façon, elle n'aurait pas su les détourner de leur vinasse. Après un moment de réflexion, il répondit enfin.

— Chez la Berthe, c'est d'accord. Eh bin, elle t'en a fait une bonne l'Anette. Quand ton homme m'a raconté ça ! regardant l'enfant comme s'il jaugeait une pièce de viande.

— Ça, c'est pas tes oignons, le Guste, et si t'es pas capable de la boucler, je préfère aller à pied, gronda Sidonie, à cran.

Le Guste leva la main pour clore le sujet et donna l'ordre à son âne d'avancer. « Hue Charlot ! »

Sidonie ne perdit pas de temps. Il fallait dire que le marché, très animé de cette petite place en plein centre du bourg, proposait nombre de bancs et spécialités culinaires. Elle y trouva biberons, tétines, pointes de coton ainsi qu'un grand lange. Puis elle se rendit sur un banc où elle avait l'habitude d'acheter ses tabliers et combinaisons. La commerçante vendait aussi bien des culottes de grand-mères, des dessous féminins affriolants ou des tabliers d'école pour enfants. Elle y trouva pour Fannie deux tricots de corps, des collants de laine et une capeline pour l'hiver. Au passage, elle acheta également une fin de série sur des pelotes de laine dépareillées, mais ce n'était pas dérangeant, elle saurait bien en tirer quelque chose.

— Oh, on dirait que vous allez devenir grand-mère. Un beau grade et que du plaisir ! Moi-même, j'en ai cinq de petits-enfants, alors je sais de quoi je parle ! Tiens, je vous offre une pelote en plus, mon cadeau de naissance.

— Vous ne croyez pas si bien dire, répondit Sidonie, se forçant à sourire. Et, merci pour la pelote !

Une dernière chose à accomplir restait à faire, la plus importante, et la plus délicate, mais Sidonie s'y était préparée. C'était à elle de jouer à présent...

Le Guste l'attendait comme prévu en temps et en heure au carrefour descendant sur la Gare d'Aubazine ou à Vergonzac. Sidonie lui avait donné de la monnaie pour boire un coup au bistrot en face de la place du marché. Un sourire avait fendu le visage de l'homme en deux fossettes de satisfaction, faisant cliqueter les pièces dans sa main tendue...

— Allez le Guste, on peut rentrer, tu vois, je n'ai pas été trop longue !

Sans un mot, il cria un ordre à son âne qui prit un départ étonnamment rapide, bien content de rentrer chez lui…

Fannie fut adorable en réclamant juste une tétée vers onze heures et Berthe fut aux anges de s'occuper de cette petite. Un mari solitaire et renfermé, un fils mort à la guerre, et une fille mariée à un paysan de Beynat ne venant que rarement la voir, laissaient un grand vide dans sa vie. Elle était presque déçue d'entendre la carriole arriver dans sa cour.

La compagnie, ça lui manquait tant. La ferme était isolée, une propriété qui donnait au-delà des bois des Lapierre. Il fallait dire que la campagne corrézienne était assez dépeuplée et les paysans étalaient leurs cultures ou prairies pour leurs bêtes sur des parcelles découpées et parsemées. Bien des disputes se déroulaient entre propriétaires à cause d'un morceau de terre qui se retrouvait encerclé par ceux d'un autre. Mais personne ne voulait envisager un arrangement, à savoir, la vente d'une infime partie pour ne faire qu'un lot, ou un échange de parcelles mieux délimitées…

La terre, c'était la chair de leur chair, la sève de toute une vie, un bien des aïeuls, d'une valeur inestimable, précieuse, généreuse, qui rendait fier. La richesse d'un paysan se pesait là…

— Le Guste, tu me laisses un petit moment et tu reviens me chercher dans une heure, ça te laisse le temps de manger, proposa alors Sidonie.

Il lui fit un signe de tête et s'en alla sans piper mot.

Il vivait à Rochesseux, dans une vieille bicoque sur la route menant au Saut de la Bergère, entre Aubazine et Le Puy de Pauliac. Un site touristique époustouflant par ses profondeurs qui plongeaient sur des cascades ou ses hauteurs rocheuses à plus de 524 mètres d'altitude, laissant une vue panoramique sur le massif des Monédières ou le haut plateau de Millevaches. On pouvait même apercevoir briller à l'horizon, lors de journées d'hiver dégagées, les sommets enneigés du Puy-de-Dôme ou du Sancy.

Les bons marcheurs empruntaient vaillamment le canal des moines. Ce dernier fut taillé, creusé et consolidé par les moines cisterciens au XIIe siècle, à la force de leurs bras, pour mener l'eau du Coiroux jusqu'en bas du monastère d'Aubazine, juste sous les fenêtres du réfectoire…

Le Guste n'aimait pas cette agitation estivale. Il trouvait que les gens ne prenaient pas soin de l'environnement. Il en connaissait la moindre pierre, le plus petit sillon ou chaque talus qui longeaient les sentiers, et à la fin de l'été, il pestait en voyant traîner des papiers, des bouteilles, des sacs plastiques, voire des choses innommables ! Il repérait également des restes de feux sauvages qui avaient dû servir à pique-niquer ou à passer des soirées à chanter et à jouer de la guitare. Les traces noircies étaient bien trop près des bois et forêts. Le Guste cataloguait cette jeunesse actuelle d'inconsciente et d'irrespectueuse. Le feu, c'était sa hantise ! S'ils avaient connu en 44 celui déclaré au bois de Bernel par les Allemands, et qui avait coûté la vie à une petite du village, ils y feraient plus attention ! Tout le monde ici se souvenait et personne n'avait envie de voir à nouveau s'étendre des flammes meurtrières et dévastatrices…

Les deux femmes étaient heureuses de passer un moment aux confidences. Le travail de la ferme ne leur permettait pas de partir chez l'une ou l'autre autant qu'elles le souhaiteraient, et leurs hommes auraient vu cela d'un mauvais œil.

Pendant que Berthe posait une assiette bien chaude de petit salé et pommes de terre devant son amie affamée, Sidonie racontait…

— Une dépense importante, certes, mais j'ai travaillé pour avoir cet argent, il me semble ! Ah, le cochon, il ne voulait rien me donner, mais je ne me suis pas laissé faire. J'ai trimé toute ma vie, j'ai droit à quelque chose quand même, puis ce ne sont pas ses enfants qui lui ont coûté cher ! J'ai dû le menacer de vendre mon alliance pour nourrir la petite, alors là, je t'dis pas ce qu'il m'a passé, riant de bon cœur. Et tu aurais vu sa tête quand je lui ai dit de manger sans moi ce midi, comme si je lui tenais sa fourchette ou sa cuillère, finit-elle par se moquer ! Ah, tu te demanderais qui est le gosse, oui !

— Tu as du cran toi, moi j'sais pas si j'oserai ! En même temps, cette poupette, elle peut pas rester cul nu pardi ! Elle est si mignonne. Que c'est dommage qu'elle soit partie ton Anette, c'est un peu ta fille, puis, ça te fait une petite-fille à présent. Tu le mérites ma Sidonie, tu as été si courageuse ! Ton mari, lui, est revenu de la guerre, mais vois mon pauvre Charles ! sortant son mouchoir pour essuyer ses yeux. C'est pour ça qu'il parle plus mon André, il ne s'en remettra jamais ! Tu penses, un fils qui devait reprendre la propriété !

— Chez nous, sans héritier, pour sûr que la question ne se pose pas ! Si on avait gardé notre Anette, qui sait, avec le temps, l'Émile aurait peut-être voulu d'un mariage avec un bon gars d'ici qui aurait repris le flambeau, mais même ça, il n'a jamais voulu l'envisager ! J'espère qu'elle reviendra vite et qu'on pourra voir les choses autrement, puis moi, la Fannie, je m'y attache, que veux-tu. Sa mère, pour sûr qu'elle est de l'assistance publique, mais moi je dis que le jour où elle a mis les pieds chez nous, elle est devenue comme ma fille ! tapant la main sur la table.

L'heure de repartir arriva bien vite, mais les deux femmes se promirent de se revoir bientôt. Berthe précisa qu'elle voulait aussi profiter de cette petiote et la voir grandir…

Le Guste arriva à l'heure, on ne pouvait lui enlever cette qualité. Il ne fit aucun cas de Berthe qui calait les achats de son amie dans un coin de la carriole, et encore moins de Sidonie qui s'installa à côté de lui, Fannie dans les bras.

« Il doit penser au coup à boire avec mon homme à cette heure ! », pensa Sidonie.

Comme si Berthe venait d'entendre sa pensée, elle eut un large sourire lorsque sa voisine lui fit un signe de la main en passant devant elle…

Comme à son habitude, Émile reçut son associé et ami devant une bouteille de gros rouge. Le Guste ne partirait que lorsqu'elle serait vide ! L'époux ignora sa femme comme un enfant contrarié, mais n'oublia pas de faire une réflexion lorsqu'elle déballa ses achats.

— Tu vois le Guste ce que ça coûte les bonnes femmes quand tu les lâches à la ville ? On peut travailler nous autres, je te le dis ! Tiens, c'est bien toi le plus heureux, j'aurais fait vieux garçon si j'avais su tout ça, mais on pense pas avec la tête quand on est jeune, pas vrai l'ami ? envoyant une bonne tape sur l'épaule du Guste, tout en lâchant son rire gras. Puis il remplit à nouveau les deux verres ballon.

Sidonie monta à l'étage pour coucher Fannie qui pour une première sortie semblait épuisée de fatigue. Il fallait dire qu'elle n'avait jamais eu autant de risettes et de caresses prodiguées par les deux femmes.

Elle rangea dans le petit coffre qu'elle avait installé à côté du sien, les achats du jour. Quand les hommes seraient partis vaquer à leurs occupations, elle irait stériliser les biberons neufs. Elle regarda, attendrie, la petite capeline bien chaude que porterait sous peu Fannie.

« Que c'est petit et si joli. Comme j'aurais aimé connaître ça toute jeune femme ! », faisant virevolter les petites chemises et collants de laine…

Elle sortit du fond du grand coffre une vieille boîte à biscuits, son trésor comme elle le nommait. Jamais son homme n'aurait un jour l'idée de venir fouiner ici, ni ailleurs du reste. Que pouvait cacher une pauvre et simple paysanne comme elle ?

Oui, mais voilà, cette journée n'était pas comme les autres. C'était même un jour très spécial. Elle y avait réfléchi toute la nuit dernière suite à ce qu'avait dit Émile la veille. Si elle ne revenait pas l'Anette, qu'en serait-il de la petite ? Et si son agresseur avait vent de cette naissance ? Tellement de questionnements tortueux, qu'elle avait dû prendre l'ultime décision, la meilleure décision !

« Voilà, c'est fait, personne ne pourra le savoir et encore moins à y redire ! », se rassura Sidonie.

Seule son amie Berthe était dans la confidence, au cas où il lui arriverait malheur…

Fannie s'endormit sans broncher alors qu'il n'y avait plus un seul bruit à la cuisine. Sidonie descendit donc dans son antre pour finir de préparer le matériel de sa petite. L'Émile, même seul, avait tout mangé ce midi, mais, comme à son habitude, il avait tout laissé en plan sur la table. Une bouteille de vin vide et deux verres tachés de rouge, y trônaient également…

Elle entreprit sa vaisselle l'esprit rassuré. Une nouvelle énergie s'était emparée d'elle, comme si elle venait de perdre dix ans en une matinée ! Oh, ça ne se voyait pas sur sa figure, mais dans son cœur, ça oui !

Bien sûr, elle avait beaucoup de peine que son Anette ne soit pas près d'elle. Elle se demandait où elle pouvait bien être, et surtout, avec qui ? Elle avait déjà eu et vu tant de malheurs cette pauvre gamine, qu'il serait bien normal que Dieu lui tende la main pour l'aider un peu, satisfaire ses vœux. Comme de revenir vivre avec sa fille, ici, dans cette maison, tout près d'elle, pour toujours. Mais Dieu n'avait pas l'air de vouloir faire quoique ce soit en ce qui concernait Anette, mais Sidonie, oui, elle pouvait agir, à sa manière…

À présent, il fallait avancer, avancer pour plus tard, pour l'avenir, pour le devenir de Fannie. Cette fermière infertile s'était transformée en une lionne sauvage prête à tout pour sauver l'enfant qu'elle chérissait plus que tout, un petit être sans défense. Mais elle s'était juré que jamais cette enfant ne connaîtrait la malchance et le sort de sa pauvre mère, même si elle devait y laisser sa propre vie…

Chapitre V

Tulle

Anette ne parla pas beaucoup ce soir-là à la table de cette famille jusqu'alors inconnue et pourtant si aimable avec elle. Elle admirait discrètement tout ce qui l'entourait. La cuisine était très actuelle, avec un grand buffet à deux tons en formica et une table assortie. Des chaises en similicuir et pieds aluminium étaient très confortables. La vaisselle paraissait si délicate avec la finesse de ses petites fleurs bleues. Quel contraste avec la ferme d'où elle venait ! De lourds meubles rustiques en bois, des chaises paillées bien trop droites, sans parler des bancs étriqués et bas. La vaisselle était lourde et grossière. Anette n'avait jamais pu faire le tour de son bol du petit-déjeuner avec ses deux mains, on aurait pu croire à un saladier !

Intimidée, elle hochait la tête ou souriait. Elle écoutait et contemplait le bonheur qui se lisait sur leurs visages. Laurette, 8 ans et Sophie, 10 ans, étaient deux fillettes très ouvertes et plaisantes. L'une ressemblait à sa maman, avec des cheveux blonds, un teint laiteux et ses grands yeux bleus, alors que la seconde était une brune au teint hâlé, aux yeux noisette de son papa. Elles étaient indéniablement jolies toutes les deux.

Le repas fut succulent et copieux, surtout pour un souper. Un bouillon de viande au vermicelle, une omelette de pommes de terre avec une salade verte, et en dessert, un flan à la vanille. Sidonie cuisinait fort bien, mais plus classique, voire rustique, et pas aussi varié, compara secrètement la jeune fille.

C'était la première fois qu'elle pouvait comparer deux mondes si différents. Les gens de la campagne et ceux de la ville…

Claire et François firent tout leur possible pour mettre leur invitée à l'aise. Ils avaient pu voir la détresse dans ses yeux si tristes. Ils respectèrent son silence, mais ils auraient bien aimé savoir le devenir de cette jeune fille, seule dans la rue en fin de journée, dans une ville qu'elle ne semblait même pas connaître.

— Une infusion Anette, ça vous réchauffera ? L'automne est bien froid cette année et vous êtes si pâlotte ! Venez, passons au petit salon…

François intima l'ordre à ses filles d'aller jouer dix minutes dans leur chambre et ensuite au lit ! Malgré quelques protestations, à la vue des sourcils froncés de leur père, elles montèrent, déçues, le magnifique escalier en chêne doré, joliment tourné.

Le salon. Jamais encore Anette n'avait vu une telle banquette avec ses deux fauteuils en velours côtelé vert, à l'assise gonflée et sûrement fort confortable.

— Je vous en prie, Anette, installez-vous sur le canapé, proposa François qui prit place dans un fauteuil placé juste en face.

Claire arriva avec un plateau chargé de trois tasses fumantes et une petite assiette de biscuits. Son mari se leva précipitamment pour poser ce chargement sur la table basse.

— Je vais faire le service mesdames, profitez-en, je suis votre serviteur, s'amusa François, tout sourire.

Claire, peu surprise, s'assit près de leur invitée, en croisant les jambes et se tenant bien droite.

« Une vraie dame », pensa alors Anette qui se redressa quelque peu à son tour. Ce qui l'intrigua encore plus, c'était de voir ce père de famille faire le service. Jamais encore un homme n'avait eu ce comportement dans les fermes où elle s'était rendue !

— C'est très chaud, faites attention, jeune fille, lui tendant une tasse sur sa soucoupe garnie d'un biscuit.

— Oh, merci monsieur ! prenant la tasse prudemment.

— Alors, Anette, si vous me permettez de vous appeler par votre prénom, d'où venez-vous ?

La jeune fille se sentit rougir de gêne. Que répondre ? Elle n'avait pas envie de mentir à des gens si gentils, mais dire la vérité, c'était la condamner…

— À vrai dire, de pas très loin, du côté de Beynat. Je ne connais pas bien Tulle ! Alors, j'avoue avoir été… très maladroite pour trouver mon chemin, la voix hésitante et chevrotante.

Le couple se lança un regard complice. Il suffisait d'un seul coup d'œil entre eux pour se comprendre.

— Vous ne serez pas la première à vous perdre dans une ville, même si Tulle n'a que deux grandes rues principales… L'une pour monter et l'autre pour descendre, mais sur pas moins de trois kilomètres ! Ensuite, vous êtes plus ennuyés par les quartiers qui entourent le centre-ville, comme le Trech ou l'Alverge par exemple. J'avoue que toutes ces vieilles petites rues sont un vrai labyrinthe, sans compter les escaliers et les ponts. Mais vous ne connaissez pas encore, vous verrez comme c'est joli, avec notre grand clocher, la cathédrale Notre-Dame ! Saviez-vous que nous la devons en partie au Pape Urbain II de passage à Tulle au XIIe siècle…

Anette écoutait sans dire mot…

« Comment apprécier une ville quand on n'avait rien pour y vivre ? », se désolait-elle intimement.

Mais tout ce que racontait cet homme en l'instant lui donnait envie de la découvrir…

— François, tu vas ennuyer Anette ! Mon mari est intarissable quand il s'agit d'histoire. Vous verrez beaucoup de choses par vous-même !

— Oh, mais ça ne m'ennuie pas du tout, répondit poliment la jeune fille, confuse de voir se lever l'époux.

— Bon, je vais voir les filles, chérie, ne te dérange pas, je les mettrai en pyjama ces chipies. Je vous laisse entre vous, mesdames, à des conversations, disons... plus féminines ! prenant un air malicieux en regardant sa femme.

Claire s'en amusa et lui mit une tape sur l'épaule.

À peine le père arrivé à l'étage, que des petits pas rapides se mirent à claquer sur les marches de l'escalier. Deux petites furies surgirent au salon.

— Papa veut nous coucher, c'est pas juste dit l'une...

— Puis on veut dire bonne nuit à Anette, reprit la deuxième...

— Tout d'abord, il faut dire, ce n'est pas juste, Laurette, et ensuite, vous avez le droit de dire bonsoir à notre invitée, bien entendu.

Les fillettes se jetèrent alors sur Anette qui ne savait comment se comporter, peu habituée à tant de démonstration affective ! Après des embrassades et des rires, on entendit François qui de l'étage criait.

« Les filles, le loup vous cherche pour vous dévorer. Hum, mais qu'il a faim ce loup ! »

Elles repartirent aussi vite avec des cris d'excitation...

— Elles sont adorables, madame, osa Anette.

— Adorables, oui, mais usantes ! Elles parlent et remuent beaucoup trop, s'amusa Claire.

Anette pouvait ressentir tout l'amour de cette mère pour ses filles. Si seulement elle-même...

Claire s'aperçut de l'éclat ombrageux passé dans les yeux d'Anette.

— Et vous, Anette, parlez-moi un peu de vous. Vos parents sont de la région, vous avez des frères et sœurs ?

Anette eut une bouffée de chaleur, il ne lui était pas possible de se raconter. D'ailleurs, elle ne savait absolument rien sur sa famille. Peut-être avait-elle des frères et sœurs abandonnés quelque part ? Mais, il valait mieux croire qu'elle était seule, une souffrance suffisait...

— Oh, je suis fille unique et mes parents ont une ferme, enfin, une toute petite propriété ! Aussi, comme j'ai fini ma scolarité, je viens chercher un apprentissage ou du travail à la ville. Je n'ai pas envie de garder la ferme de toute façon, c'est bien trop pénible et ça rapporte si peu ! ajouta la jeune fille, fière de s'en être sortie aussi facilement.

Claire saisissait mieux pourquoi cette jolie paysanne portait des vêtements usagés. La vie à la campagne était bien pénible et peu enrichissante, surtout pour une fille.

— Je peux comprendre, j'ai passé mes étés à la campagne, vous savez ! Mes parents y avaient une maison de vacances. Nous regardions les enfants des fermes environnantes travailler dans les champs. Nous voyions bien qu'ils avaient envie de venir jouer avec nous, mais malgré des coups d'œil furtifs, ils ne s'arrêtaient pas ! Avec ma jeune sœur, nous adorions nous rouler dans l'herbe verte et odorante, cueillir des fleurs sauvages, nous baigner dans l'eau vive de la rivière, construire une cabane avec des bouts de bois et des fougères. Je me rappelle que nous jouions avec ces épis de maïs en les prenant pour nos poupées, que de souvenirs…

« Comparer une maison de vacances à la campagne, à une ferme où l'on croule sous le travail, tout de même ! s'offusqua la jeune fille. Cette femme ne se rend donc pas compte de sa maladresse ? En même temps, quand on vit dans un tel confort…

Lorsqu'elle reporta son attention sur Claire, elle aperçut ses yeux remplis de larmes qu'elle essuyait d'un geste discret et furtif.

— Vous vous sentez bien, madame ? s'inquiéta alors Anette, s'en voulant sur le coup de son jugement hâtif.

— Veuillez m'excuser, Anette. Des souvenirs qui semblent joyeux et pourtant, si douloureux. J'ai perdu ma sœur, Arlette, d'une mauvaise grippe en 42. Sans antibiotique pour la soigner, une complication la fit mourir d'une pneumonie. Sans cette horrible guerre, Arlette serait encore parmi nous, elle aurait pu être sauvée !

Anette eut le cœur brisé par le chagrin de cette femme. Les gens avaient tellement souffert de faim, de froid, de maladies, du non-retour d'un fils, d'un mari ou d'un père...

François revint essoufflé et les joues rougies.

— Ses fillettes m'ont eu ! Elles m'ont fait courir dans tous les sens entre gants de toilette et pyjamas criant au loup ! redonnant le sourire sur les visages des deux femmes.

Le couple discuta encore un moment, de tout et de rien, des banalités d'une vie quotidienne, et surtout normale. Anette pensa alors à sa petite Fannie qui aurait été si bien dans un foyer comme celui-ci. Mais voilà, le destin s'acharnait toujours sur les mêmes...

— Il est hors de question de vous mettre à la porte pour la nuit, Anette. Nous avons un bureau avec un lit d'appoint et un cabinet de toilette attenant. Nous ne nous en servons jamais, car nous avons tout à l'étage. Vous y serez bien installée pour dormir et bien plus tranquille. Les filles le matin sont un véritable séisme ! Venez, je vais vous montrer, déclara Claire, ne laissant aucune possibilité de protestation à la jeune fille.

Anette suivit la maîtresse de maison en disant un timide bonsoir à François au passage.

Le bureau se trouvait juste en face de l'appartement, sur le palier de l'entrée principale. C'était la porte sur la gauche qu'elle avait aperçue en arrivant. La pièce était certes petite, mais fort bien agencée. Un magnifique lit-bateau, tout en noyer, se situait contre le pan principal avec un guéridon en guise de chevet juste à côté. Au centre de la pièce, un élégant bureau avec son fauteuil cuir donnaient sur la fenêtre. Une armoire se situait juste à côté de la porte. Au mur, quelques vieilles photographies et une étagère avec des livres.

— Comme c'est charmant, ne put que s'esclaffer Anette !

— Merci ! Voyez-vous, au début, l'on pensait s'y replier pour travailler, lire, enfin trouver un moment bien à nous, mais ni mon époux ni moi-même ne pouvions y rester bien longtemps isolés. Les filles ne supportaient pas d'en savoir un de nous deux ici ! l'amour se reflétant dans ses jolis yeux. Ah, et ici, vous avez le petit cabinet de toilette, simple, mais pratique, faisant coulisser une porte qui aurait plus fait penser à un placard. Vous trouverez des serviettes de toilette et une savonnette. Ça vous ira, Anette ?

— Oh, mon Dieu, oui ! Je n'ai jamais rien vu de tel ! Mais, enfin, si je peux me permettre, pour les commodités, où…, rougissant de son audace.

— Mais bien sûr, j'allais oublier ! Venez…

Elle revint sur ses pas, et une fois sur le palier principal, lui montra une porte lambrissée, complètement cachée dans le mur du fond.

— C'est ici ! Nous en avons fait mettre à l'étage également il y a peu, car nos filles avaient peur de venir ici toutes seules, s'amusa Claire. Voilà, je peux vous laisser Anette, tout ira bien ? Je laisse la porte communicante ouverte, n'hésitez pas à aller à la cuisine si vous aviez besoin de quoique ce soit…

Anette se sentit mieux, une bonne toilette lui fit un bien fou et elle n'eut de cesse de penser à se changer pendant toute la soirée ! Elle s'était lavée avec un lange de son sac pour ne pas salir les serviettes blanches de la maison. Elle avait rincé son petit linge et l'avait étendu sur le rebord du gros radiateur en fonte sous la fenêtre. En chemise propre, elle s'allongea sur le lit sans le défaire, de peur de salir les draps. Son accouchement lui avait laissé des désagréments qu'elle n'aurait pu imaginer…

Elle ne savait pas combien de temps elle avait dormi, mais elle entendait une certaine agitation provenant de l'extérieur. Elle entrouvrit sans bruit les volets pour voir passer sur le trottoir des hommes qui discutaient tout en marchant hâtivement. Le clocher sonna, Anette compta les coups… cinq.

« Il faut me préparer, je ne peux rester ici plus longtemps. C'est déjà tellement gentil de leur part de m'avoir hébergée pour la nuit, mais il faut que je me rende au centre-ville pour l'ouverture des commerces ! », se conforta-t-elle.

Elle ne laissa aucune trace de son passage, et sortit du bureau à pas de loup, alors qu'elle entendait 6 heures du matin retentir à l'église de Souilhac.

C'était l'heure où François sortait du lit pour se préparer à son tour…

« Tiens, Claire a oublié de fermer à clef hier soir, c'est rare, il faut dire qu'elle s'occupait de notre invitée ! », pensa alors le contremaître en sortant discrètement de chez lui pour ne pas réveiller Anette.

Vers 8 heures, les filles étaient déjà en pleine forme. Il n'y avait pas école aujourd'hui. Elles ne tenaient plus en place, car elles avaient préparé un joli petit plateau avec leur maman pour le petit-déjeuner de leur jeune locataire.

— Chut ! Faites doucement mes chéries, notre petite amie dort peut-être encore.

Claire frappa doucement, une fois, puis une deuxième fois un peu plus fort, sans recevoir de réponse.

— Bon, c'est raté mes chéries, Anette dort encore. Nous reviendrons dans un moment, rassura-t-elle ses filles déçues.

— Mais ce sera tout froid ! se désola alors Sophie.

— On fera réchauffer le café et le lait ! Laurette, tu viens ma puce ?

La petite équipe s'en retourna sur leurs pas.

« Anette se repose, c'est une très bonne chose », pensa alors Claire en souriant. Elle avait bien vu la veille les cernes bleus sous les beaux yeux de cette jeune fille qui lui semblait bien trop inexpérimentée et fort démunie pour affronter cette nouvelle vie.

— Y'a personne, maman ! s'esclaffèrent les deux fillettes en revenant du bureau en courant.

Il était 9 heures. Claire avait pensé que c'était une heure raisonnable pour laisser Sophie et Laurette qui n'y tenaient plus, aller réveiller Anette.

— Comment ça, il n'y a personne ?

Claire se dirigea à son tour vers le bureau d'un pas rapide. Elle vérifia le cabinet de toilette, puis se dirigea vers les commodités, toqua à la porte avant d'ouvrir la porte. Elle jeta un dernier coup d'œil dans la petite pièce laissée impeccablement propre, lorsqu'elle aperçut sur le bureau une feuille pliée. Elle s'approcha, la saisit pour lire.

« *Merci pour tout, sincèrement. Je suis désolée de partir ainsi, mais je ne voulais pas abuser de votre hospitalité. Bien à vous, Anette* »

— Elle est où Anette ? demanda alors Sophie.

— Je ne sais pas, mes chéries, mais peut-être que papa pourra nous le dire ce soir, se devait-elle de les rassurer.

Elle replia machinalement le bout de papier pour le glisser dans la poche du devant de sa robe et referma le bureau. Elle était déçue, et pourtant, pas si surprise que ça. Elle avait bien vu que quelque chose n'allait pas chez Anette en discutant avec elle la veille. En se couchant, elle en avait fait la remarque à son mari qui lui avait répondu qu'on ne traînait pas à cet âge seule en ville, le ventre vide et mal affublée quand tout allait bien ! Il lui avait même précisé qu'en gagnant sa confiance, elle arriverait à en savoir un peu plus pour pouvoir lui apporter une aide concrète…

Une idée lui était venue ce matin au réveil, seule dans son lit. Un secret que même François ne savait pas encore. Elle avait préféré laisser passer les deux premiers mois pour ne pas le décevoir. Mais bientôt, elle espérait un petit frère à ses deux chipies, dans sept mois plus exactement. Un garçon, combien son époux serait heureux. Oh, ce n'était pas qu'il n'aimait pas ses filles, mais un petit gars, c'était important pour un père !

Elle avait pensé qu'elle allait être fatiguée et débordée ces prochains mois. Le médecin lui avait demandé de ne pas se surmener. Il fallait conduire les filles à l'école, tenir la maison, faire la cuisine, les courses, le linge… Jusque-là, elle était heureuse de bien faire, de montrer qu'elle était une bonne épouse et une parfaite maman. Mais l'aide d'une personne lui serait précieuse à l'avenir, et Anette semblait être la candidate parfaite !

Ses filles l'avaient adoptée immédiatement. Elle était discrète, semblait douce et s'exprimait fort bien. Et à en voir le bureau, elle était d'une propreté irréprochable. Qui plus est, cette jeune fille devait gagner sa vie pour subvenir à ses besoins. Ici, elle aurait eu tout ce dont elle avait besoin. Logée, chauffée, nourrie, rémunérée et bien traitée, qu'aurait-elle pu espérer de plus convenable ?

« Seulement voilà, je n'en aurai pas eu le temps ! », se dit la mère de famille intriguée et déçue.

Chapitre VI

Le commis

À la ferme, la tension grimpait semaine après semaine. Émile ne supportait pas la petiote comme il l'appelait et encore moins son épouse transformée en un masque de mimiques ridicules dès qu'elle regardait l'enfant.

« Regardez-moi ces singeries, à croire que la femme devient encore plus idiote devant un petit qui a la tête vide ! », se moquait l'homme, aigri.

Sidonie n'en faisait pas de cas. Elle était heureuse, voilà tout. Certes, elle devait s'activer doublement, s'occuper de Fannie, cuisiner, faire les lessives. Mais pas que ! Il fallait aussi assurer le travail extérieur dès que l'enfant dormait. Elle remplaçait Anette à la traite et au fenil pour passer le foin pour les vaches. Elle ouvrait aux volailles, ramassait les œufs, refermait le poulailler avant la tombée de la nuit. Elle nourrissait également les lapins, mais pour cela, fallait-il préparer des épluchures, leur porter du foin. Les deux chèvres donnaient du bon lait, certes, une partie réservée pour Fannie et l'autre pour les petits fromages, mais c'était encore une traite. C'était la mauvaise saison, mais il faudrait par la suite jardiner, récolter, faire les conserves. Sans oublier le cochon à qui elle portait la pâtée chaque midi pour l'engraisser afin qu'il soit prêt à être tué, débité et cuisiné fin janvier.

Rien que de penser à tout cela, Sidonie en avait des sueurs froides. Elle n'y arriverait jamais toute seule ! Et encore, heureusement que Fannie avait un rythme régulier, avec une tétée toutes les trois heures, suivie de plus de deux heures d'un bon sommeil. Les nuits étaient réparatrices pour elles deux avec un seul réveil nocturne afin que la petite engloutisse son biberon tenu au chaud contre une bouillotte roulé dans un linge. Cela évitait de faire craquer l'escalier en pleine nuit pour descendre en cuisine, et surtout, déranger son mari bien assez grincheux comme ça !

« Mais qu'en sera-t-il aux beaux jours si je dois aller dans les champs aider mon homme ? », s'inquiétait alors Sidonie.

Il fallait qu'elle parle à son mari pour voir comment ils allaient s'arranger sans soulever une tempête dans cette maison. Elle reconnaissait que les bras d'Anette manquaient plus qu'elle ne voulait bien se l'avouer.

L'hiver fut aussi précoce que l'automne et l'âtre n'en finissait pas de dévorer bruyamment les bûches. Sidonie avait installé Fannie sur une couverture non loin de la chaleur, où l'enfant gazouillait en regardant danser les flammes. Presque trois mois et aucune nouvelle d'Anette, ce qui inquiétait encore plus la maîtresse de maison. Mais comment savoir où elle se trouvait à présent ? Et que se passerait-il si l'assistance publique le découvrait ?

Sidonie n'avait pas encore signalé son absence au service de l'enfance. Elle espérait qu'Anette serait vite revenue et que tout cela serait passé inaperçu. Certes, elle touchait quelque argent pour couvrir les frais de nourriture et habillement, mais cela lui servait à présent à élever Fannie. Le tout dans le tout, elle ne volait personne !

Son homme ne roulait pas sur l'or non plus. Depuis la guerre, il fallait bien nourrir la France, alors des aides de l'État avaient été mises en place pour intensifier les cultures. Cela avait permis d'acheter d'autres parcelles de terre pour planter des noyers. Il cultivait aussi plus de pommes de terre, plus de maïs, du blé et gardait quelques prairies pour les ballots de foin. Il faisait avec le Guste quelques coupes de bois, ce qui permettait de se chauffer pour pas trop cher. Il y avait aussi la vente des génisses, des chevreaux, des volailles, lapins, fromages et œufs aux foires ou marchés. À la saison des champignons, mais seulement après que Sidonie ait son compte de bocaux pour l'année, le restaurant gastronomique d'Aubazine lui prenait cèpes, girolles et trompettes de la mort. C'est qu'il connaissait de sacrés coins l'Émile, on ne pouvait pas lui enlever ça !

Il touchait également une petite pension de guerre pour une blessure entre côtes et poumons qui lui avait laissé une respiration bruyante.

Sidonie calculait à la louche les revenus de la ferme lorsqu'elle entendit des voix à l'extérieur. Le temps de se diriger vers la fenêtre, que la porte s'ouvrait sur un Émile surexcité, suivi d'un jeune homme tout timide.

— Je te présente la patronne, pas méchante, mais pas bien maline non plus, s'esclaffa le fermier. Voici le Pierre, ma femme, mon commis à partir d'aujourd'hui !

Le garçon qui avait une vingtaine d'années la salua furtivement tout en baissant les yeux et en rentrant les épaules. On aurait dit un escargot.

— Un commis ? Mais avec quoi tu vas le payer celui-ci ? s'inquiéta l'épouse.

— Mais par mon travail, ma femme, par mon travail ! Toi tu le nourris, tu le blanchis, tu le couches, et moi, je m'occupe du reste ! T'as vu les bras qu'il a ?

Il tâta les biceps de Pierre puis se dirigea vers la bouteille de vin et sortit deux verres ballon.

— Pose-toit donc, elle va pas te manger, t'as pas assez de gras pour sa soupe, s'amusa encore l'homme.

— Et où il va coucher ton commis ? Parce qu'ici, je ne vois pas de chambre disponible, si ce n'est dans ton lit, continua la fermière.

Le jeune homme roula les yeux et ouvrit la bouche, surpris d'une telle éventualité.

— Non pas, t'en as de bonnes toi ! Au grenier, sous la pente, il y sera bien. Un bon plancher, solide, avec la chaleur qui monte, y'a plus qu'à mettre le lit de ta mère qui sert à rien et qui traîne là-haut depuis des lustres !

— Le lit de ma pauvre mère qui est morte dedans ? Mais…, s'essuyant furtivement le coin de l'œil.

— Mais quoi ? la coupa-t-il. Tu veux en faire un musée ? Y'a rien à redire, c'est comme ça, ou alors toi tu vas au grenier avec ta bâtarde, et le Pierre prendra ta chambre, c'est comme tu veux !

Sidonie, vexée, s'empressa de monter à l'étage rejoindre Fannie.

« Heureusement que cette petite n'est pas en âge de comprendre, il me fait honte cet homme ! », pensa alors cette pauvre femme épuisée.

Ce fut ainsi qu'un nouveau membre s'installa dans la ferme. Sidonie dut encore plus cuisiner, car ce Pierre, comme il lui avait demandé de l'appeler, mangeait pour deux ! Il fallait dire qu'il travaillait vite et bien et il avait de bonnes connaissances. Il parlait peu de lui, mais qu'importe, Sidonie n'était pas curieuse. S'il était gentil garçon et poli, c'était le principal ! En tout cas, la petite Fannie qui venait de faire ses 3 mois lui faisait de gros sourires charmeurs.

L'Émile et le Guste s'étaient entendus afin que Pierre aide aux deux propriétés, exactement comme les bœufs, cela arrangeait hommes et finances. Sidonie avait alors demandé au Guste pourquoi le commis ne dormait-il pas plutôt chez lui, vu qu'il était seul dans sa bicoque ? Il lui avait répondu sans détour.

— Si j'ai pas de femme chez moi, c'est pas pour avoir un gouyat, alors tu me fous la paix avec ça ! Les bœufs, je les veux bien dans l'étable, mais personne chez moi, nom de Diou !

Sidonie ne pipa mot et n'en reparla pas.

Exceptionnellement, le facteur toqua à la porte ce bon matin. Il avait bien cru ne pas arriver jusqu'à la ferme tant la neige avait tout recouvert dans la nuit, mais un pli recommandé, ça devait être fichtrement important !

Émile avait bien râlé lui aussi en se levant et en regardant par la fenêtre, car il avait prévu une coupe de bois.

« C'est que le bois, il en faudra un bon peu cette année, l'hiver semble bien rigoureux, ça risque de durer ! », avait-il fait remarquer, les yeux rivés au tapis blanc qui avait recouvert toute la campagne.

Avec ce mauvais temps, Pierre s'était proposé pour assumer le travail des bêtes afin de laisser Sidonie et le bébé bien au chaud. Le patron s'était du reste bien moqué de lui et de cet accord en hurlant.

— Si ça t'amuse mon gars de t'attendrir, c'est toi qui vois, mais tu feras quand même ce que j't'avais prévu. N'oublie pas que c'est pour moi que tu bosses le commis ! prenant un air supérieur. Mais laisse-moi te dire que j'ai jamais vu les femmes s'arrêter de travailler quand y avait mauvais temps, t'en ferais retourner plus d'un dans leurs tombes. Mais bon si ça te chante, te gêne pas !

Pierre était bien courageux et très poli, ce qui faisait bien plaisir à Sidonie qui avait de plus en plus de mal à supporter le comportement de son mari. Jamais content, encore moins reconnaissant, toujours à la mettre plus bas que terre, et le plus dur restait de voir sa façon d'ignorer Fannie. Pauvre petite. L'on pouvait croire qu'elle sentait le mauvais caractère de cet homme, car elle ne lui faisait jamais un gazouillis ou un sourire !

Le commis prit ses quartiers au grenier, peu exigeant, il était heureux de son aménagement spartiate, mais bien suffisant. Il complimentait souvent la fermière pour ses repas, ce qui la faisait rosir de fierté. Il proposait également ses services pour porter une bassine trop lourde, attraper un faitout bouillant dans l'âtre, toute chose qui lui semblait bien trop dure pour une femme… Cela amusait beaucoup son patron qui ne cachait pas son ressenti.

— T'es une vraie drôlesse, toi ! Où t'as vu qu'on faisait le boulot des femmes à la cuisine ? Si tu veux être un vrai fermier, faudra savoir tenir ta place le bougre ! lui tapant sur l'épaule.

Pierre ne craignait pas l'homme et savait lui parler tout pareillement, sans lever la voix, mais avec un ton franc.

— Il faut croire que la vie de famille me manque ! Ici, j'ai tout ce qu'un jeune de mon âge a besoin, votre femme et la petite, elles me le rendent bien, patron. Quant à mon travail, je pense que vous n'avez rien à y redire ?

Émile se racla la gorge, ne sachant comment il devait le prendre. Puis il se mit à rire pour cacher son embarras. Ce garçon avait du caractère et il aimait ça !

— Pardi que oui je suis content de toi, le Pierre. Moi, ce que j'dis, c'est pour ton bien ! Mais si ça te va, ça me va, tant que tu fais bien ton boulot. Et d'ailleurs, en parlant de ça, on va redresser la charpente du hangar chez le Guste. Avec la neige sur le toit, on travaillera par-dessous. Avec le poids, il manquerait plus qu'il lâche…

Sidonie signa le récépissé que le facteur lui tendait. Elle avait la main qui tremblait, un recommandé, elle n'avait pas l'habitude d'en recevoir ! Elle prit également le deuxième courrier tendu et remercia le facteur qui, sans s'attarder, repartit en zigzaguant sur la neige.

Assistance publique, service social, Brive, suivit-elle du doigt avec angoisse. Elle craignait que l'absence d'Anette ait été signalée et elle allait devoir rendre des comptes. Ou alors, était-ce pour Fannie, on voulait la lui prendre ?

« Je m'enfuirai s'il le faut moi aussi, je retrouverai Anette et on restera toutes les trois ! », maugréa-t-elle.

Elle déchiqueta le haut de l'enveloppe et en sortit son contenu. Puis, elle commença à ouvrir la deuxième pour prendre le temps de bien lire les deux au coin de la cheminée, bien installée dans son fauteuil.

Au moment où elle voulut entamer sa lecture, la porte de la cuisine s'ouvrit sur un Pierre essoufflé. Elle eut juste le temps de fourrer les courriers dans sa poche de tablier.

— Rien de grave, mais Émile est tombé de l'échelle, il doit avoir une jambe cassée, il ne peut plus bouger. Le Guste est parti chercher le docteur à Cornil. Il ne faut pas s'inquiéter, à mon avis, il s'en remettra vite, mais il ne faut surtout pas nous attendre pour manger.

— Tombé ? Mais comment qu'il a fait le bougre ? C'est pas toi qui devais t'y coller à la charpente ? Puis le Guste, avec cette neige, ça va être périlleux d'arriver jusqu'à Cornil, de là qu'il se casse la binette lui aussi !

— J'avais pratiquement fini de vérifier et consolider les liteaux, mais le patron a voulu contrôler, comme à son habitude, et il a glissé pratiquement arrivé tout en haut de l'échelle ! Et pour le Guste, ne vous inquiétez pas, le Charlot, il en a vu d'autres des hivers !

— J'arrive, le temps de réveiller Fannie, se précipita la femme vers l'escalier.

— N'en faites rien, il fait si mauvais temps, puis ça ne changera rien ! Dès que le docteur est passé, je reviens vous dire. Je prendrai la carriole du Guste, ça ira plus vite, répondit prestement Pierre.

Sidonie se frotta la tête tout en regardant par la fenêtre. C'était bien vrai que pour sa petite, il faisait bien mauvais temps !

— Entendu mon Pierre, t'es un gentil gars. Reviens vite me dire, mais reste prudent, ça doit glisser, même pour un vieux bourriquot et sa carriole, manquerait plus que ça, s'apitoya la fermière…

Les heures parurent longues à Sidonie qui se demandait comment allait son mari. Il n'avait eu qu'une blessure dans sa vie et encore, due à la guerre ! Sinon, son homme, n'avait jamais été malade, solide comme un roc, qu'il fasse chaud, froid, humide, jamais un rhume !

Elle tint le repas au chaud sur le rebord de la cuisinière, fit du café, réchauffa au mieux la maison, mais, aucune nouvelle. Seule Fannie arrivait à changer un peu les idées de cette femme inquiète qui en avait oublié son courrier dans sa poche de tablier…

Le ciel bas et lourd annonçait encore de la neige en cet après-midi. Sidonie était comme paralysée, toujours pas de nouvelles de son homme. Elle était coincée ici avec la petite, coupée du monde. Elle pensa alors à Anette, avec ce temps, comment s'en sortait-elle ? Elle était dans ses tristes réflexions lorsqu'elle entendit la carriole, ou plutôt Pierre crier après l'âne pour le stopper.

Elle ouvrit la porte pour voir l'équipage. Le jeune homme était seul.

— Et alors mon homme, il est où ? laissant à peine le temps à Pierre de descendre de la carriole.

— Rentrons, je vais tout vous raconter, répondit le garçon épuisé et gelé jusqu'aux os.

Pendant que Sidonie lui servait un bon bouillon de pot-au-feu, Pierre fit le compte-rendu du médecin.

— Rien de cassé, un genou qui a vrillé, les tendons et les ligaments distendus. Il lui a fait de solides bandages pour bien garder la jambe droite. Une bonne quinzaine sans marcher, et des béquilles à utiliser pour l'aider par la suite.

— Mais pourquoi qu'il est pas là alors, je comprends pas ?

— C'était l'hôpital ou rester chez le Guste ! Il ne doit pas se déplacer et encore moins prendre d'escaliers pour le moment. Enfin, il doit rester allongé le plus longtemps possible, et ici, ce n'était pas possible ! Mettre un lit dans la cuisine, avec Fannie en plus, ce serait peu commode. Le docteur a approuvé cet arrangement, puis quinze jours, ça passera vite, et moi je suis là ! la réconforta le jeune homme voyant l'air dépité de sa patronne. Puis je vous y amènerai le voir aussi souvent que vous le voudrez, le Guste me laisse l'attelage en attendant.

— Trop aimable de sa part ! Il n'a pas voulu de toi pour t'héberger, mais il peut bien garder mon homme. Comme si c'était le rouge qui allait guérir son genou ! Ah, la fine équipe, maugréa Sidonie. Mais merci, Pierre, j'ai plus que toi pour m'aider ici si je comprends bien, lui servant un bon morceau de bœuf bouilli avec des carottes, poireaux et pommes de terre. Tiens, mange donc mon garçon, tu l'as bien mérité, ça va te réchauffer.

— Je ne devrais sans doute pas le dire, mais moi, je préfère vivre chez vous, vous êtes si bonne, et Fannie est tellement adorable. Puis qui me ferait un aussi bon pot-au-feu ? lui lançant une œillade.

— Ah, le Pierre, tu es un petit charmeur, toi ! Heureusement que je n'ai pas une fille en âge de se laisser séduire, je m'inquiéterais bien de trop !

Le lendemain matin, il y eut quinze bons centimètres de poudreuse de plus que la veille. Le ciel restait bas et laiteux. Un manteau blanc avait recouvert entièrement la campagne. L'on aurait pu croire que le temps feutré s'était figé dans l'espace. Sans un bruit. Sans horizon. Sans âme qui vive…

« Un Noël blanc encore cette année. Pas question d'aller à la messe avec mon homme alité, ma petite sur les bras, et surtout, sans Anette ! », pleura secrètement Sidonie.

Chaque année, Noël était fêté simplement à la ferme du Puy de Pauliac, mais ça ne voulait pas dire que l'on ne marquait pas l'évènement ! Sidonie cuisinait un repas amélioré. Un bouillon au tapioca, une terrine de lapin, une volaille rôtie avec cèpes et châtaignes, un fromage de chèvre bien sec, une bonne bûche roulée à la crème pâtissière. Sans oublier le houx sur la table, une branche de sapin, une bougie… Et elle sortait la belle vaisselle ! C'était peu, mais ça rendait fière la maîtresse de maison. Anette était si joyeuse, le Guste et chez André étaient toujours invités et Émile prenait sa bonne humeur. André n'avait pas le cœur à fêter la naissance de l'Enfant Jésus alors qu'il pleurait toujours son Charles, mais il faisait bonne figure pour sa femme Berthe qui méritait bien un peu de joie, même si son chagrin était bien là au fond de son cœur…

S'ensuivait la messe de minuit à l'abbaye d'Aubazine. Anette, Sidonie et Berthe partaient avec allégresse par les bois et chemins pentus pour arriver sur la place du bourg. Au retour, elles savaient qu'un bon vin chaud les attendrait…

« Mais que tout cela semble loin à présent, pensa Sidonie. Y aura-t-il un autre Noël joyeux dans cette maison ? »

Elle ne put aller voir son mari ce jour, l'âne n'avançait plus dans cette neige, et avec Fannie, ça faisait une tirée à pied. Pierre depuis ce matin tôt, s'occupait des bêtes, du fumier, de la traite, des volailles, des lapins, des chèvres… En revenant, il déposa les deux seaux de laits frais et repartit chercher du bois sec pour la journée. Un bon casse-croûte l'attendait alors sur la table à son retour.

— Mon pauvre garçon, tu abats bien trop de travail pour un seul homme. Avec ce mauvais temps qui s'y met, ça n'aide pas. Et moi que cette petite coince à la maison. C'est que j'aimerais bien voir l'Émile tout de même. Ah, quand tout s'y met ! Et dire que dans deux jours c'est Noël !

— Vous savez quoi, Sidonie, répondit Pierre en dévorant son pain avec du fromage, en début d'après-midi, vous irez le voir votre Émile, et moi, je garderai Fannie. Ce sera l'heure de sa sieste de toute façon, ça ne craint rien !

— Oh, mais ça m'ennuie ! Et si elle pleurait ou avait faim, mon garçon, comment feras-tu ?

— Pensez-donc, pour faire chauffer un peu de lait pour son biberon, quelle affaire !

Sidonie hésitait, mais l'idée la tentait bien. Voir son homme et surtout sa jambe, elle en crevait d'envie.

— Bon, d'accord, mais seulement deux heures, je ne perdrai pas de temps. Merci, mon grand, tu es bien dévoué. Si seulement j'avais pu avoir un fils comme toi !

— Vous avez d'autres enfants ? Votre mari a grogné lorsque j'ai voulu lui demander, alors je n'ai pas insisté.

— D'autres enfants ? Oh que non, aucun à moi, notre plus grand malheur du reste !

— Mais, Fannie alors, elle est à qui ?

Sidonie s'aperçut alors qu'elle en avait trop dit, ou pas assez. Comment expliquer à ce garçon toute cette histoire ? C'était impossible !

— C'est une longue histoire Pierre, peut-être une autre fois je te la dirai. Je peux juste te dire qu'un jour, j'ai gardé une adorable fillette, oh oui, adorable, de ses 8 ans à ses 16 ans. Anette qu'elle s'appelait…

— S'appelait ? Parce qu'elle est… morte, hésita le jeune homme, compatissant.

— Mon Dieu, parle pas de malheur ! Non pas, juste partie. Enfin, elle reviendra bien un jour, pour sûr, mais quand ? essuyant furtivement une larme.

— Mais alors, Fannie c'est qui dans tout ça ? reprit Pierre de plus en plus intrigué.

— Une enfant de la grange, Pierre, comme sa mère, une enfant de la grange ! levant la main pour faire comprendre à son commis que le sujet était clos et qu'il n'en saurait pas plus.

Pierre dut capituler, il comprit que cette femme ne souhaitait pas lui parler de tout cela…

Sidonie s'habilla chaudement, mit ses bottes, bonnet, gants et écharpe. L'heure d'affronter le mauvais temps était arrivée. Voir un moment son époux était la seule chose qui comptait à présent. Elle répéta une dernière fois les consignes à Pierre concernant Fannie.

Un sourire chaleureux se dessina alors sur le visage du garçon. Cette femme lui réchauffait le cœur. Il pouvait sentir tout l'amour qu'elle portait à cette enfant…

Chapitre VII

Le bistrot

Cela faisait maintenant presque trois mois qu'Anette travaillait dans un café non loin de la préfecture, dans le quartier du Trech. Elle se souviendrait toujours comment elle avait réussi à trouver cet emploi…

Elle avait été saisie par le froid en sortant de chez la famille Verdier qui l'avait si gentiment hébergée. Il fallait dire qu'il faisait si doux dans le bureau à dormir tout près du gros radiateur diffusant une chaleur constante. Elle qui ne connaissait que celle cuisante de l'âtre ou la froideur des petits matins. Le jour n'était pas encore levé lorsqu'elle partit. Quelques groupes d'hommes aux pas rapides se dirigeaient vers leur travail, têtes baissées, épaules rentrées dans leurs cols remontés. Elle n'en ramenait pas large, avec cette crainte d'être interpellée par un ou plusieurs garçons comme la veille, mais il semblait qu'ils soient plus vigoureux en fin d'après-midi qu'à cette heure matinale. Ce qui la rassura.

Elle marcha d'un pas rapide, quittant le quartier de Souilhac, laissant la gare sur sa droite, pour se diriger vers le centre-ville. Tulle était tout en longueur, longeant la Corrèze qui séparait la ville en deux. Plusieurs ponts permettaient de passer d'une rive à l'autre.

Le jour se levait timidement, et dans ce ciel blanc, Anette aperçut le spectaculaire clocher de la cathédrale Notre-Dame. Tout autour de la place se trouvaient des commerces divers. Les premiers à émerger étaient les boulangeries et cafés. Aussi Anette prit son courage à deux mains pour proposer ses services avant l'arrivée des clients.

Comme dans le quartier de Souilhac, elle avait essuyé bien des refus successifs. Souvent, elle avait affaire aux épouses qui préparaient les vitrines ou caisses, et qui la rabrouaient sans ménagement. Seul un boulanger, les bras chargés de pain, la reçut avec un grand sourire. Il écouta patiemment sa requête.

— Ma pauvre petite, j'ai embauché une serveuse il y a à peine une semaine, déposant son chargement dans de hauts paniers puis frottant ses manches poudrées de farine. Elle ne devrait plus tarder du reste !

Anette, déçue, le remercia gentiment et se dirigea vers la porte, la mine triste et le ventre vide. Cette bonne odeur de pain frais et les viennoiseries avaient mis son estomac à dure épreuve.

— Mais attendez, tenez, prenez donc une baguette encore toute chaude ! Vous la trouverez si bonne que je suis certain de vous compter parmi mes clientes !

Cet homme rondelet, aux joues rougies par ses fours, semblait d'une telle bonté. Timidement, Anette saisit la baguette chaleureusement tendue pour entendre croustiller sa croûte entre ses doigts. La salive lui monta à la bouche. Elle prit une grande inspiration pour en savourer tous ses effluves...

— Ça sent bon, n'est-ce pas ? ne put s'empêcher de faire remarquer l'artisan avec fierté. C'est une odeur que l'on n'oublie jamais. Pendant la guerre, on en rêvait ! Sans notre bon pain français, on ne sait plus manger, c'est comme le bon vin, pardi ! reprit-il avec une ombre passant furtivement dans son regard...

— Merci beaucoup, monsieur, c'est très gentil de votre part et je ne manquerai pas de venir me servir chez vous, enfin, si je trouve du travail par ici, conclut la jeune fille empourprée.

Elle passa la porte lorsque l'homme la rappela à lui, la tutoyant à présent tant elle était jeune.

— Mais j'y pense, va donc chez le Léon, le bistrot que tu trouveras de l'autre côté, juste à une dizaine de commerces d'ici, en montant vers la préfecture. Vas-y de la part du Christian, je sais qu'il cherchait une serveuse à peu près en même temps que moi, on ne sait jamais ! Tu verras, il paraît un peu bourru, mais il a un grand cœur…

Anette n'en revint pas, elle avait une recommandation alors qu'elle ne connaissait personne il y avait à peine cinq minutes ! Elle l'aurait serrée dans ses bras si elle avait osé.

Ce fut le cœur léger en croquant à pleines dents dans la baguette, qu'elle se dirigea vers le lieu indiqué. Elle n'eut aucun mal à trouver le commerce après le virage. La vue sur le bâtiment de la préfecture était magnifique, l'on aurait pu croire à un château.

Il n'y avait que deux personnes accoudées au comptoir. Une odeur de vrai café enveloppait l'endroit. L'on pouvait entendre des bruits de vaisselle s'entrechoquer dans une pièce située juste derrière le comptoir. C'était un café bien entretenu avec des petites tables rondes en marbre et ses chaises bistrots. Anette faisait le tour de la pièce du regard lorsqu'un homme à la voix tonitruante la fit sursauter. Les deux clients eurent un petit sourire moqueur en regardant la jeune fille, comme s'ils s'attendaient à ce qu'elle soit dévorée toute crue par le cafetier.

— Je n'ai pas l'habitude de voir une jeune fille dans mes locaux à cette heure-ci, mais il faut de la jeunesse pour donner un p'tit coup de fouet ! Alors, qu'est-ce que je vous sers, demoiselle ?

Anette fut subitement embarrassée. Comment demander une embauche et ne pas consommer ? Puis, c'était fort gênant devant des clients !

Elle commanda donc un café et s'installa à une table, la plus éloignée du comptoir. Lorsque l'homme revint vers elle, elle osa lui demander timidement.

— Je cherche un emploi, et le boulanger, enfin Christian, m'a dit de venir vous voir. Il paraît que vous avez besoin d'une serveuse ?

— Ah, sacré Christian, toujours à papoter de tout et de rien ! Il vous a dit qu'il m'en avait piqué une de serveuse la semaine dernière ? Tiens, il a dû lui promettre une bonne baguette gratuite par jour, mais on ne sait pas laquelle ? parlant fort et riant devant ses clients amusés.

Seule Anette resta figée. Elle ne connaissait que trop bien cet humour salace d'où elle venait…

Le cafetier s'assit en face d'elle, un torchon plié sur un bras. Il se pencha en avant, retrouvant son sérieux.

— Tu as déjà travaillé en cuisine ou au service en salle, petite ?

— Pas vraiment, mais j'apprends vite ! Et à la ferme, je cuisinais, débarrassais, nettoyais. Le travail ne me fait pas peur, monsieur, priant intérieurement que cela encourage l'homme.

Il se gratta la tête, se leva, laissant la jeune fille perplexe. Pourquoi s'éloignait-il aussi vite ? Il revint s'asseoir avec un café qu'il posa devant lui.

— Bon, il a dit vrai, Christian, je cherche bien quelqu'un, mais attention, ce n'est pas un travail facile ! Il y a un peu moins de monde en terrasse avec le mauvais temps, mais dès les beaux jours, il faut savoir courir. Tu habites sur Tulle ?

Anette devint toute rouge. Mais elle ne pouvait pas mentir et encore moins dormir à la belle étoile en attendant.

— Je cherche un emploi et… un toit également. Oh, j'aurais pu me loger chez des amis à Souilhac, mais ça fait une bien longue distance deux fois par jour, enfin je trouve ! s'excusa presque la jeune fille.

— Du travail et un toit… Bin, t'es une marrante, toi ! Mais bon, j'aime bien les audacieux, et mon petit doigt me dit que t'en vaux peut-être la peine ! Attends, ne souris pas trop vite, je te prends à l'essai deux mois. J'ai une chambre juste au-dessus. Un salaire auquel je retiens la chambre et le repas du midi, ça te va comme ça ?

— Oui certainement, merci beaucoup, monsieur. Mais… il me restera un peu de sous quand même, enfin, tout déduit je veux dire ? s'inquiéta tout à coup Anette en pensant à sa fille qu'elle voulait récupérer.

— Bin heureusement, faudrait que je sois drôlement malhonnête ! Disons que tu gardes tous tes pourboires, et si tu te débrouilles bien, tu verras, ça peut te faire un bon magot. Si on part sur dix heures par jour avec une coupure de 14 heures 30 à 16 heures 30, en terminant à 20 h, du lundi au samedi soir… voyons… tous frais déduits… ça te ferait un net de 5 000 francs. Tu as à ta disposition le lavoir et une douche à l'arrière de la cuisine. Les toilettes sont à l'extérieur, dans la courette. Je suppose qu'à la cambrousse, tu n'étais pas habituée au luxe ! Si tu es d'accord, tape là, et tu commences demain pour te faire la main.

Le cafetier but sa tasse d'une traite en faisant claquer sa langue.

Dans la tête d'Anette, ça allait vite. Les horaires, les chiffres, les repos, et 5 000 francs plus les pourboires, ce n'était pas rien ! Elle pourrait mettre de l'argent de côté pour trouver un logement plus grand et reprendre bien vite sa Fannie !

Elle tapa dans la main tendue, de toute façon, elle n'avait pas vraiment le choix.

— C'est quoi ton petit nom ?

— Anette, Anette Lagrange, monsieur.

— Bien Anette, et moi, c'est monsieur Léon ici ! Je vais préparer ton contrat à l'essai, il me faudrait tes papiers.

— Mes papiers ?

— Ne me dis pas que tu n'as pas tes papiers sur toi, tu viens de quelle planète ? Ta sécurité sociale, petite !

Tu as plus de 16 ans au moins ? Bon. Comme tu es à l'essai, je ferme les yeux le temps que tu me trouves tout ça, mais pas plus longtemps, c'est bien compris ? Ah, autre chose, tu ne reçois personne dans ta chambre, c'est dehors que ça se passe les galipettes !

Anette en rougit de gêne, mais s'il pouvait être sûr d'une chose, c'était bien qu'aucun homme ne monterait dans son nouveau chez-elle…

Trois mois et toujours pas de papiers. Monsieur Léon laissa un peu plus de temps à Anette afin de récupérer ses papiers, lui précisant que c'était bien parce qu'il était satisfait de son travail. Mais elle ne put se décider à retourner à la ferme de peur de se faire jeter dehors avant même d'avoir mis un pied dans la maison ! Pourtant, c'était Noël dans deux jours, elle aurait tant aimé voir sa petite Fannie. Et elle devait absolument récupérer ce fameux matricule de sécurité sociale.

« Pauvre Sidonie, elle doit se faire un sang d'encre. Je dois absolument m'y rendre. Elle va à la messe de minuit avec Berthe, là, je pourrai la voir sans crainte. Puis j'ai de quoi me payer le voyage en train cette fois-ci ! », pensa subitement Anette.

Monsieur Léon avait décidé de donner la semaine à son employée entre Noël et Nouvel An afin qu'elle rentre un peu chez elle. Il lui avait dit que téter sa goutte lui ferait le plus grand bien. S'il avait pu savoir que c'était elle qui aurait tant aimé donner la tétée à sa fille…

Anette était heureuse et elle n'en voyait pas la fin de cette dernière journée de travail. Les habitués faisaient une pause au bistrot pour se réchauffer un instant en buvant un café corsé. Il y avait des heures de pointe. Le matin à l'ouverture, juste avant l'embauche, arrivaient des hommes qui donnaient l'impression de devoir prendre du courage pour affronter leur journée. À partir de 11 heures, c'était l'arrivée « des assoiffés » comme les appelait monsieur Léon. Eux, c'étaient des boissons alcoolisées. De midi à 13 h 30 venait le service de la restauration rapide pour des employés qui n'avaient pas le temps de rentrer chez eux et qui mangeaient sur le pouce. Et enfin, de 18 h 30 à 19 h 30, revenaient les mêmes que le matin qui avaient enfin fini leur journée. Il restait une petite demi-heure à Anette pour remettre de l'ordre dans la salle et clôturer son service.

La jeune employée avait pris ses repères rapidement et les clients la respectaient. Oh, elle se faisait taquiner de temps en temps, mais c'était bon enfant. Monsieur Léon veillait au grain à sa manière. Le service proposait des sandwichs jambon beurre, au fromage, des croque-monsieur, des viennoiseries ou tartelettes. C'était Christian, le boulanger, qui livrait chaque matin vers 7 h 30 pains et pâtisseries. Il laissait immanquablement un croissant pour Anette. C'était l'heure où elle préparait ses tables, les présentations sur le comptoir, la caisse. Elle avait de plus en plus de liberté pour s'occuper et agencer à sa guise.

— C'est une bonne petite que tu m'as envoyée, mon ami, elle fait du bon travail ! Mais faudrait-il qu'elle pense à me donner ses papiers, cria-t-il plus fort pour qu'elle entende.

— Oui, monsieur Léon, après les fêtes, c'est promis, répondit l'employée, tout sourire.

Les deux hommes prirent un café sur le pouce en se disant à demain, comme chaque matin.

En partant, le boulanger se retourna vers la jeune fille.

— Passe à la boutique avant de partir, je t'ai fait un petit paquet pour les fêtes, Anette !

— Oh… c'est très gentil, monsieur Christian, mais ça me gêne tout de même !

— Bah, ne gâche pas mon plaisir, puis ma Lucienne te verra un peu pour papoter. À croire que cet homme te garde pour lui tout seul ! lançant une œillade à son ami.

Anette n'en revenait pas, autant de gentillesse et d'attention. Comme tout cela lui remplissait le cœur !

— Dis donc, t'en as de la chance toi, un croissant, un paquet pour Noël, se moqua alors monsieur Léon.

La jeune fille ne savait pas comment le prendre, était-ce un reproche ? Elle se mit à rougir.

— Mais ne fais pas cette tête-là, je plaisante demoiselle. Tiens, même que je vais en rajouter une couche. Il ouvrit la caisse pour en sortir une enveloppe. Moi aussi j'ai quelque chose pour toi. Tu es une bonne employée, ça mérite une reconnaissance ! prenant une voix forte, mais trompeuse, ne voulant pas montrer ses sentiments. Tiens, tes étrennes, ma jolie !

Anette prit timidement l'enveloppe et la tourna maladroitement dans ses doigts, passant d'un pied sur l'autre, ne sachant que dire.

— Et bien, un merci suffira, ma jolie ! se moqua-t-il.

— Merci, monsieur Léon, chuchota-t-elle, des larmes perlant sur ses joues rougies.

Anette était si peu habituée par autant de considération et de bonté. Ses larmes étaient des perles de bonheur. Cet homme était un saint, un père…

Le patron disparut en cuisine, son émotion était acérée devant ce petit oiseau tombé du nid…

Monsieur Léon était veuf. Cela faisait deux années qu'il avait perdu sa femme d'une crise cardiaque, le laissant complètement abattu et démuni. Elle n'était pas qu'une formidable épouse, c'était aussi une femme d'affaires qui faisait tourner la boutique d'une main de maître. Ce bistrot, c'était tout pour elle. Son bébé, son paradis, sa fierté, sa vie. Si

Léon passait pour un dur à cuire, devant sa femme, il fondait d'amour. Il lui suffisait de se noyer dans ses grands yeux bleus pour en perdre son souffle. Chaque soir, lorsqu'ils abaissaient le rideau, elle le regardait tendrement en disant : « Ç'a été une bonne journée mon Léon, comme je les aime, comme je t'aime ! ». Et ils rentraient bras dessus bras dessous pour un repos bien mérité pour affronter le lendemain, leur lendemain…

Il avait bien cru ne jamais s'en remettre de cette absence. La solitude lui pesait chaque soir quand il rentrait seul chez lui. S'il avait trouvé la force de continuer, c'était bien grâce à Christian et Lucienne qui avaient pris soin de lui. Et aussi ses clients qui lui faisaient oublier quelque peu son malheur, pour un moment seulement…

« Le café, c'est comme le pain, Léon, personne ne peut s'en passer. Ils feraient quoi tous tes clients si tu n'étais pas là ? Un cafetier comme toi, il n'y en a pas deux, tu es un monument ici. Imagine qu'on t'enlève la préfecture du bout de ta rue, ça te ferait quoi, Léon ? Et bien, c'est pareil pour toi ! », lui avait dit énergiquement son ami boulanger afin qu'il se ressaisisse.

Léon n'avait pas su s'il devait en rire ou en pleurer, mais ça lui avait sacrément secoué la couenne, comme l'on disait par ici !

Christian avait raison. Tout le monde l'aimait bien, monsieur Léon, il faisait partie du Trech comme le clocher de la cathédrale Notre-Dame.

Elle, elle sonnait, lui, il gueulait...

Anette arriva à la gare, un petit sac sous le bras, la boîte du boulanger sur l'autre. Des petits flocons de neige voltigeaient autour d'elle, lui chatouillant le nez et se posant comme un papillon sur ses cils. Elle souriait. Elle se sentait bien. Elle était heureuse.

Prendre le train ne l'angoissait plus, au contraire, elle en était fière. Ce soir, elle descendrait à la gare d'Aubazine, neuf kilomètres plus loin que Cornil. Il lui faudrait encore marcher trois bons kilomètres de plus dans une montée pénible. C'était là qu'elle trouverait Sidonie et Berthe pour la messe de minuit dans la petite abbaye du bourg d'Aubazine. Et Fannie. Son cœur s'enflammait à chaque instant qu'elle pensait à elle. Sa si jolie petite fille. Elle la verrait peu, mais elle aurait au moins des nouvelles fraîches, puis qui sait, peut-être que l'Émile finira-t-il par lui permettre de revenir à la ferme ?

Elle tenait fièrement son cadeau, la jolie boîte à pâtisseries du boulanger, et dans son sac, une petite enveloppe pour Fannie. Ce n'était pas beaucoup d'argent, mais ça aiderait aux frais, avait pensé alors Anette, qui avait tout prévu pour adoucir à sa manière la peine qu'elle avait pu faire à cette femme qui avait tant pris soin d'elle...

La nuit était tombée, le train filait dans le soir. On pouvait apercevoir des petites touches blanches briller dans la nuit, mais de plus en plus nombreuses en arrivant sur Cornil. La couche de neige était bien plus épaisse au fur et à mesure que le train roulait…

La petite gare d'Aubazine était déserte et glaciale. Le vent lançait des aiguilles sur son visage et ses mains. Anette quitta vite le quai pour se mettre à l'abri. Un homme derrière sa vitre embuée par le froid la regarda à peine en la saluant brièvement. Elle repensa alors au chef de gare de Cornil, lui si aimable !

« L'amabilité n'est donc pas un critère d'embauche ! », constata alors Anette, amère.

Elle marcha le plus près du fossé pour ne pas glisser, faisant crisser la neige fraîche. Elle avait une paire de bottes neuves et un chaud manteau qu'elle avait achetés à la foire. En dessous, une jupe noire, un chemisier blanc et un cardigan en laine, l'une des deux tenues de travail qu'elle mettait au café. Elle pensait alors qu'elle allait faire bon effet à Sidonie, une jeune fille qui travaillait et se tenait propre.

Il neigeait de plus en plus fort et la couche devenait fort épaisse. Anette eut du mal à finir la montée. Une fois sur la petite place encore vide à cette heure, elle but un peu d'eau bien trop froide à la fontaine, mais dont elle reconnaîtrait le goût entre toutes les eaux de sources du pays !

Il était bien trop tôt pour la messe. Anette décida de rentrer se mettre au chaud dans l'abbaye en attendant et de grignoter son sandwich discrètement. Elle s'assit sur un côté de banc situé dans une partie bien sombre, tout au fond, juste à côté de l'armoire liturgique du XIIe, classée monument historique et qui attirait tant de visiteurs. Anette n'avait jamais compris pourquoi. Elle la trouvait si austère, si sombre et bien trop grande, avec toutes ces ferrures à décors de têtes d'animaux et ses côtés en bois à dents de scie. Cela lui donnait froid dans le dos !

« J'espère que ce n'est pas un sacrilège que de mordre un peu de pain en ce lieu ? », se demanda Anette en s'éloignant un peu plus de l'armoire en se laissant glisser sur le banc.

L'odeur de l'encens, d'humidité et de vieux bois lui remplit les narines. Elle était tellement venue en ce lieu les jours de fêtes religieuses ou les dimanches matin pour assister aux messes en compagnie de Sidonie et Berthe. C'était bien là sa seule sortie du reste !

Se remplir l'estomac lui fit un bien fou, elle n'avait rien avalé depuis sa pause de 13 heures. Elle avait même refusé de manger une tartelette chez Christian pour ne pas être en retard à la gare. Lucienne lui avait fait les gros yeux en lui reprochant sa maigreur, comme à chaque fois qu'elle la voyait !

Le curé arriva, suivi de la sacristine les bras chargés de houx, de deux enfants de chœur portant chacun religieusement le calice et la patène, et enfin l'organiste. Anette rangea vite son reste de sandwich dans son sac et s'essuya furtivement la bouche. Deux possibilités. Aller saluer monsieur le curé qu'elle connaissait depuis toujours ou sortir discrètement. Elle opta pour la deuxième solution, ne sachant comment expliquer sa présence seule à cette heure. Elle préférait éviter les confidences…

La nuit était tombée, épaisse, lourde, blanche. La neige avait redoublé, enveloppant le bourg dans un épais manteau blanc. La messe de minuit se déroulerait vers 22 h 30 pour permettre aux gens de venir des campagnes environnantes. Beaucoup ici étaient isolés et éloignés, surtout les fermes. Elle décida d'aller cacher sa pâtisserie sur le rebord d'une fenêtre à l'arrière du presbytère. De quoi aurait-elle l'air avec sa boîte sous le bras pendant la messe ?

Anette entendit sonner 22 heures. L'on pouvait entendre au loin des rires d'enfants. Des rais de lumière filtraient par les interstices des volets clos qui tenaient le froid à l'extérieur des maisons.

« Des familles heureuses, réunies, aimantes, avec des enfants choyés ! », pensa alors la jeune fille nostalgique en faisant le tour des façades du regard. Elle pouvait imaginer un majestueux sapin de Noël garni de bougies et dorures, des odeurs de gâteaux et sucreries, la table mise pour une grande famille, des paquets enrubannés qui seraient déposés au petit matin, et le cri joyeux des enfants au réveil.

Tout ce qu'elle n'avait jamais connu…

— Anette, ma fille, que fais-tu ici toute seule, où sont les autres ? Mais rentre donc ma pauvre enfant, demanda chaleureusement le curé qui venait vérifier l'ouverture de la grande porte.

À son nom, la jeune fille sursauta, encore troublée…

— Oh, bonjour mon père ! Ils arrivent, mais avec ce temps ce n'est pas facile d'avancer, aussi j'ai marché à mon rythme en les laissant à l'arrière, osa-t-elle mentir.

— Ah, toujours de bonnes jambes, cette jeunesse !

Elle suivit le curé jusqu'à la nef où tout était prêt pour la messe. Anette salua timidement les intervenants qui allumaient les cierges, arrangeaient le houx et autres décorations de Noël. L'orgue s'échauffait sous les doigts de l'organiste. La crèche était magnifique, presque grandeur nature. Anette s'y reconnut en voyant l'Enfant Jésus posé sur la paille près d'un âne…

— Et bien, ma fille, tu rêves encore, tu n'entends pas ce que je te dis ? sourit le vieil homme.

— Oh pardon, je regardais votre si joli décor de Noël !

— Tiens, installe-toi ici, tu seras tout près d'un des poêles à gaz, je te ferai signe quand je verrai rentrer Sidonie et Berthe. Je ne pense pas voir l'Émile encore cette année ? confirma le curé en levant les yeux au ciel.

Anette ne put qu'en convenir…

Le battant de la porte grinçait puis claquait à chaque passage. Des voix feutrées glissaient dans l'église, des pas résonnaient sur la pierre, des pieds de chaises crissaient. Des enfants étaient en admiration devant la crèche, curieux et joyeux. La petite abbaye se remplissait gentiment sur des gens frigorifiés et recouverts de flocons de neige cristallisés.

Anette jeta discrètement un œil sur chaque nouvelle entrée, mais pas de Sidonie ni de Berthe. Le curé salua ses ouailles d'un signe de tête, mains jointes. L'orgue se mit à résonner sur le morceau du « divin enfant ». Des dizaines de bougies laissaient danser leurs flammèches étincelantes en saccades anarchiques, dessinant des arabesques sur les vitraux.

Le vieux religieux regarda furtivement Anette et lui fit un signe de la tête, l'air désolé. Il commença sa messe par une prière pour la venue de l'Enfant Jésus.

« Priez aussi pour ma Fannie et pour adoucir ma peine, mon père ! », murmura la jeune mère, attristée…

— Votre messe était merveilleuse, comme toujours, dit alors Anette restée seule après la sortie bruyante des habitants, pressés de vite rentrer chez eux, bien au chaud. Sidonie va être bien triste de ne pas avoir pu être là. À mon avis, avec Berthe, elles n'ont pu finir d'arriver, c'est qu'au Puy, il doit y avoir une sacrée couche, bien plus qu'ici, justifia alors Anette.

— Mais toi, mon enfant, comment vas-tu faire pour le retour, et seule qui plus est ? Veux-tu dormir au presbytère jusqu'à demain ?

— Oh, non merci, ils s'inquiéteraient bien de trop à la ferme. J'ai de bonnes jambes et des bottes ! Ce ne sera pas la première fois que j'affronte bois et chemins l'hiver. Joyeux Noël, mon père, et encore merci pour cette belle célébration !

— Que Dieu te garde, ma fille, souhaite un bon Noël chez la famille Lapierre et vos voisins.

Anette récupéra sa pâtisserie à présent toute glacée derrière le presbytère. Mais qu'importe, les gâteaux n'en seront que mieux conservés. Puis elle monta jusqu'en haut du bourg pour prendre le raccourci du Saut de la bergère. Il était très difficile d'avancer, une bonne demi-botte s'enfonçait dans la neige fraîche à chaque pas. Elle se rassura en pensant où elle allait se réfugier en attendant le matin, bien au chaud dans le foin, et surtout, tout près de sa petite Fannie. Qui sait, elle pourra peut-être passer la journée avec eux. Puis il faut qu'elle récupère absolument ses papiers !

« C'est Noël, les miracles, ça existe, alors pourquoi pas pour moi ? », se donnant ainsi la force morale dont elle avait tant besoin pour continuer d'avancer…

Chapitre VIII

Le service social

Pierre n'avait pas l'habitude de rester assis à ne rien faire, dans une cuisine qui plus est. Cela faisait trente minutes que Sidonie était partie et Fannie dormait comme un loir. Le feu crépitait, et assis dans le fauteuil en rotin, il regardait danser les flammes. Sidonie avait laissé le café au chaud et quelques biscuits. Il se leva pour se servir une nouvelle tasse afin de tuer le temps lorsqu'il entendit un moteur toussoter dans la cour. Il regarda par la fenêtre pour entrevoir une voiture à moteur de couleur noire, contrastant avec la blancheur de la cour, telle une mouche posée sur un morceau de sucre ! Il se frotta les yeux, pensant avoir une hallucination.

Il se dirigea alors vers la porte lorsque l'on tapa trois coups énergiques. Quelle ne fut pas sa surprise en ouvrant, de tomber nez à nez avec un homme en pardessus et chapeau, et une femme en manteau au col de fourrure. Des gens qui n'avaient rien à faire dans cette campagne retirée de tout !

— Vous vous êtes perdus, pas étonnant avec ce temps ! Et avec une telle automobile, ça ne doit pas être facile avec toute cette neige ?

— Oui, on a bien cru ne jamais arriver. Nous sommes bien chez Émile et Sidonie Lapierre, au lieu-dit Le Puy de Pauliac ?

— Euh… oui, c'est bien ici !

Pierre reluquait cette voiture flambant neuve. Une carrosserie imposante à la peinture d'un noir éclatant et aux chromes reluisants. On n'en voyait pratiquement jamais dans cette campagne.

— C'est une Citroën, une Traction avant, ça aide pour rouler avec un tel temps, je peux le confirmer ! Tout le poids est concentré sur les roues motrices, ça pousse ! précise fièrement l'homme pour satisfaire la curiosité du garçon.

La femme se serra un peu plus dans son manteau en lâchant un long souffle blanchâtre.

— Mais entrez vous réchauffer un moment ! Je suis seul ici, mes patrons sont absents. Vous venez pour quoi exactement ?

Le couple s'engouffra dans la cuisine accueillante et agréablement odorante. La femme se dirigea directement vers le feu et se frotta les mains.

— Je vous en prie, asseyez-vous. Un café pour vous réchauffer, il est tout chaud ?

Sans attendre de réponse, il attrapa deux tasses supplémentaires et posa l'assiette de biscuits au centre de la table. Il savourait en douce le fait de pouvoir recevoir comme s'il était son propre maître. La femme prit place face à son collègue et Pierre se mit en bout de table, cérémonieux.

— Nous avions envoyé un courrier pour leur annoncer notre visite ce jour. Si nous avions su, nous serions restés au chaud, sur les routes par ce temps, juste avant Noël qui plus est ! Vous êtes donc seul dans cette maison ? demanda la femme qui commençait à ouvrir son col en fourrure.

— Oui, je suis seul. Madame Sidonie est allée rendre visite à son mari à la ferme du Guste, enfin, d'un voisin.

— Son mari, dites-vous ? Parce qu'il ne vit pas ici ? reprit l'homme surpris.

— Oh si, bien sûr, mais c'est long à expliquer. Enfin, pour faire court, il est tombé et s'est fait mal à une jambe et doit garder le repos une bonne quinzaine de jours. C'est ce qu'a dit le docteur. Alors il est resté chez le voisin parce qu'ici, il y a l'escalier ! Vous pensez, madame Sidonie a voulu lui rendre visite au plus vite, c'est bien normal.

— Vous voulez dire madame Lapierre quand vous dites madame Sidonie ? voulut faire préciser la femme pour ôter toute ambiguïté.

— C'est bien ça, mais c'est ainsi que je l'appelle. Et je dis monsieur Émile pour le patron, enfin pour monsieur Lapierre ! expliqua Pierre, ne faisant qu'aiguiser la méfiance de la femme.

L'homme se racla la gorge et regarda sa collègue. Il n'avait pas l'air convaincu ! Ce fut donc lui qui poursuivit la discussion.

— Pouvez-vous nous dire où se trouve mademoiselle Anette Lagrange, jeune homme ? Vous n'en avez pas parlé jusqu'ici.

— Ane…tte… Lagr… ange ? Non, il n'y a personne ici de ce nom. Je ne vois pas comment j'aurais pu vous en parler, c'est bien la première fois que j'entends ce nom ! Pourquoi, qui est-ce, et pourquoi devrait-elle être ici ? demanda Pierre de plus en plus surpris.

Les deux personnes se fixèrent un moment, comme s'ils communiquaient par la pensée…

— Pouvez-vous nous parler un peu de vous ? Depuis combien de temps êtes-vous là, que faites-vous précisément et d'où venez-vous ? continua l'homme, ne prenant pas la peine de répondre à la question de Pierre.

— Pourquoi toutes ces questions, vous êtes de la police ? Si c'est le cas, j'aimerais bien voir vos cartes !

Vous savez, je n'ai rien à cacher moi ! Alors je vais vous dire, cela fait trois mois que je suis ici et que je n'ai vu personne d'autre à part madame Sidonie et monsieur Émile, pardon, madame et monsieur Lapierre. Ah si, j'oubliais, le voisin, le Guste… et son âne Charlot ! se moqua quelque peu le jeune homme. Je confirme que suis le seul employé de cette ferme si c'est ce que vous voulez savoir.

— Oh, ne le prenez pas à la légère, notre travail est déjà assez difficile comme ça. Nous sommes des services sociaux et nous venions voir une de nos familles d'accueil, par là même, Anette. Mais si vous dites qu'il n'y a personne d'autre, on vous croit ! reprit la femme qui semblait avoir un coup de chaud à présent, déboutonnant entièrement son manteau. Ça n'a pas l'air, mais ça chauffe bien ces cheminées, s'éloignant quelque peu de l'âtre.

— Pour sûr ! Ça s'appelle un cantou ! Et non une cheminée comme celle que l'on trouve à la ville.

Pierre se sentait de plus en plus agacé, il ne comprenait pas cette visite et encore moins cette histoire d'Anette…

« Ces gens ont dû faire une erreur de ferme, de lieu, de noms, tant cela semble absurde ! », maugréa-t-il intérieurement.

Le cri d'un bébé à l'étage le sortit de ses pensées et fit sursauter le couple.

— Oh, Fannie est réveillée, je dois monter la chercher, elle a sûrement faim, veuillez m'excuser !

— Fannie ? Qui est ce bébé, ou à qui est-il plutôt ? Vous disiez être seul ici, il n'y a pas moins d'une minute ? constata l'homme, les sourcils froncés.

— Je reviens immédiatement, reprit Pierre qui se dirigea rapidement vers l'escalier pour le gravir comme s'il y avait le feu !

Le couple se regarda, perplexe. La dame se leva et fit le tour de la pièce. Deux biberons sur l'évier, un panier de jouets avec une petite couverture roulée…

— Effectivement Marc, regarde ça, un bébé vit bien ici ! lui désignant ses découvertes.

— C'est plus qu'étrange, nous venons pour une jeune fille de 16 ans et nous trouvons un bébé ! Qu'est-ce que tu penses de tout ça, Marie ?

— Je pense que rien ne m'a l'air sensé dans cette maison, et que ce jeune homme ment, ou plutôt, nous tait des choses ! Tu ne le trouves pas bizarre ? Toujours l'air de ne rien savoir, et cet air moqueur qu'il prend ! Non, je ne lui fais pas confiance, mais, voyons ce qu'il a à nous dire au sujet de ce bébé…

Elle terminait à peine sa phrase, que Pierre revenait, Fannie dans ses bras, rosie par ses cris.

— Je vous présente Fannie, elle a 3 mois et c'est déjà une vraie petite charmeuse. Je dois lui donner son biberon, vous permettez ? tendant l'enfant à la femme se tenant debout au milieu de la cuisine.

Il la lui mit dans les bras sans attendre une réponse. Fannie regarda cette étrangère en fronçant ses petits sourcils. Pierre s'activa, fit tiédir le lait de chèvre dans une casserole pour remplir le biberon. Puis il fit couler un peu de lait sur son poignet pour en vérifier la chaleur. Satisfait, il reprit l'enfant, s'assit, et lui mit précautionneusement la tétine dans la bouche.

Il avait promis à Sidonie de s'en occuper au mieux, ce n'étaient pas ces deux individus qui l'en empêcheraient !

— C'est votre fille ? Vous me paraissez pourtant bien jeune pour être le père ! En tout cas, elle est toute jolie et bien éveillée pour 3 mois, constata alors la professionnelle de l'enfance.

— Ma fille ? Oh, mon Dieu, non, comme vous dites, je suis bien trop jeune ! Par contre, c'est bien vrai qu'elle est belle et bien vive. En fait, vous allez rire, mais je ne sais pas à qui elle est vraiment. Elle est là, c'est tout ! haussant les épaules pendant que Fannie lui touchait une joue avec sa petite main tout en déglutissant.

— Vous vous moquez encore de nous ? Mais c'est impossible une chose pareille, reprit Marc vigoureusement, on sait toujours d'où vient un enfant qui vit sous son toit ! C'est incompréhensible ! Tout semble suspect chez vous. Est-ce pour cela que madame et monsieur Lapierre se sont absentés, pour ne pas nous affronter ? Car si je résume, il n'y a pas d'Anette, mais un bébé inconnu au bataillon, un époux soi-disant blessé qui ne vit plus ici, une maîtresse de maison en vadrouille, et un employé à tout faire qui ne sait strictement rien ! C'est bien cela ?

— Et bien, ma foi, ce n'est pas vraiment exact, mais ce n'est pas complètement faux non plus, vu comme ça, confirma Pierre, crédule. Mais tout va bien à la ferme, je vous le jure, c'est juste que… vous tombez au plus mauvais moment !

Fannie ayant fini de téter, fit son gros rot, ce qui amusa Pierre.

La femme demanda, tout en regardant le breuvage posé sur l'évier, d'où venait ce lait que buvait l'enfant, le nombre de tétées, si elle dormait bien, avait-elle déjà été malade ?

Pierre répondit, confiant, sans se douter du dénouement. Il décrivit un bébé très plaisant à élever et à voir grandir…

— Je ne saurais répondre à toutes vos questions, mais le lait, ça, je sais ! C'est du lait que je tire chaque matin de notre meilleure chèvre. Bien nourrissant et gras à souhait. C'est pour ça que notre Fannie elle profite aussi bien ! Je ne l'ai jamais vue malade, pas depuis que je suis ici en tout cas ! Et pour le nombre de tétées, je ne suis pas toujours là, mais j'ai entendu dire madame Sidonie que c'était une gentille fille à se réveiller qu'une fois la nuit. Vous voyez, tout va très bien ici ! N'est-ce pas, ma Fannie ?

Pierre faisait sautiller l'enfant, tout sourire, dans ses bras.

— Bien, nous allons partir, mais nous allons amener cette enfant avec nous. Est-elle une grossesse cachée, une enfant trouvée, abandonnée, volée, que sais-je encore ? Il faudra bien que tôt ou tard Madame et monsieur Lapierre viennent se justifier dans nos services. Ensuite, nous aviserons !

Pierre voulut protester, mais la femme leva la main pour le faire taire. Elle poursuivit.

— Il faut dire que pendant la guerre et jusqu'à aujourd'hui, il y a eu une grande débâcle concernant le recensement des enfants. Entre les enfants mort-nés, de maladie, de faim, de froid. Tous ces petits juifs cachés dont les parents ne sont jamais revenus, et tous ceux déportés. Les enfants nés de soldats allemands, par amour, plus souvent par viol. Les bébés laissés pour compte par des grossesses indésirées, honteuses ou misérables, et que sais-je encore ? Nous ne connaîtrons jamais le nombre d'enfants nés, abandonnés ou morts toutes ces décennies. Mais nos services sont en train de changer, les années 50 sont en route avec des choses qui se mettent en place, et c'est un grand bien pour notre pays. La famille prend enfin tout son sens ! Il en est terminé de faire n'importe quoi au nom des guerres, des religions, des mauvais choix de vie, de la misère, ou des gens comme vous qui ne se demandent même pas d'où peut bien venir un bébé tel que celui-ci ! désignant Fannie.

Pierre n'avait jamais vu toutes ces choses sous cet angle. Il faut dire qu'il était encore petit pendant la guerre. Un père mort, une mère partie l'on ne sait où ni avec qui ! Il avait eu la chance d'être recueilli et élevé par ses grands-parents à l'âge de 9 ans. Ces derniers sont décédés il y a peu et il n'a plus personne à présent, alors ici, c'était un nouveau départ, une nouvelle famille. Non, il ne s'était pas posé toutes ces questions, pourquoi l'aurait-il fait ?

— Mais enfin, les Lapierre n'ont rien à voir avec tout ce que vous me dites là ! Ce sont des gens bien. Faites-moi confiance, il faut laisser Fannie ici, elle est bien trop petite et innocente pour être arrachés à des bras aimants. Vous n'en avez aucun droit ! cria Pierre, excédé…

Il avait les yeux humides lorsqu'il regarda la voiture patiner dans le chemin pour rejoindre la route. Il ne la voyait plus, mais il entendait encore son moteur ronfler au-delà des bois. Il lui sembla alors entendre les pleurs de Fannie, des pleurs de plus en plus éloignés…

« Mais que va dire Sidonie quand elle va rentrer ? Comment lui expliquer que je n'ai pas su défendre sa petite ? J'ai tellement honte de moi ! », un long sanglot étouffant ses pensées.

Un papier signé par les deux parties trônait sur la table entre tasses et assiettes. Une attestation relevant les anomalies constatées et l'adresse ou le couple devait se rendre pour justifier de l'absence d'Anette et de la présence de Fannie. Une chose que Pierre était incapable de s'expliquer, mais il faudrait bien que Sidonie le fasse, elle le lui devait après ce qu'il venait de se passer !

Il ne savait pas combien de temps il était resté seul à attendre Sidonie, le regard fixé sur le biberon vide. Il avait même eu du mal à penser à charger le feu pour garder la maison chaude. Son cœur était vide, ses pensées se bousculaient… Qui était Anette ? À qui appartenait Fannie ? Qui étaient vraiment ces gens chez qui il vivait ?

Il n'entendit pas la porte s'ouvrir, et ce fut la présence de Sidonie dans son dos qui le fit sursauter.

— Eh, je t'ai fait peur, mon garçon, tu rêvassais ? Je vois que notre Fannie a bu tout son biberon, tu t'en es sorti comme un chef ! Elle avait encore sommeil ? Et bien, t'en fais une tête, t'es blanc comme la neige là-dehors ! Tu as eu des problèmes pour t'occuper de la petite ?

Cette femme commençait à bien connaître ce garçon, et jamais il n'avait eu un si vilain teint…

— Je vous demande pardon, madame Sidonie, mais il est arrivé un malheur, laissant couler ses larmes jusqu'ici retenues.

La fermière se tint le cœur, changeant de couleur elle aussi. Une pâleur subite.

— Mais que me dis-tu, Pierre, explique-toi ! T'as fait tomber la petite, t'as pas su la changer, elle a beaucoup pleuré ? Mais dis-moi donc, nom de Diou ! commençant à paniquer.

Elle se dirigea hâtivement vers l'escalier pour aller voir sa petiote.

— Elle n'est plus là-haut, ce n'est pas la peine de monter.

— Comment ça, plus là-haut ? regardant autour d'elle. Où tu la mises ?

— Ils l'ont prise, ce couple de social machin-truc, ils sont partis avec elle !

Pierre se mit à pleurer comme un enfant. Ses nerfs lâchaient cette fois-ci…

Sidonie s'assit, car ses jambes se mirent à flageoler.

Pierre dut tout lui raconter, dans les moindres détails. Lorsqu'il eut terminé, la nuit commençait à tomber, rendant l'angoisse encore plus pesante…

— Qui est Anette, et à qui est Fannie ? Puis c'est quoi cette histoire de famille d'accueil ? J'ai le droit de savoir !

— Tu vas soigner les bêtes, c'est l'heure. Laisse bien boire les chevreaux ce soir, ordonna Sidonie froidement.

— Mais vous n'avez pas répondu à mes questions, et j'ai besoin de comprendre ! J'ai vécu un vrai cauchemar ici, et tant que vous ne m'aurez rien expliqué, je ne bougerai pas d'ici ! ancrant ses deux pieds au sol, les poings sur les hanches.

— Je te dirai tout, mais quand le travail sera fait, je te le promets ! Allez, va donc aux étables…

Dans le silence de la cuisine, Sidonie pleurait. Sa petite Fannie. Elle relut le courrier laissé à son attention avec les méfaits relevés et l'adresse ou elle devait se rendre.

« Service social à l'enfance, Brive-la-Gaillarde. »

Elle attrapa machinalement son tablier pendu à un crochet près du cantou. Elle se rappela subitement les deux lettres pliées et non lues qu'elle y avait oubliées suite à l'accident d'Émile.

Elle les déplia et se mit à lire avec rage. L'une confirmait bien la date de ce jour pour une visite de contrôle, et la remise d'un colis pour les fêtes de fin d'année. Chaque enfant placé recevait un paquet dans chaque famille. Bien souvent une sucrerie, des crayons de couleur, des chaussettes, un bonnet, des gants, un livre… Ça dépendait des années.

La deuxième lettre précisait que sa demande concernant l'enfant née le 2 octobre 1950 était en cours, et qu'une notification suivrait sans autre démarche à faire.

« Mais quelle idiote je fais, si seulement j'avais lu ce courrier, j'aurais été là pour tout expliquer ! Anette ne serait pas inquiétée et Fannie serait encore là ! », se lamenta la femme.

Elle n'ira pas à l'étable aider, elle était épuisée ce soir. Il fallait qu'elle réfléchisse à la suite qu'elle devait donner. Elle pensa alors que ce serait un Noël bien particulier sans Anette et Fannie, sans son mari, sans la messe à Aubazine avec Berthe… Et toute cette neige qui compliquait le moindre déplacement et qui vous glaçait les os !

Elle réchauffa une soupe, sortit le fromage et le pain, et laissa sur la table les biscuits et le café pour compléter le repas de Pierre. Elle n'avait pas faim. Elle n'aspirait qu'à une seule chose. Se coucher pour réfléchir.

« Demain sera un autre jour, qui sait, une veille de Noël, il y aura peut-être un miracle pour arranger ce malentendu ? », pria-t-elle de désespoir…

Lorsque Pierre revint avec du lait de vache et quelques œufs tout juste ramassés, la pièce était vide. Son repas était sur la table, le tablier de Sidonie suspendu, le courrier disparu. Il comprit que la maîtresse de maison était montée dans sa chambre. Il en fut attristé, car il aurait souhaité entendre la vérité. Il patienterait encore cette nuit, mais demain, il était bien décidé à affronter la fermière pour tout connaître sur cette famille bien particulière et cachottière…

Cette nuit-là, ni Pierre ni Sidonie ne purent dormir d'un sommeil réparateur. Ce fut les yeux cernés et le teint pâle qu'ils se retrouvèrent dans la cuisine pour boire leur premier café le lendemain matin à la première heure.

— Je pensais vous trouver là quand je suis rentré des étables hier soir, madame Sidonie, pour savoir, comme vous me l'aviez promis !

— J'étais bien trop épuisée. Mais tu vas savoir mon garçon ! Mais on va d'abord faire notre boulot et après seulement, je te raconterai.

— Vous n'allez pas recommencer, vous m'avez dit la même chose hier ! J'ai travaillé vite et seul, mais voilà, vous aviez pris la poudre d'escampette quand je suis revenu, s'agaça Pierre. C'est facile de disparaître pour ne rien affronter, mais moi, je veux connaître la vérité !

— Bah, j't'ai dit que tu sauras ! Viens donc au lieu de perdre du temps…

Cette fois-ci, Sidonie fit son travail comme à l'accoutumée, et Pierre en fut soulagé. Il ne pouvait pas porter la ferme à lui tout seul ! Vers 10 heures, ils revinrent ensemble pour casser une croûte.

Le garçon n'eut pas besoin de redemander des explications. Sidonie se mit à raconter toute l'histoire d'Anette, l'agression, la grossesse cachée et la naissance de Fannie. Puis s'ensuivit la fuite de la jeune mère, la colère de son mari, et sa propre inquiétude à s'occuper d'un nouveau-né.

— Tu vois, rien de bien folichon. Tu es arrivé juste après la tempête !

— Mais quand même, pourquoi le patron a réagi comme ça, une agression, c'est grave, votre Anette n'y était pour rien ? Je n'en reviens pas... pauvre Fannie. Et ces deux énergumènes du social qui vous la prennent ! Si j'avais su, ils n'auraient pas mis un pied dans cette maison et seraient repartis aussi vite qu'ils étaient arrivés ! Comment allez-vous faire maintenant ?

Pierre était dépité, cette histoire était si terrible et injuste !

— Je vais aller à Brive. Demain, c'est Noël, tout est fermé, mais dès mardi, à la première heure, je peux te dire que j'y serai devant leur porte ! Il faut que j'aille à la gare d'Aubazine prendre le train pour Brive, c'est pas plus difficile que ça, et toi, tu garderas la ferme, tu feras le travail tout seul encore une fois. Je suis désolée, Pierre, mais avec Émile absent et le Guste qui fait la nounou, j'ai pas le choix ! Puis, c'est pas la peine d'ébruiter cette histoire. Émile serait peut-être bien trop content que la petite soit plus là ?

— J'ai la carriole à disposition, je vous descendrai jusqu'à la gare, ça ira plus vite et vous fatiguerez moins. Je ferai la première traite, je vous conduirai, et j'assurerai le reste en revenant, ni vu ni connu. Idem au retour, il faudra bien me dire l'heure, c'est tout. Personne n'en saura jamais rien, et Fannie sera de retour sans que personne n'ait vu son absence, assura Pierre, rasséréné.

Sidonie le prit dans ses bras et l'embrassa sur la joue.

— Qu'est-ce que je ferais sans toi ? Tu es un bon gars Pierre, avoua la fermière, les yeux larmoyants.

La nuit suivante n'en fut pas meilleure. Pierre tournait dans son lit en pensant à la journée de mardi qui l'attendait. Un enchaînement bien orchestré, si le mauvais temps ne s'en mêlait pas. S'il neigeait encore tout demain pour Noël, comment feraient-ils ?

Sidonie n'était pas mieux lotie. Elle se répéta plusieurs fois le discours préparé pour le service social. Elle avait préparé tous ses papiers. Sa carte d'identité, son livret de famille, son courrier. Normalement, tout devrait bien se passer. Il restait tout de même un gros souci, et celui-ci, personne n'y pouvait rien ! C'était cette neige qui n'en finissait pas de tomber et qui rendait les chemins de plus en plus impraticables. Elle pensa alors à Noël et à la messe de minuit…

« C'est bien la première fois que je n'irai pas ! Même sans l'accident de mon homme, je pense que Berthe n'aurait pas pris le risque d'affronter ce mauvais temps pour m'y accompagner. J'espère bien qu'Anette, où qu'elle soit, ira à l'église pour prier et demander la clémence du Seigneur ! Trois mois qu'elle est partie. Que ça fait long sans aucune nouvelle ! », pensa alors Sidonie, les paupières lourdes de fatigue.

Noël ! Sidonie avait tout de même amélioré son repas pour Pierre ce midi. Il le méritait, se démenant comme un fou pour satisfaire les exigences du moment. Vers 14 heures, il la conduira en carriole jusque chez Berthe, elle avait tant de choses à lui raconter. Ensuite, pour n'éveiller aucun soupçon, elle finirait à pied pour rendre une visite qui s'impose à son mari pour l'occasion, même s'il n'avait jamais fait cas des fêtes religieuses. Mais une bonne bouteille de vin leur fera plaisir ainsi que quelques beignets bien chauds !

Pour justifier l'absence de Fannie, elle dirait qu'il faisait trop froid pour la sortir, un mauvais rhume la tenait au chaud, et que Pierre s'en occupait en son absence. S'il apprenait la vérité, il serait bien trop content de ne plus savoir la petiote sous son toit ! Allez savoir ce qu'il serait capable de faire derrière son dos ?

Pierre la récupérerait sur le chemin du retour, assez éloigné de chez le Guste, pour que personne ne puisse les voir ni les entendre. De toute façon, avec ce mauvais temps, il ne traînerait pas grand monde sur les chemins.

Un emploi du temps chronométré pour ne pas dire millimétré, mais qui redonnait de l'énergie aussi bien à la fermière qu'à son commis…

« Un Noël peu ordinaire que je souhaite à personne ! Et que c'est compliqué de devoir mentir, tricher, tromper son monde. Si on m'avait dit ça un jour ! », pensa alors Sidonie en cette fin de journée. Elle se sentait lessivée, et pourtant, tout s'était bien passé. Son homme avait souri en la voyant arriver, chose si rare chez lui, comme quoi, l'absence redore le blason ! Le vin et les beignets avaient permis un partage presque sympathique…

Berthe avait été heureuse de serrer son amie Berthe dans ses bras. Un Noël bien triste pour elle aussi, seule avec un mari tourné vers ses idées noires. Sidonie lui raconta ses soucis du moment et son amie fut très affectée qu'on lui ait enlevé Fannie.

— Si tu avais su me la laisser en passant, ça serait pas arrivé tout ça ! lui reprocha-t-elle.

— Sans doute, mais avec cette neige et l'accident de mon homme, j'ai pas eu le temps de réfléchir, puis Pierre s'en occupe fort bien ! Et je me dis que tôt ou tard, l'absence d'Anette aurait été découverte. Si seulement j'avais lu ces foutus courriers…

De retour à la ferme, Sidonie pensa que le plus dur restait à faire. Se confronter aux services sociaux dès le lendemain matin…

Comme convenu, Pierre s'était levé beaucoup plus tôt pour avancer son travail. Sidonie était déjà debout à préparer du café et plier un casse-croûte dans une serviette pour sa journée.

— Je t'ai laissé à manger pour ce midi dans la cocotte sur le coin de la cuisinière, les bons restes d'hier ! De toute façon, une fois à la gare, tu sauras à quelle heure tu devras me récupérer. Comme t'as dit, au retour on s'arrêtera voir mon homme un petit moment avec du linge de rechange. Je pense qu'on a tout bien prévu, mon Pierre ?

— C'est parfait, madame Sidonie, manque plus que notre Fannie à serrer dans nos bras et tout ira bien ! essaya de réconforter le garçon quelque peu stressé lui aussi. On fêtera Noël avec un jour de retard, rien que pour elle !

La traite était faite, le fourrage donné, le poulailler ouvert. Le reste pouvait attendre son retour… Il était prêt pour affronter les routes et le mauvais temps !

Sidonie avait amélioré sa tenue, il fallait qu'elle soit présentable, mais pas trop tout de même, ça pourrait sembler déplacé. Elle avait donc choisi une robe bleu marine et des collants en lainage, un cardigan, et l'unique manteau potable qu'elle possédait. Celui qu'elle ne portait que pour les messes ou les visites mortuaires ! Avec la neige, elle dut mettre sa paire de bottes, oh, pas celles de caoutchouc, non ! Celles en cuir noir bien lustré et assoupli par les années, réservées pour les mêmes circonstances que son manteau ! Elle se souvint les avoir achetés le premier hiver qui suivit son mariage, pour l'enterrement de son beau-père…

La descente jusqu'à la gare d'Aubazine fut chaotique et la carriole se balançait dangereusement par moment sur les amas de neige gelée. L'âne peinait, prenant une allure mal assurée et quelques hésitations dans certains virages.

L'équipage fut rassuré seulement une fois arrivé à bon port, ou plutôt à bonne gare !

Après avoir pris son ticket et avoir eu les horaires de retour, Pierre reprit le chemin en sens inverse et ce ne fut pas une partie de plaisir de devoir affronter les côtes, se révélant plus dangereuses encore que les descentes.

Pierre pria afin qu'il ne neige pas trop d'ici l'après-midi pour récupérer Sidonie comme convenu. Une couche de plus, et ce serait impraticable.

La journée n'était pas encore terminée, et ses tâches, bien nombreuses…

Sidonie regardait défiler le paysage enneigé, le train encaissé entre deux vallons. Son cœur se rapprochait de sa petite Fannie, c'était la seule chose qui comptait à l'instant présent…

Chapitre IX

La visite

Anette ne pouvait plus mettre un pied l'un devant l'autre. Elle ne se souvenait pas avoir été aussi épuisée. Lorsqu'elle aperçut le bois derrière lequel la ferme se terrait, elle accéléra le pas pour faire les derniers mètres, son cœur cognait fort dans sa poitrine.

La maison dormait à poings fermés. Seule la cheminée donnait un signe de vie, laissant s'échapper un filet laiteux dans la nuit noire. La neige étalait son silence presque inquiétant.

« Ma petite Fannie dort bien au chaud au creux de son panier. Comme j'aimerais la prendre dans mes bras ! », s'épancha la jeune mère.

Combien de fois elle avait pensé, seule le soir dans sa petite chambre, que son enfant avait dû mettre des cheveux, des joues bien remplies, faire des sourires, des gazouillis. En trois mois, un bébé changeait si vite !

Elle décida de se cacher dans le fenil jusqu'au petit matin. De toute manière, là se trouvait le seul endroit de repli qu'elle avait eu toute sa vie. Le foin !

« Décidément, je suis vraiment une enfant de la grange ! », marmonna-t-elle en s'approchant de la grande porte en bois.

Au moment où elle voulut tourner la poignée, elle sentit une présence derrière elle, toute proche, presque collée à ses jambes.

Elle se retourna lentement, les mains tremblantes, prête à affronter celui qui voudrait l'agresser dans la nuit noire. Mais, c'était la chienne Finette qui avait reconnu sa jeune maîtresse et qui se mit à lui lécher les bottes.

— Oh, ma Finette, que tu m'as fait peur, toujours aussi silencieuse, mais bonne gardienne. Je pense bien que si tu ne m'avais pas reconnue, tu aurais aboyé ! Là, sage, tu vois, je suis revenue vous voir !

La chienne n'en finissait pas de tourner autour de la jeune fille, la queue frétillant dans l'air froid. Après avoir eu bien du mal pour renvoyer Finette à sa niche, Anette s'engouffra dans la grange en prenant soin de ne pas déranger les bêtes et monta directement au fenil. L'odeur si familière lui sauta aux narines. Elle lui avait tellement manqué, remplacée par celle du café qu'elle sentait chaque matin en se levant.

Elle reprit sa place tout au fond, l'endroit le plus reculé et masqué. Elle s'assit dans le foin pour poser ses bottes. Elle massa ses pieds engourdis par le froid et la neige. Mon Dieu, que cet instant était apaisant. Elle se sentit bien, comme si c'était une évidence de trouver refuge et sécurité dans le foin, là où elle était née. Une odeur indélébile…

Elle mangea deux bûchettes à la crème sur les six que lui avait remis la femme du boulanger. De toute façon, elles avaient été tellement malmenées pendant le voyage, qu'il aurait été impossible de les offrir à présent. La crème au beurre nappée à l'intérieur de la pâte à choux fondit délicieusement dans sa bouche pour en faire ressortir une légère amertume de café et le sucré du chocolat.

Son estomac se sentit mieux d'un coup et Anette s'allongea enfin. Alors elle se souvint de ce moment où elle avait donné la vie ici même, désespérée et seule. Puis sa manière de fuir après avoir jeté un regard embué de tendresse sur sa fille, ce bébé minuscule, toute rose et si fragile…

« Mais quelle mère suis-je donc pour avoir fait ça ? », pensa-t-elle alors, emplie de remords.

Alors que le sommeil eut fini par l'emporter, un grand bruit la tira de ses songes et la fit sursauter. Elle ne savait plus où elle se trouvait, mais en découvrant le foin qui la recouvrait presque entièrement, cela lui remit les idées en place.

« Oh, mon Dieu, voilà Émile, surtout je ne dois pas bouger, il me tuerait s'il me découvrait ici ! »

Elle tira discrètement ses affaires vers elle pour les enfouir sous le foin, on ne savait jamais, cet homme était si diabolique qu'il entendrait une souris passer entre deux brins de paille !

Elle retint son souffle, pouvant suivre les activités autour des vaches. Le raclement de la fourche, les seaux qu'on déplace, l'eau qu'on verse... Une chose l'intriguait tout de même. Émile ne parlait pas à ses vaches ce matin. Elle n'avait pas oublié cette façon qu'il avait de leur raconter sa vie à chacune de ses visites.

« Il faut croire que depuis que je suis partie, il n'a plus de souci à leur dire ! », pensa alors la jeune fille, tétanisée.

Puis elle entendit grimper à l'échelle. Mais, pas lourdement comme le fermier aurait dû le faire, bien au contraire, hardiment, bien trop lestement !

À présent, la personne faisait passer le foin par la trappe en sifflotant. Anette devait voir absolument qui ça pouvait bien être. Elle était certaine que ça n'était pas Sidonie, ni Émile, et encore moins le Guste ! Non, c'était quelqu'un qu'elle ne connaissait pas. L'identité d'une personne dans une ferme se reconnaissait à sa façon de travailler.

Elle essaya de lever la tête pour sortir de son trou, mais des brindilles lui piquaient les narines et les yeux. Elle tendit le cou le plus loin possible, sans pouvoir atteindre du regard sa cible.

— Voilà une bonne chose de faite. Allez, en route pour Brive !

L'homme dévala agilement l'échelle de meunier et referma la porte de la grange derrière lui. Elle l'entendit dire au chien.

— Mais ma pauvre chienne, qu'est-ce que tu restes devant cette porte de grange, tu y renifles quoi comme bestiole ce matin ?

Anette ne connaissait pas cette voix, c'était donc bien un nouveau qui travaillait à la ferme. Elle avait été bien vite remplacée comme elle l'avait si bien suggéré à Sidonie ! Au moins, il y avait des bras pour l'aider et la libérer afin qu'elle s'occupe de Fannie, pensa alors Anette qui se sentait tout à coup soulagée.

« Pour un tout jeune garçon, il a déjà un timbre de voix bien grave ! », constata-t-elle.

Elle sortit de la paille dans laquelle elle s'était cachée, frotta énergiquement ses vêtements et passa les doigts dans ses cheveux. Elle mourait de faim et avait très soif. Elle dévora les quatre pâtisseries restantes, tant pis pour Sidonie. Quant à l'eau, elle savait où en trouver…

Elle entendit crisser les roues d'une carriole sur la neige dure et un « hue » résonna en écho dans la cour. Puis, plus rien, le silence.

Anette descendit l'échelle et s'arrêta au baquet d'eau fraîche pour se désaltérer. Elle aurait préféré une boisson chaude et hésita même à aller boire du lait directement au pis d'une vache. Mais elle craignait que cette dernière meugle pour appeler son veau.

« Bon, si les hommes sont partis pour Brive, je suis tranquille. Je peux aller voir Sidonie et Fannie, je ne risque rien ! », se réjouit la jeune mère.

Finette faisait toujours le pied de grue devant la porte en jappant discrètement. Elle savait que sa petite maîtresse se trouvait encore à l'intérieur.

— C'est bien, tu es un bon chien, tu n'as pas aboyé ! caressant l'animal entre les oreilles.

Anette se dirigea vers la ferme. Sidonie devait être à la cuisine à cette heure. Pourvu que Fannie soit réveillée elle aussi.

Elle regarda d'abord par la fenêtre, mais ne vit rien. Elle colla son oreille à la porte, aucun bruit. Elle se décida à frapper trois coups timides, toujours rien. Elle cogna plus fort ce coup-ci, au cas où Sidonie et Fannie soient à l'étage.

Elle actionna la poignée, mais la porte était fermée à clefs.

« Bien zut alors, ils sont tous partis en carriole ? Si tôt, et avec ce temps ? Ma Fannie ne va pas avoir chaud la pauvrette ! », pensa alors Anette, déçue.

— Oh puis zut, je sais où est cachée la clef !

Elle passa une main derrière un gros pot de fleurs posé sous la fenêtre, attendant patiemment le printemps pour laisser éclater ses bourgeons. En à peine trois secondes, elle se retrouva dans la cuisine bien chaude. Elle appela Sidonie, par pure politesse, se doutant bien qu'elle n'aurait aucune réponse.

Une odeur de café lui titillait les narines. Elle mit la main sur la bouilloire au coin de la cuisinière, elle était encore bien chaude.

« Hum, du vrai café, ça sent si bon ! », se rappelant le goût amer de la chicorée que Sidonie préparait habituellement.

Son regard se posa sur le biberon rangé sur l'évier ainsi que le panier qui avait reçu l'enfant tout juste née. Ses pas l'amenèrent machinalement à l'étage, dans son ancienne chambre, celle qui était sûrement devenue celle de sa fille à présent.

Effectivement. S'y trouvaient une grande panière, un hochet, et une poupée de chiffon.

Elle souleva le petit coffre, en saisit une chemise et la respira comme une fleur. Elle reconnut le parfum délicat de Fannie, entre sucre et vanille.

« Ma princesse, je ne te verrai sans doute pas encore aujourd'hui. Quand tu reviendras, Émile sera là lui aussi, et je ne peux pas l'affronter, c'est trop tôt. Il serait capable de te jeter à la rue tout comme moi. Il faut que tu restes avec Sidonie encore quelque temps ! », s'épancha Anette, le cœur brisé.

Elle pensa alors se cacher une nuit de plus dans la grange, ainsi demain, lorsque Émile partira travailler, elle aura le champ libre. Un sourire se dessina sur ses lèvres humides.

Elle fut surprise de voir contre le mur, le gros coffre de Sidonie. Elle s'approcha du lit et comprit bien vite qu'elle dormait aussi dans cette chambre.

« Sidonie ne dort plus dans sa chambre, mais avec toi, ma Fannie ! Cela a dû être une exigence de plus de son mari pour pouvoir te garder ici, et c'est bien mieux comme ça ! »

Anette ne connaissait que trop bien cet homme, et savait combien il pouvait être terrifiant. Elle préférait savoir sa fille tenue le plus loin possible de lui. Elle continua un moment son inspection, regarda par la fenêtre la couche blanche qui avait recouvert la ferme, rendant le lieu encore plus isolé et esseulé.

La jeune fille pensa alors qu'elle avait tout son temps pour rejoindre la grange, Brive aller-retour, il y en avait pratiquement pour la journée ! Elle trouva tout de même étrange que personne ne soit resté pour garder la ferme. Ça ne ressemblait pas au fermier, ses vaches étaient bien plus que des lingots d'or à ses yeux !

« Faut-il qu'il y ait eu quelque chose d'urgent, moi, en huit ans, je n'ai jamais vu ça ! Pourvu que Fannie ne soit pas malade ? Oh, mon Dieu, c'est sûrement ça, il lui est arrivé une misère ? Si l'Émile lui a touché un seul de ses cheveux, je le tuerai de mes propres mains ! », se jura alors la jeune mère, inquiète.

Elle se coucha sur le lit qui était alors le sien, serrant fort contre son cœur la poupée cousue à la main. Elle reconnaissait bien là tout le savoir-faire de Sidonie, si habile de ses mains et un grand cœur.

Anette laissa aller son gros chagrin, jusqu'à ce que le sommeil l'emporte, loin de ses doutes et craintes…

Pierre n'avait pas mis si longtemps que ça pour revenir de la gare à la ferme. Charlot avait trouvé un bon rythme dans la neige fraîche. Le commis avait les horaires du retour dans sa poche, mais aussi dans la tête. À 15 heures précises, il devrait être à nouveau à la gare. Comment aurait-il pu l'oublier, trop heureux de voir revenir Fannie dans les bras de Sidonie ?

Il laissa la carriole devant la grange et rentra l'âne à l'étable pour l'abreuver et le réchauffer en le couvrant d'une couverture. L'animal au pelage humide soufflait une vapeur blanchâtre par les naseaux. Tout son corps subissait des soubresauts avec ce changement de température soudain. Il posa devant lui deux grosses poignées d'avoine et une pelletée de fourrage ainsi qu'un seau d'eau.

— Voilà, repose-toi, tu es une brave bête. Tu files bien plus vite avec moi qu'avec le Guste, va comprendre pourquoi ! lui caressant l'arrière-train avant de refermer la porte.

Il en avait rêvé d'un bon casse-croûte et d'un café bien chaud pendant le retour. Il s'était levé très tôt, avait travaillé si intensément et parti si vite dans le froid, que son estomac criait famine.

Il passa la main derrière le pot de fleurs, mais n'y trouva pas la clef. Il réessaya en passant plus en dessous à s'en râper les doigts, toujours rien.

— Mais bon sang, je sais bien que j'avais laissé là cette foutue clef ! s'énerva-t-il.

Il tendit le cou pour regarder par la fenêtre, mais ne vit pas âme qui vive. Pour en avoir le cœur net, il essaya d'ouvrir la porte qui ne refusa pas cette dernière tentative.

— Bien ça alors, j'étais sûr d'avoir fermé à clef pourtant ! Un cambrioleur ? fronçant les sourcils en regardant autour de lui. Il semblerait que le voleur ne soit plus là en tout cas, tendant une oreille, aux aguets.

Il aperçut alors une tasse de café sur la table ainsi que la cafetière émaillée. Il était certain que Sidonie lui avait dit qu'elle la tenait au chaud sur la cuisinière. Un sac qu'il ne connaissait pas était posé sur une chaise. Il comprit alors qu'il y avait bien eu une intrusion, et que la ou les personnes étaient encore là, mais où ?

Il ouvrit doucement la porte du cellier, où se trouvaient seulement les victuailles, bocaux et bouteilles. Puis ses yeux se posèrent sur le seul endroit accessible dans la maison, l'escalier. C'était la seule possibilité pour se cacher dans les chambres ou le grenier…

Il monta comme un chat, connaissant le moindre craquement des marches. Il passa devant la première chambre, la porte était grand ouverte. Il voulut continuer pour aller dans celle du patron qui était quant à elle fermée, lorsqu'il aperçut une jeune femme allongée sur le lit de Sidonie. Il s'approcha sur la pointe des pieds pour voir qu'elle dormait profondément, serrant dans ses bras la poupée de Fannie.

Il regarda ses traits fins, ses cheveux étalés sur l'oreiller comme un champ de blé, son corps si bien proportionné, sa peau laiteuse… Il la trouva très jolie. Il n'osait bouger de peur de la réveiller. Par moment, elle s'agitait en criant « non ! ». Il comprit bien vite que cette jeune fille était fort tourmentée dans son sommeil.

Il s'assit dans le fauteuil sans faire de bruit. Il n'osait à peine respirer. Il ne pouvait plus détacher son regard de cette beauté. Il ne savait combien de temps il était resté ainsi, pensant même s'être assoupi à son tour. C'est alors qu'il vit deux grands yeux verts le fixer. Anette, surprise à son tour, poussa un cri et s'assit sur le lit, effrayée.

Pierre se leva prestement, mettant ses deux mains en l'air en signe de paix.

— N'ayez pas peur, je ne vous ferai pas de mal, soyez tranquille !

— Où il est, vite, dites-moi où ? s'esclaffa-t-elle, la peur assombrissant son regard.

— Mais qui est où ? De qui parlez-vous ?

— Du propriétaire de cette ferme ! Il est là, en bas ?

Pierre pouvait voir à quel point cette jeune fille était effrayée.

— Je suis seul dans la maison, je peux vous le jurer, tendant la main. Vous n'avez aucune raison d'avoir peur.

Fannie se redressa, remit la poupée dans la panière, et lissa son manteau.

— Veuillez m'excuser, vous devez me trouver si ridicule ! Je dois m'en aller. Mais, ne parlez de moi à personne surtout, jurez-le-moi ! montant le ton plus haut qu'elle ne l'aurait voulu.

Pierre en resta dépité, quelle réaction disproportionnée ! Il n'avait nullement provoqué cela pourtant, il était resté respectueux, rassurant même.

— Venez à la cuisine, on discutera plus calmement, puis j'ai vraiment besoin d'un café, vous savez. Je vais faire réchauffer celui que vous avez laissé refroidir sur la table ! lui faisant son plus beau sourire. Je m'appelle Pierre !

Anette reconnut la voix entendue dans la grange ce matin. Elle se décida à le suivre. Ce garçon ne paraissait pas méchant pour un sou, et c'était le meilleur moyen d'avoir des nouvelles de Fannie et Sidonie.

Une fois installés à la table devant une tasse de café réchauffé, ils se regardaient, hésitants. Ce fut Pierre qui prit la parole.

— Vous pouvez me dire ce que vous faites dans cette maison, je peux peut-être vous aider ? Vous cherchiez quelque chose… ou quelqu'un ? prenant un ton doux pour ne pas l'effrayer.

— Dans MA maison, vous voulez dire, je n'ai connu que celle-ci ! Je suis Anette, vous avez bien dû entendre parler de moi, ou plutôt de « la merdeuse » comme m'appelle l'Émile ?

Pierre vit passer une ombre dans son regard en prononçant ce prénom.

— Pas vraiment, enfin si, juste une fois, par le service social. Mais je n'avais jamais entendu parler de vous jusqu'à ce foutu jour avant Noël !

« Aurais-je été si vite oubliée ? », se morfondit alors la jeune mère.

— Mais… de quel foutu jour parlez-vous ? questionna Anette de plus en plus intriguée.

— De la venue de ce couple de social machin-truc de Brive. Ils ont demandé après vous ce jour-là.

— Après moi ? Oh, ça devait être pour le colis de fin d'année ? J'avais complètement oublié qu'ils passent toujours avant les fêtes !

— J'étais seul à la ferme, ça n'a pas été facile de leur répondre quoique ce soit, je ne savais rien à ce moment-là.

— Vous ne saviez rien… sur quoi, ou plutôt sur qui ?

— Et bien, sur vous ! Sidonie, quand elle est revenue ce jour-là, a dû tout me raconter, enfin parce que j'ai insisté pour savoir, se sentant gêné de mettre la jeune fille à nue.

— Tout quoi ? demanda Anette, sentant ses joues prendre feu.

— Enfin, vous savez… ce qui vous est arrivé, votre fuite, Fannie, tout ça quoi !

Anette se leva et fit les cent pas autour de la table. Sidonie n'aurait pas dû parler d'elle ainsi, c'était leur secret ! Des larmes de colère lui brûlaient les yeux.

— Ne soyez pas en colère, Anette. Sidonie était bien obligée de me raconter avec tout ce qui s'était passé juste avant. Il fallait bien qu'elle m'explique après le départ de Fannie.

— Le départ de Fannie ? Mais, de quoi parlez-vous encore. Ça suffit ces énigmes, vous allez tout me dire maintenant ou je vous promets que je saurai vous y forcer ! mettant la tête en avant avec le regard menaçant.

Pierre lui demanda de s'asseoir. Il lui promit de tout lui raconter dans les moindres détails, mais il lui fit promettre de ne pas s'énerver.

— M'énerver de quoi ? Vous me prenez pour qui, enfin ! haussant les épaules de dépit.

Pierre essaya de lui expliquer comment s'était passée la venue du couple du service social en l'absence de Sidonie. Il fit attention de ne pas avilir ses échanges et surtout le départ précipité de Fannie.

— Sidonie est en ce moment même à Brive pour ramener votre fille. Je dois les récupérer vers 15 heures à la Gare d'Aubazine.

— Mais, une chose m'inquiète tout de même, vous ne parlez pas d'Émile. Il dit quoi lui de toute cette histoire ?

— Oh, le patron ! Il n'est pas au courant vu qu'il est coincé chez le Guste.

— Coincé chez le Guste ? Je n'arrive pas à vous suivre là !

— Oui, pardon, c'est un peu compliqué. Il est tombé d'une échelle et s'est tordu un genou. Il doit garder le repos complet une bonne quinzaine de jours. Il ne reviendra qu'après, et encore, avec des béquilles !

Une telle nouvelle ne pouvait faire plus plaisir à Anette. Sans Émile ici, tout devenait possible !

— Alors je viens avec vous ! s'esclaffa Anette, tout sourire.

— C'est impossible, on s'arrête chez le Guste au retour. Sidonie fera sa visite à son mari comme prévu.

Elle lui porte du linge de rechange, puis il est bien content de la voir même s'il ne le dit pas !

— Mais que vais-je faire, ici toute seule ? Ça va être bien trop long de vous attendre ! ses yeux alors si joyeux passant tout à coup à une tristesse indescriptible.

Pierre en eut mal au cœur. Elle en avait déjà tant vu, tant subi. Il pouvait comprendre qu'elle désire serrer sa fille dans ses bras le plus vite possible.

— Vous préparerez le repas, cela soulagera bien la patronne, puis ce sera du temps de gagner pour vous retrouver votre Fannie et papoter avec Sidonie ! Vous pouvez même traire les chèvres pour les biberons de Fannie si vous le voulez, vous avez l'habitude, je crois ? lui lançant un petit regard malicieux.

— Bon d'accord, je ferai ça ! Je rentrerai les poules, j'irai voir les vaches, et je ferai les bons biscuits qu'aime tant Sidonie.

— Te voilà occupée pour de bon ! On peut se tutoyer, enfin, si tu veux bien ?

Anette hocha la tête. Ce garçon était vraiment bien élevé, et il lui plaisait beaucoup, ne put-elle que constater ! Sa carrure, bien que moyenne, dégageait une telle force, et son regard franc révélait une grande confiance en lui. C'était un garçon séduisant qui devait avoir eu une bonne éducation. Elle avait jusque-là rencontré si peu d'hommes de cet âge, tous bien plus jeunes ou bien trop vieux…

Pierre la sortit de ses réflexions en reprenant la parole.

— Tu vois, la journée ne sera pas assez longue pour tout faire. Et l'air de rien, ça va m'avancer aussi. Mais pour l'instant, je dois aller finir mon travail du matin, l'heure tourne…

Anette remit machinalement une belle bûche dans l'âtre et du petit bois dans la cuisinière afin que tout soit bien chaud pour cuisiner un peu.

« Une vraie petite ménagère », pensa alors Pierre, attendri.

C'est à quatre bras que les travaux matinaux se terminèrent. L'entente fut cordiale et bien rythmée, comme s'ils avaient toujours travaillé en duo !

Midi arriva bien vite. Il était temps d'aller prendre un en-cas avant le départ du jeune homme pour la gare.

— Anette, je pense à une chose. Si je ne dis rien à Sidonie, elle aurait une belle surprise de te trouver là à son retour ?

— Mais oui, c'est une très bonne idée même. Oh, comme je suis heureuse, Pierre, si tu savais !

— Je ne sais pas, mais en tout cas ça se voit ! lui lançant une œillade amicale.

Anette prépara les meilleurs biscuits de toute sa vie. La recette avait été respectée à la lettre, mais il y avait une telle dose d'amour dans sa préparation ! Elle fit également un bon vermicelle avec le reste de bouillon et alla au garde-manger prendre un bocal de terrine. Elle trancha le pain dans une assiette, et choisit deux fromages de chèvre bien secs.

— Ce sera parfait ! Un vrai repas de fête, avec un peu de retard, mais un Noël quand même, chantonna-t-elle, le baume au cœur.

17 heures sonnèrent, et la maison était toujours vide. Anette n'en pouvait plus d'attendre. La cuisine était reluisante et sentait bon. L'âtre crépitait joyeusement, comme s'il attendait lui aussi de la visite. La nuit commençait à tomber, et malheureusement, la neige aussi.

— Pourvu qu'ils arrivent jusqu'ici, il ne manquerait plus qu'ils restent coincés sur la route ! se lamenta-t-elle.

Anette eut même le temps de rentrer les poules et ramasser les quelques œufs pondus du jour. Le cochon avait eu sa gamelle d'épluchures et pommes de terre bouillies et les agneaux avaient tété goulûment leurs mères. Il ne restait plus qu'à s'occuper des vaches. Elle finissait de réfléchir aux tâches restantes lorsque son cœur fit un bond dans sa poitrine.

« La carriole, les voilà ! », s'écria-t-elle, excitée.

Elle se cacha comme une enfant sous l'escalier, quand la porte s'ouvrit enfin…

Chapitre X

Sidonie à Brive

Il y avait si longtemps que Sidonie ne s'était rendue à Brive. Elle préférait aller à la foire de Tulle, mais c'était si rare également. C'était sur ses petits marchés d'Aubazine ou de Cornil qu'elle se rendait régulièrement, cela lui suffisait amplement. Pourquoi aller faire la belle à la ville ? C'était l'affaire de ces dames qui profitaient d'une vie frivole pendant que leurs maris travaillaient, s'en justifiait-elle !

Elle constata en passant Malemort-sur-Corrèze, juste avant Brive, que les maisons et magasins avaient poussé comme des champignons ! Saurait-elle trouver le centre social, s'inquiéta-t-elle tout à coup ? Se rendre sur la place qui tenait le grand marché ou la foire, elle se rappelait sans problème. Mais traverser toute la ville, ce serait une autre paire de manches !

Ce centre-ville était une vieille cité historique très attrayante…

Brive-la-Gaillarde, le berceau de la résistance, menait par Edmond Michelet en 1940. La ville désertée et silencieuse, sera la première ville libérée de France grâce à ces résistants, en 1944. Dans les campagnes alentour, on resta tout autant silencieux dans l'attente de faire capituler les Allemands. Aubazine et Cornil y avaient participé activement. Sidonie se souvenait très bien des maquisards cachés dans leurs forêts qui préparaient des actes de sabotages courageux. Elle pensa alors que sur cette même ligne où elle se trouvait à l'instant, entre Cornil et Brive, des locomotives à pleine vitesse faisaient dérailler des wagons pour bloquer les rails et empêcher l'ennemi de progresser…

« Mon Dieu, je ne souhaite à personne de revivre ça ! Nous avons bien cru tous mourir et pourtant, nous voici à raconter cette horreur 6 ans après. C'est qu'on en a eu des voisins, de la jeunesse, même des femmes, qui ont péri ou ne sont jamais revenus ! », se remémora Sidonie, encore secouée par cette guerre si proche.

Elle se rappelait aussi le jour où on lui avait amené Anette à la ferme en 1942. C'était un couple des services de placement familial. Quelle ne fut pas sa surprise de voir cette petite si frêle, si fragile, aux yeux si tristes ! Elle repensa alors à son mari soldat qui lui avait recommandé d'accueillir un garçon pour l'aider à la ferme… Quelle ne fut pas sa surprise lorsqu'on lui amena Anette !

— Mais, c'est une fille ! Mon époux désirait absolument un garçon pour s'occuper des terres, des bêtes, enfin d'une ferme ! avait osé se plaindre Sidonie.

— Vous savez, c'est la guerre et les garçons sont très demandés pour remplacer les hommes absents. Mais que faisons-nous des filles, alors ? Vous avez une petite exploitation, cela ne devrait pas poser problème. Vous verrez, les filles se débrouillent fort bien, vous serez surprise ! ne lui laissant aucun autre choix.

Et Sidonie avait immédiatement adoré cette petite, une enfant à chérir, voilà ce qu'elle voyait. Au diable les désirs de son époux absent…

Le train rentra en gare sans que Sidonie s'en aperçoive tant elle était dans ses souvenirs. Ce fut le bruit d'un frottement de ferraille qui la sortit de sa torpeur.

« Ah, me voici donc arrivée. Allez, ma grande, le plus pénible reste à faire ! », s'encouragea-t-elle.

Elle avait ressassé toute la nuit comment cela allait se passer. Elle avait préparé sa plaidoirie, ses papiers et même ses excuses. Il n'y avait pas de raison que ça ne se passe pas bien, elle n'avait rien fait de mal ! s'était-elle répétée pour se donner courage et confiance.

Elle avait 800 mètres à faire pour rejoindre le centre-ville quasiment entièrement piéton. Ancienne cité fortifiée, Brive dévoilait des architectures splendides, comme la Tour des Échevins ou le musée Labenche, le quartier des Doctrinaires ou encore la maison Cavaignac. Nous étions projetés dans l'histoire entre XIIe et XIXe siècle sur quelques centaines de mètres…

Sidonie, marchait les yeux rivés vers les bâtisses, reconnaissant de-ci de-là certaines structures, lorsqu'elle arriva à l'adresse indiquée sur le courrier.

Elle respira un grand coup et ouvrit la grande et lourde porte. Elle se dirigea directement vers le bureau d'accueil ou une charmante jeune femme classait des dossiers.

— Bonjour madame, dit la secrétaire en la voyant s'approcher. Je peux faire quelque chose pour vous, vous avez sans doute rendez-vous ?

— Oui… euh… non… enfin… oui ! Vous pourriez m'indiquer le bureau de Marc Laporte ou Marie Perret, je vous prie ? C'est très important, urgent même !

— Avec laquelle de ces deux personnes aviez-vous rendez-vous ? redemanda la jeune femme, toujours souriante.

— Et bien, qu'importe, l'un, l'autre, ou les deux, ça m'est égal ! Ils m'ont demandé de passer au plus vite, alors je suis venue dès ce mardi matin, en train. C'est que vous comprenez, je n'habite pas tout près et je n'ai pas trop de temps à perdre ! se justifia alors Sidonie.

— Pouvez-vous attendre dans la petite pièce juste à côté, je vais voir ce que je peux faire pour vous, mais je ne vous promets rien. De plus cette semaine, il y a restriction du personnel à cause des fêtes. Vous savez ce que c'est ! la rendant complice de cet état de fait.

— Pas vraiment, non ! Nous autres, paysans, c'est tous les jours pareils ! répliqua sans détour la fermière, ôtant pour de bon le sourire à l'employée.

Sidonie s'installa sur une chaise et tritura nerveusement son sac dans tous les sens... Elle priait intérieurement d'être reçue sur le champ ! Cinq minutes plus tard, la jeune femme revint.

— Si vous voulez bien me suivre, madame Perret est là, mais elle a peu de temps à vous accorder !

— Ça tombe bien alors, tout comme moi !

Après un dédale de couloirs et de portes, la secrétaire la fit entrer dans une pièce spacieuse et lumineuse, voire luxueuse. Sidonie envia presque cette femme dans un tel lieu de travail, elle qui trimait en bottes et tablier dans une ferme crottée...

— Madame Lapierre, bonjour ! Je n'attendais pas votre visite sans prise de rendez-vous, vous avez de la chance de me trouver là ! lui serrant une main énergiquement. Prenez place, lui montrant un des deux fauteuils face à son bureau.

— Je vais pas y aller par quatre chemins ! je viens récupérer Fannie. Pouvez-vous imaginer une seule seconde ce que j'ai pu ressentir en rentrant chez moi ce soir-là ? Cette enfant est toute ma vie, vous aviez pas le droit de m'la prendre, s'esclaffa Sidonie, perdant son calme tout à coup. Elle qui s'était pourtant promis de rester posée et courtoise.

L'assistante sociale se racla la gorge, décroisa ses jambes et se pencha, les coudes posés sur son plan de travail.

— Ne vous énervez pas, madame Lapierre, et reprenons depuis le début, voulez-vous ?

Madame Perret lui remémora la venue à son domicile avec son collègue sur des routes fortement enneigées et dangereuses, une veille de Noël qui plus est, après l'envoi d'un courrier recommandé. Elle lui rappela l'absence de l'un et l'autre des époux, et la présence d'un garçon qui n'avait aucun lien avec la famille. En outre, il leur a rapporté n'avoir jamais entendu parler d'Anette et encore moins l'avoir vue. Elle énuméra ce déballage de circonstances qui n'avait ni queue ni tête, sans oublier la présence d'un bébé de 3 mois sorti tout droit d'un chapeau de magicien !

— Madame Lapierre, vous comprenez que ça fait beaucoup d'incohérences, vous ne trouvez pas ? C'est plutôt à vous de me donner des explications !

Présenté comme ça, Sidonie ne put qu'imaginer leur effarement, mais de là à enlever une enfant !

— Sans doute, vous aurez pas tout bien compris, et ma foi, je reconnais que ça faisait beaucoup d'informations à la fois. Mais toutes plus vraies les unes que les autres ! Je peux tout vous expliquer et vous prouver, j'ai les papiers pour ça ! s'esclaffa Sidonie, pressée d'en finir.

Elle sortit de son sac son livret de famille et une lettre.

— Tout d'abord, laissez-moi vous dire que notre chère Anette n'a pas disparu, mais qu'elle cherchait un apprentissage à Tulle. Elle fait un essai chez un patron. Vous pourrez vérifier si vous le souhaitez.

— Bien, c'est une bonne chose, mais il aurait fallu nous le faire savoir. Tout changement doit être signalé au plus vite ! Puis-je avoir l'adresse de son futur employeur, je vous prie ?

— C'est, c'est… oh, excusez-moi, mais comme une idiote j'ai avalé son nom ! Puis avec ce mauvais temps… on a pas pu se revoir depuis qu'elle nous l'a dit. Mais elle me le redira, pour sûr… dès qu'elle reviendra… et je vous l'noterai alors ! mentit Sidonie, quelque peu empêtrée dans ses idées.

— Bien, nous verrons cela. Et, concernant ce garçon présent à votre domicile, vous pouvez m'en dire un peu plus ? reprit l'assistance sociale.

— Ah oui, le Pierre ! C'est notre commis. Mon mari l'a embauché y a trois mois, grosso modo ! Il travaille pour nous, mais aussi pour notre voisin, lui aussi paysan, le Guste. C'est un bon p'tit gars ce Pierre, et le travail lui fait pas peur. Il loge au grenier, enfin dans une chambre aménagée, précise-t-elle fièrement. Ah, il manque de rien, tout comme notre Anette !

— J'entends bien. Et donc, pour ce bébé, quelle est votre explication, madame Lapierre ? Il me tarde de savoir à qui il appartient !

— Pour Fannie, tenez, j'ai des papiers en règle, vous pouvez regarder vous-même, lui passant ce qu'elle tenait à la main précieusement.

Madame Perret devint blême. Ce qu'elle voyait sous ses yeux la laissa sans voix. Elle essaya au mieux de cacher son trouble.

— Votre mari pourra nous confirmer tout cela bien entendu ? Mais, pourquoi n'est-il pas venu avec vous, c'est très important de vous avoir tous les deux ? Il est crucial que nos services soient tenus au courant immédiatement de tout changement. Vous ne pouvez pas faire les choses comme vous l'entendez, madame Lapierre, c'est grave un tel comportement !

— Oh, mon mari ? Mon mari est justement cloué au lit chez le Guste chez qui il réparait le toit d'un hangar. Quinze jours qu'il doit rester couché, et c'est même pas sûr qu'il rentre de suite à la ferme. Vous pensez, avec des béquilles et les chambres en haut, c'est pas pratique ! Vous voyez pourquoi vous l'avez pas trouvé à la maison ni pourquoi il m'a pas suivie ce matin. Vous savez, on fait pas toujours comme on veut quand on est paysans, les citadins comprennent pas toujours ! J'ai la ferme à faire tourner, moi, les bêtes à traire, à nourrir, le bois à rentrer, les repas à préparer et le linge à laver, et ma petite à m'occuper ! Mais moi je vous le dis, j'ai rien à me reprocher, et je veux qu'on me rende ma Fannie. C'est tout !

L'assistante sociale appela sa secrétaire par téléphone. Elle semblait à la fois contrariée et gênée. L'employée arriva presque en courant.

— Vous me faites des photocopies de tout cela, Hortense, et vous les rangez dans le dossier de monsieur et madame Lapierre. Ah, tant que je vous tiens, demandez à la pouponnière de préparer la petite Fannie, nous vous rejoignons dans la salle de rencontres. Merci Hortense.

Cinq minutes plus tard, Sidonie se retrouva dans une pièce lumineuse, meublée de tables et chaises de tous formats, des livres, jeux, tapis, balles…

— Notre espace de rencontres sous surveillance entre enfants et parents, ou pour nos placements et adoptions, expliqua l'assistante sociale.

— Sous surveillance, dites-vous ? laissant Sidonie médusée.

— Ne vous inquiétez pas, pour vous ce ne sera pas le cas !

À peine finissait-elle sa phrase, qu'une nurse rentra dans la pièce avec Fannie dans les bras. Sidonie étouffa un long sanglot et se précipita vers elle.

— Ma Fannie, oh, mon bébé, vient vite dans mes bras… Oh, ma chérinette, comme tu as dû avoir peur.

Le bébé reconnut immédiatement Sidonie, car un sourire s'étira sur son petit visage rose et ses yeux prirent un éclat particulier.

— Vous voyez comme elle me reconnaît ma petiote ? Pensez à cela si vous avez idée à refaire un acte aussi injuste et monstrueux, se défendit alors la fermière en colère.

Personne ne releva cet emportement, ce cri du cœur. Il y avait bien trop d'enfants qui n'avaient pas la chance d'avoir des bras pour les aimer.

— Pensez à nous donner des nouvelles d'Anette et nous faire parvenir son contrat d'apprentissage. Je vous souhaite un bon retour, et un bon rétablissement à votre mari. Nous nous reverrons pour le prochain contrôle, et j'espère que cette fois-ci, vous lirez votre courrier à temps, madame Lapierre. Au plaisir !

Ce fut ainsi que Sidonie reprit le chemin en sens inverse, le cœur plus léger et les bras remplis d'amour. Elle ne prêta aucune attention aux immeubles, aux boutiques, ni même aux passants cette fois. Elle marchait les yeux rivés sur Fannie, son trésor si précieux et inestimable.

« Plus personne ne t'enlèvera à moi tant que je vivrai, ma jolie poupée, tu entends, plus jamais ça n'arrivera ! », jura alors Sidonie…

En attendant le train, Fannie prit un biberon de lait de chèvre. Il était resté tiède dans le sac de la fermière qui avait pris la peine de le rouler dans un linge. Fannie s'en gava goulûment.

— T'es contente de retrouver ton lait ! J'm'demande bien quelle sorte de lait ils t'ont donné, sûrement pas du bon comme celui-ci ?

Le retour parut bien plus rapide que l'aller et ce fut une immense joie de retrouver Pierre qui les attendait sur le quai.

— Ma Fannie, ma jolie Fannie, tu es de retour, s'esclaffa le commis en déposant un baiser sur son front. Quel bonheur, madame Sidonie, tout est rentré dans l'ordre, tant mieux, je suis bien content !

— Oui, et j'ai bien vu qu'elle a eu honte, crois-moi, je n'ai pas mâché mes mots ! Eh, c'est que tu l'aimes bien la petite toi aussi le Pierre, pardi ! Allez, filons voir un peu nos deux lascars et laisser son linge propre à mon homme ! Et pas un mot surtout, on vient leur rendre une visite, c'est bien compris, Pierre ?

— Une tombe, madame Sidonie, une tombe, serrant tellement les lèvres, qu'on ne voyait plus qu'un fil rosé à la place de sa bouche…

C'est ainsi que l'équipage reprit la direction d'Aubazine puis du Puy de Pauliac. La neige s'était ramollie et permettait de rouler un peu mieux, les roues faisant gicler des coulées de boue. Fannie était calfeutrée dans une chaude couverture, bien serrée dans les bras de Sidonie. Le voyage fut plaisant malgré tout, le calme était revenu dans le cœur de chacun.

Le Guste avait le nez bien rouge et l'Émile, les joues violacées ! À plus de 15 heures, ils étaient toujours attablés devant une bouteille de piquette.

« Ça ne changera donc jamais », pensa alors Sidonie en rentrant dans la cuisine.

— Bonjour le Guste ! Ah, mon homme, je t'ai porté ton linge propre, tu as préparé ton sac de sale ?

— Bin oui, tu me prends pour qui, pas besoin de m'le dire deux fois ! Tins, il est là, lui montrant un sac de toile de jute boursouflé. Je vois que t'as toujours la petiote de sa garce de mère ? Hier, la petiote avait le rhume, aujourd'hui elle est dehors ? C'est qu'c'est solide ces p'tites bêtes là ! Puis c'est pas à toi de l'élever j't'ai déjà dit, t'es pas payée pour ça, la femme ! fronçant les yeux au regard noir.

— Ça te regarde pas ce que je fais de la petiote et si t'es pas content, t'as qu'à pas rentrer à la maison, le Guste a l'air de bien s'occuper de toi à bien y regarder !

— Je vais t'montrer si c'est pas chez moi que t'es avec la gosse ! essayant de se lever, le bras tendu pour l'atteindre.

— Oh, doucement, monsieur Émile, n'allez pas retomber surtout, les beaux jours vont revenir et il vous faudra être prêt à travailler. Moi, je ne pourrai pas faire le travail tout seul ! s'interposa Pierre de toute sa hauteur.

Le patron se remit sur sa banquette, vexé.

— T'as raison, mon gars, faudra s'y remettre. Heureusement que t'as la tête sur les épaules, toi, c'est pas comme ces bonnes femmes !

Le Guste se taisait, sentant qu'il pourrait bien entendre parler du pays lui aussi ! Sidonie ne mâchait pas ses mots avec lui non plus…

— Bon, bin si c'est tout c'que vous avez à nous dire, on file. Les bêtes sont plus plaisantes que vous ! Pierre, tu me ramènes ? prenant le sac de linge. Et m'attendez pas demain, c'est jour de lessive ! C'est bien un travail de bonne femme ça, hein l'Émile ?

Le fermier haussa les épaules et le Guste rentra la tête dans son col.

Pierre avait une envie de rire irrésistible, mais tint bon pour ne pas vexer les deux hommes.

Une fois sur la carriole aux côtés de Sidonie tenant Fannie dans ses bras, ils se regardèrent, et d'un coup, se mirent à rire de bon cœur.

— Non, mais t'as vu leur allure, plus rouge que le vin lui-même ! Mais comment peux-tu travailler pour ces deux ivrognes, mon pauvre Pierre ? Ah, tu es tombé dans une drôle de maison, pour sûr ! Enfin, c'est pas moi qui m'en plaindrai, au moins, je t'ai ! L'Anette partie, tu me donnes un peu de bonheur à la place. Puis, on a notre Fannie, hein, ma coquinette, tu l'aimes bien le Pierre…

Chapitre XI

La surprise

Sidonie ouvrit la porte, surprise par la bonne odeur qui régnait dans sa cuisine. Elle posa Fannie sur la petite couverture et lui donna son hochet.

— Voilà ma petite, tu seras bien au chaud. Fais joujou un petit moment et tu iras te reposer après. C'est qu'c'était mouvementé aujourd'hui ! Pierre, c'est toi qui as fait tout ça ? regardant autour d'elle, surprise.

Des biscuits dorés à souhait étaient posés sur la table. La cuisinière avait été briquée et le café embaumait la pièce. Le cantou faisait vrombir deux belles bûches de chêne bien sec, et un bon bouillon clapotait dans le chaudron, laissant échapper cette odeur de légumes d'hiver si particulière…

— Pas moi, madame Sidonie, mais ma baguette magique ! J'avais oublié de vous dire que j'étais aussi magicien. D'ailleurs, fermez vos yeux, je vais vous le prouver sur le champ.

— Arrête donc, gros bêta que t'es, tu me fais marcher, pardi ! sourit alors la fermière.

— Fermez donc les yeux, allez ! insista Pierre.

Sidonie haussa les épaules et ferma les yeux en se couvrant la bouche d'une main pour étouffer son rire. Comme il y avait longtemps qu'elle ne s'était pas amusée ainsi !

Anette s'empêchait d'éclater de rire et sortit tel un chat de sous l'escalier. Elle jeta un tendre regard sur son beau bébé qui gigotait sur sa moelleuse couverture, puis s'assit à la table de la cuisine.

— A présent, je vais compter jusqu'à trois, madame Sidonie. Attention… un, deux, et trois ! Vous pouvez ouvrir les yeux.

Sidonie obtempéra en clignant plusieurs fois des paupières, puis du regard, fit le tour de la cuisine sans rien voir de spécial.

— Bin toi, tu m'as bien fait marcher ! s'esclaffa la fermière, quelque peu vexée d'être passée pour une gourde.

— Mais enfin, madame Sidonie, il semblerait que je vous ai rendue aveugle ? Regardez mieux que ça !

Elle refit plus lentement le tour de la pièce pour s'arrêter brusquement devant une Anette qui n'était que sourire. Sidonie se tint le cœur et se frotta les yeux.

— Mais, c'est un rêve, Pierre, tu me joues un tour là !

Anette se leva prestement pour serrer la fermière dans ses bras. Elles se mirent toutes deux à sangloter tant leur émotion était forte.

— Anette, ma fille, mais comment c'est possible ? Trois mois que je m'inquiète, et te voilà enfin ! C'est un miracle de Noël, ma parole ! Oh, comme je suis contente, lui touchant les cheveux, les bras, les mains, comme pour se prouver qu'elle ne rêvait pas.

— Je suis si heureuse moi aussi, je pensais vous voir avec Berthe à la messe de Noël à l'abbaye, je vous ai attendues jusqu'à pas d'heure ! Monsieur le curé vous envoie le bonjour, il était bien inquiet de ne pas vous avoir vues. Alors, dans la nuit et la neige, j'ai repris mon chemin jusqu'ici. J'ai dormi dans la grange pour ne pas vous réveiller et ne pas croiser Émile ce matin ! Je voulais tellement vous voir un petit moment. Vous, et ma Fannie. Comme elle est jolie !

Elle se pencha pour prendre dans ses bras sa fille, mais cette dernière se mit à pleurer. Elle tendait son petit cou vers la seule femme qui s'en était occupée jusqu'ici.

— Oh, tu ne te souviens pas de moi, ma pauvre chérie, laissant perler une larme sur sa joue. Comme j'aurais aimé venir plus tôt, mais avec Émile, je m'en suis bien gardée, j'avais si peur ! Puis le mauvais temps, le travail, ç'a été si compliqué, se justifia

Anette, confuse. Là, ne pleure pas ma fille, ça va, maman est là, déposant des baisers sur le petit visage rose et rebondi.

Sidonie eut alors une drôle de sensation, comme si l'on allait lui enlever son bonheur, sa raison de vivre. Pourtant, elle devait comprendre Anette, ou du moins, faire l'effort de la comprendre…

— Tiens, donne-la donc, qu'elle se calme un peu et tu la verras plus jolie sans pleurer ! prenant l'enfant sans attendre. On va prendre un bon café, mais avant, je vais la coucher. C'est qu'elle est bien fatiguée cette demoiselle, elle a fait un grand voyage aujourd'hui !

Anette avait le cœur broyé. C'était comme si son enfant ne lui appartenait plus, et elle se sentait une étrangère.

« Tu te fais des idées, pauvre sotte ! Sidonie s'en occupe tellement, que ma Fannie ne connaît qu'elle ! Mais un jour, elle sera entièrement à moi, elle saura que je suis sa mère ! », pensa Anette secrètement.

Sidonie se dirigea vers l'escalier, Fannie au creux de ses bras.

— Puis-je venir avec vous, Sidonie, enfin, pour vous voir la coucher ? Ça me ferait tant plaisir !

Elle lui fit un signe de tête, et les deux femmes montèrent à l'étage.

Pierre avait senti la tension qui régnait autour de ce bébé et s'en inquiéta quelque peu. Il comprit que ces deux femmes aimaient l'enfant chacune comme une mère et qu'il n'allait pas être facile de les départager...

À l'étage, dans la chambre, Anette resta en spectatrice, Sidonie en maîtresse de maison.

— Voilà, ma poulette, tu vas faire un gros dodo, lui calant la jolie poupée en tissu dans le coin de la panière qui lui servait de lit.

— Je reconnais bien vos talents de couturière, c'est si joliment fait, un vrai petit nid douillet pour ma fille ! Vous vous en occupez tellement bien, je ne vous l'aurais pas laissée si je ne l'avais pas su, la complimenta Anette. Vous dormez donc ici vous aussi, Sidonie ? Et avec Émile, comment ça se passe ?

Sans répondre, la fermière se dirigea vers la porte, faisant un signe à Anette de la suivre. La jeune femme ne put s'empêcher de regarder encore une fois sa fille fermer ses jolis yeux pour s'endormir, puis se décida à sortir...

Pierre avait servi le café et présenté les biscuits au centre de la table. Il n'entendit pas les femmes discuter comme deux amies le feraient après une longue séparation, ce qui confirma le froid qui s'était installé entre elles. Il essaya de détendre l'atmosphère lorsqu'elles revinrent.

— Un bon café et les succulents biscuits que votre Anette a faits pour fêter sa venue ? s'esclaffa Pierre.

— Je vois que tu n'as pas oublié ma recette, ils ont l'air bien réussis, goûtons pour voir ! Sidonie s'installant à la table. Alors, raconte-nous, où as-tu atterri après ton départ ? Sans nous donner la moindre nouvelle, tout de même, c'est pas bien ! Ç'a pas été facile, tu sais, et je me suis bien inquiétée, petite.

Anette sentit le reproche, et pourtant, elle n'avait eu guère le choix.

— Oh, je serai venue plus tôt, mais à cause de votre mari, j'avais peur, je craignais qu'il me jette illico à la porte, et Fannie avec ! Puis avec toute cette neige, sur une journée, c'était bien trop court. C'est que j'ai que mon dimanche comme jour de repos. Je ne sais pas comment j'aurais pu faire ?

— Tu travailles donc, c'est bien ça ! Mais, dis-nous en plus, demanda alors Sidonie, curieuse.

Anette raconta alors son arrivée à Tulle, sa rencontre avec la gentille famille qui l'a hébergée le premier soir, le boulanger Christian qui lui a donné du si bon pain et une adresse où se présenter, et enfin, monsieur Léon qui lui avait donné sa chance pour faire ses preuves. Elle décrivit sa chambre juste au-dessus du café, petite, mais chaude et confortable. Avec un lit métallique à barreaux, une petite table et un nécessaire à toilette, une chaise, et une même étagère murale.

— Et bin, on peut dire que t'en as eu de la chance, toi ! À croire qu'y avait que les gentils de sortis ce jour-là pour t'aider ! ironisa Sidonie.

Ensuite, Anette parla beaucoup de l'homme qui l'avait prise sous son aile…

— C'est mon patron, et pourtant, il est comme un père pour moi à présent. Il est très bon et reconnaissant. Il faut dire que je ne plains pas ma peine, le travail demande de l'exigence et une bonne tenue envers les clients. Mais ça va, je me débrouille bien, enfin, c'est lui qui le dit ! souriant timidement. D'ailleurs, il m'a même donné des étrennes, sortant une enveloppe de son sac. C'est pour vous Sidonie, pour vous dédommager un peu pour ma Fannie.

— Mais ça me gêne, tu sais que je touche une allocation pour toi ! D'ailleurs, faut que j'te parle à ce sujet.

Anette posa tout de même l'enveloppe sur la table, ce sera pour le Noël de sa fille. Quant à la suite, elle ne voyait pas du tout de quoi Sidonie voulait discuter ?

— Voilà, on a eu une visite des services de placement, celle de fin d'année, pour voir comment tu allais et te remettre ton colis de Noël.

Sidonie se dirigea vers le cellier pour en revenir avec un carton enrubanné qu'elle déposa devant Anette, puis continua.

— Mais j'étais absente ! Comme t'as dit le Pierre, mon homme s'est bousillé une jambe et j'avais été voir ce qui en était ce jour-là.

— Oui, votre commis m'a tout raconté, quelle affreuse histoire. Ça a dû drôlement vous inquiéter. Enfin, je veux dire pour Fannie... et votre mari ! se forçant à ne pas ignorer l'accident du fermier.

— Ouais, comme tu dis ! Mais, ils sont pas contents que tu sois partie sans rien dire. Tout changement doit être signalé. Oh, c'était à moi de le faire bien sûr, je te le reproche pas, pardi ! Alors voilà, il me faudrait un certificat d'embauche qu'ils m'ont dit, ou d'apprentissage. J'suis restée évasive pour Fannie, j'ai juste dit… que c'était un dépannage pour une amie seule et malade.

— Ah, d'accord, oui vous avez bien fait, c'est mieux comme ça, pour le moment ! Je demanderai à monsieur Léon un certificat, il n'y aura pas de problème. Mais pour faire les papiers, il me faut mon numéro de sécurité sociale et une copie de mon identité, sans ça, il ne pourra pas me garder !

Les femmes se toisaient, sur la réserve, comme si une menace pesait sur elles. L'atmosphère était de plus en plus lourde, Pierre le ressentait aussi…

— Je vais te donner ça, et une fois que ce sera en ordre, tu reviendras me ramener le tout avec ce que moi j' t'ai demandé !

— Pas de problème, on fait comme ça, mais je ne sais quand je reviendrai, et ce sera un dimanche comme je ne travaille pas. Mais Émile sera rentré d'ici là, et ça ne va pas m'arranger ! Je ne sais pas s'il m'acceptera encore ici ?

Sidonie fronça les sourcils en se grattant le menton, se demandant si l'Anette, elle n'avait pas raison ?

Pierre était resté muet jusqu'alors, mais rien ne lui avait échappé. Il trouva immédiatement une solution au souci du moment.

— Je viendrai moi ! J'ai la carriole du Guste à disposition, je me rendrai à Tulle récupérer les papiers dimanche prochain, vous gagnerez du temps et les services sociaux ne vous embêteront plus ni l'une ni l'autre.

Les deux femmes trouvèrent l'idée bonne, bien qu'Anette eut un regret à émettre.

— C'est dommage, j'aurais bien aimé revoir ma Fannie, même un tout petit moment, elle me manque tant !

— Ah, mais le Pierre peut pas te l'amener à Tulle dans la carriole, Anette ! C'est loin, il fait froid, elle est bien trop petiote encore ! Faut s'arranger ainsi et puis c'est tout ! C'est pas un sac de farine tout de même ! répliqua une Sidonie exagérément défiante.

Anette fut vexée. Pourquoi un tel comportement, elle n'avait rien dit de mal ? Décidément, quelque chose ne lui plaisait pas depuis son arrivée. Sidonie ne semblait pas dans son état normal, enfin, pas comme elle la connaissait. Elle en profita pour remettre les pendules à l'heure.

— De toute manière, je vous avais bien dit que de me garder Fannie serait provisoire ! Une fois bien fixée à Tulle, mon embauche en poche et un salaire convenable, je louerai un beau petit logement pour toutes les deux. Il n'y en a pas pour bien longtemps que je revienne chercher ma fille ! s'enthousiasma la jeune mère.

— Ah oui, tu dis ça, mais… qui la gardera ta fille quand tu travailleras, dis-moi ? s'irrita la fermière.

— Il y a des nounous à Tulle… ou… je la mettrai à la crèche, enfin je me débrouillerai le moment venu ! Je ne serai pas la première à travailler avec un jeune enfant à élever ! C'est ma fille et j'entends bien m'en occuper comme bon me semble, Sidonie ! se défendit la jeune mère.

— Comme tu t'es débrouillée en partant d'ici quelques heures à peine après sa naissance ? Eh bien, ça promet ! Moi je dis que tu pourras pas bien t'en occuper, c'est tout !

— Ce n'est pas juste ça, Sidonie, vous savez très bien que je n'avais pas le choix et que j'étais dans la misère, se mettant à pleurer. Puis ce n'est pas vrai, je saurai bien l'élever ma fille, et vous le savez au fond de vous. Pourquoi me faites-vous du mal ?

— Moi, du mal ? Elle est bonne celle-là, alors que j'ai toujours été là pour toi, et pour la petiote maint'nant ! Puis c'est avant qu'il fallait pleurer, avant qu'il se passe tout ça, si tu vois ce qu'j'veux dire. L'Émile, il a peut-être bien raison !

Anette devint rouge de rage. Elle se leva prestement et monta la voix.

— L'Émile ? Qu'est-ce qu'il a à dire lui, il vous a dit quoi pour vous embrouiller le cerveau à ce point ? Un menteur, un sans-cœur, un ivrogne, grossier et vulgaire… un… un… un pauvre idiot, je vous le dis, moi !

Sidonie se jeta sur Anette pour la gifler à tour de bras, laissant la jeune fille sidérée.

Pierre s'interposa, se plaçant entre les deux femmes, consterné par la tournure que ça venait de prendre…

— Mais ça ne va pas, vous deux ? Au lieu de profiter de ce beau moment, voilà que vous vous disputez ! Et la petite dans tout ça ? Ah, si elle voyait ça… reprenez-vous enfin ! essayant de ramener le calme en prenant une voix ferme.

— Non, j'accepte pas qu'on insulte mon mari sous son toit, qu'est même pas là pour se défendre ! Elle en a bien eu besoin pour arriver jusqu'ici qu'je sache, on a été une famille pour elle ! Elle était rien, qu'une pauvre brindille desséchée comme le foin quand elle est arrivée ! Tu te souviens de ça, l'Anette, ou il faut qu'j'te rappelle d'où tu viens ? Ah, tu me déçois, petiote, je ne croyais pas en arriver là un jour. Et je vais te dire ce qu'il pense mon homme. Il pense que tu t'es fait la malle avec ton fameux gars des bois et que t'es bien tranquille à Tulle avec lui. Voilà ce qu'il dit, et je crois qu'il a bien raison !

Sidonie grimaçait de dégoût en fixant Anette, comme si elle n'était plus qu'une pestiférée contagieuse.

Anette reçut un coup de poing dans l'estomac. Émile avait réussi à monter sa femme contre elle. Une nausée la saisit, l'empêchant de respirer. Elle fit un énorme effort pour répondre.

— Je pense qu'il vaut mieux que je m'en retourne. Sidonie, lorsque vous reverrez votre adorable époux avec qui vous ne dormez même plus, demandez-lui donc qui est responsable de ma situation. Il connaît fort bien le coupable, mais a juste omis de vous le dire ! Ce qui ne me surprend pas, ce ne sont que des mensonges qui sortent de sa bouche. Je monte dire au revoir à ma fille, si vous le permettez, bien sûr ? Il semblerait que je ne suis plus chez moi dans cette maison ! répliqua Anette, la voix cassée.

— C'est ça, fais-lui tes adieux et fous le camp d'ici. Je manquerai pas de préciser aux services sociaux que t'as claqué la porte sans m'dire où tu vis ni ce qu'tu fais, et encore moins avec qui ! Ça m'étonnerait qu'ils apprécient.

— Vous ne pouvez pas faire ça, Sidonie. Vous ne pouvez pas mentir à mon sujet ! Et ma fille dans tout ça, vous y pensez ?

— Quoi, TA fille ? Ils te l'enlèveront et elle sera placée comme t'as été ! C'est ça qu'tu veux ? Je te conseille de partir gentiment et de plus venir mettre la pagaille chez moi en attendant. Sûr que l'Émile il t'étripera si tu traînes encore par ici, et va savoir ce qu'il fera de la gosse ? Alors, prend bien garde à toi l'Anette ! se tournant vers son évier pour laver les trois tasses…

La jeune fille monta à l'étage, les yeux baignés de larmes. Elle ne méritait pas ce traitement. Pourquoi Sidonie était-elle si amère, si méchante ? Jamais en huit ans, elle ne l'avait vue dans cet état, même pas avec son odieux mari. Mais quel diable était passé dans cette maison ?

Elle s'approcha de la panière ou sa fille dormait à poings fermés. Elle avait tellement envie de la serrer dans ses bras, mais elle ne voulait pas pour autant déranger son sommeil si paisible.

— Ma chérie, je reviendrai vite te chercher. Maman met des sous de côté pour nous deux, tu verras, on y arrivera. Puis on sera ensemble pour toute la vie ! Sois bien sage mon cœur, posant une main sur ses petits cheveux doux comme du duvet. Elle sentit alors la chaleur de son enfant remonter le long de son bras, passer à travers sa peau, pour pénétrer jusqu'à son cœur.

« Je vais la garder là, au plus profond de moi, et tu me réchaufferas chaque instant, jusqu'à qu'on se retrouve, ma Fannie. N'oublie pas que ta maman t'aime. », déposant un doux baiser sur son front.

Lorsqu'elle repassa par la cuisine, seule Sidonie s'affairait à ses affaires sans un regard pour elle. Pierre n'était plus là. Anette hésita à la saluer, mais elle ne voulait pas provoquer une autre altercation. Ce fut donc le cœur brisé qu'elle ouvrit la porte pour s'enfuir une deuxième fois…

La fermière n'en pensait pas moins. Elle était excédée. Comment cette pauvre Anette avait cru bon revenir sans prévenir, faire comme chez elle, vouloir lui reprendre Fannie, alors qu'elle était partie comme une malpropre voilà plus de trois mois ! Qui plus est, elle avait eu le temps de ressasser ce que son mari lui avait suggéré. Et s'il disait vrai ? Fallait voir comment elle était drôlement pimpante depuis qu'elle était à la ville. Puis prendre le train comme une habituée, seule, à pas d'heure, elle se prenait pour une belle dame ! Et cette façon de lui jeter de l'argent sur la table, c'était pour la diminuer, lui faire comprendre qu'ils étaient que des fermiers !

Elle regarda l'enveloppe laissée sur la table, l'ouvrit et trouva une belle petite somme.

« Ah, quand on peut se passer de tout ça, triturant les billets dans sa main, c'est qu'on doit mener une drôle de vie, pour sûr ! », s'esclaffa-t-elle à haute voix.

Elle avait bien remarqué comment elle regardait le Pierre. Quelle aguicheuse ! Ça ne l'étonnait plus ce qui s'était passé au bois, allez savoir quel gars elle avait allumé juste avant ? Et encore, elle était peut-être consentante, même plus que ça, responsable de tout...

Plus elle marmonnait, plus elle était convaincue que c'était une sacrée menteuse et qu'elle ne méritait pas qu'on s'apitoyât sur son sort. C'était décidé, elle ferait bloc avec son époux, et ça, elle le jura sur la tête de sa Fannie... Fannie. Il était bien là le problème. Comment Anette pensait-elle pouvoir s'en occuper tout en travaillant ? En la laissant seule dans une chambre, ou pire, avec un étranger ? Non, elle se devait de protéger cette enfant coûte que coûte. Elle était un peu comme sa mère à présent, pour ne pas dire sa mère tout court ! À peine née de quelques heures qu'elle s'occupait déjà d'elle avec un tel amour.

« Il faut persuader Émile de garder la petite ici. Je n'aurai pas de mal si je lui donne raison sur ses dires concernant Anette. Je lui raconterai comment je l'ai mise à la porte. Je suis certaine qu'il sera ravi ! », se délecta Sidonie tout à coup.

Cette fâcheuse tournure avec Anette lui aura au moins permis de mettre de l'ordre dans ses idées. Elle n'aurait pas osé en demander autant à Dieu en personne ! Elle se frottait les mains, son avenir était en train de s'ouvrir sur un horizon bien plus doux, lui remplissant le cœur d'un manque si gangrené.

Elle enverrait donc Pierre dimanche porter les papiers réclamés par Anette. Cela lui permettra de bien s'installer à Tulle et de s'émanciper...

De son côté, elle signalera le départ définitif d'Anette au service de placement pour couper tout lien avec elle.

« Et dire que j'ai failli demander son adoption, mais il aurait fallu l'accord et la signature de mon homme pour ça. Pour une fois, son sale caractère a été bénéfique. Et bien me voici débarrassée de ce problème et sans rien faire. Anette s'en est chargée toute seule ! », se frottant encore les mains de satisfaction…

La porte s'ouvrit sur Pierre au visage bien rouge et un air renfrogné. Il pensait trouver Sidonie en pleurs, triste, voire, accablée. Mais au lieu de cela, ce fut une femme souriante et apaisée qu'il découvrit.

— Anette est dans la grange, elle prépare ses affaires pour repartir.

— Et bien, ça tombe bien ! Tu vas aller lui dire à la gamine que tu iras dimanche récupérer les papiers. Je me débrouillerai pour le travail ce jour-là. De toute façon, mon homme ne va pas tarder à rentrer. Tiens son livret, tout est dedans.

— Très bien, madame Sidonie. Et c'est tout, je veux dire pour Anette ? se balançant d'un pied à l'autre.

— Et bien quoi, Anette ? Anette, tu fais en sorte qu'elle rentre le plus vite possible chez elle et tu peux lui dire qu'elle ne remette jamais plus un pied ici ! T'as bien entendu, mon garçon ?

Jamais il n'avait vu cette femme avec un regard aussi diabolique.

— Mais, Fannie ? Il faudra bien qu'elle revienne chercher sa fille un jour ?

— Sa fille que tu dis ? Faudrait qu'elle puisse s'en occuper ! Il va s'en passer des hivers, je te le dis avant que ça arrive, de là qu'elle l'oublie !

— Oublier sa fille ? Mais…

— Ferme-là donc toi aussi, c'est pas tes affaires. Fais donc ce qu'on te demande, t'es payé pour ça ! Mais c'est pas possible ces gamins d'aujourd'hui qui ont toujours quelque chose à répondre !

Pierre n'en revenait pas d'entendre de tels propos. Décidément, sa patronne avait perdu la raison.

— Bien. Je vais la raccompagner jusqu'à la gare de Cornil, au moins vous serez sûre qu'elle est bien repartie, et je reviendrai pour soigner les bêtes.

Pierre se ravisa, il valait mieux rester du côté de Sidonie pour le moment. Ainsi, il allait épargner à cette pauvre Anette déjà tant abattue, le chemin d'un retour bien éprouvant.

— En voilà une bonne idée, je vois que tu m'as bien comprise. Allez, file, en fonction de Fannie, je t'avancerai un peu aux étables.

Il se dépêcha de ressortir pour rejoindre Anette qui, espérait-il, se trouvait encore dans la grange…

Chapitre XII

Chez Léon

Pierre trouva Anette devant la grange, prête à reprendre sa route. Elle avait les yeux rougis et reniflait comme une enfant. Elle grelottait de froid.

— Anette, je savais que je te trouverais là. Je suis vraiment désolé de la tournure que ça a pris. Je me suis permis de prendre tes affaires dans le fenil pendant que tu disais au revoir à ta petite. Tu as dû te demander où elles étaient passées ? lui montrant l'arrière de la carriole où un sac dépassait de sous une couverture.

Anette le remercia tout en s'essuyant les yeux et le nez.

— Ah, voici tes papiers, lui tendant le livret. Sidonie veut que je les récupère impérativement dimanche à Tulle. Enfin, si tu veux bien ? Allez, monte, je te descends jusqu'à la gare de Cornil, tu es assez épuisée comme ça. Marcher avec ce temps finirait de te prendre le peu de force qu'il te reste.

Elle était si redevable envers ce garçon qui la connaissait tout juste, mais qui lui portait un tel soutien, aussi bien moral que physique…

— Ce n'est pas de refus, merci, Pierre, rangeant dans son sac à main les documents si précieux, pour finir par grimper à côté de lui. Elle sait que tu me ramènes à la gare, elle n'a rien dit ? Je ne voudrais pas que tu aies des soucis à cause de moi !

— T'inquiète pas pour ça, je sais l'amadouer quand il le faut, faisant claquer sa langue pour que Charlot se mette en route.

Elle ne se retourna pas lorsque la carriole démarra, mais la chaleur de sa fille était bien ancrée à l'intérieur de son cœur. Elle emportait avec elle sa douceur, son odeur, sa chair…

En chemin, les deux jeunes gens discutèrent énormément. Pierre avait beaucoup de peine pour elle et il ne s'en cacha pas. De son côté, Anette lui parla de ses huit années passées dans cette ferme et de la bonté de Sidonie.

— Je ne sais pas ce qui s'est passé, mais ce n'est plus du tout la même femme, je ne la reconnais pas ! Je l'ai vu de suite quand j'ai pris Fannie dans mes bras. Crois-tu qu'elle puisse ne pas vouloir me la rendre ? C'est ma fille, elle est à moi, et je l'aime plus que tout au monde, sentant les larmes au bord des yeux.

— Je reconnais qu'elle est heureuse de s'en occuper et elle le fait très bien du reste. Elle n'a jamais pu avoir d'enfants et elle en a beaucoup souffert à ce que j'ai compris ! Mais de là à prendre le tien, non, elle ne te ferait pas ça, Anette, ce serait contre nature, contre la loi ! Pour moi, elle se fait un devoir de te remplacer, un peu trop, sûrement, et je comprends ce que tu as pu ressentir. Tu es sa mère, c'est bien normal de souffrir du manque de son enfant.

Pierre faisait tout son possible pour rassurer Anette, et il pensait ce qu'il disait. Quel genre de femme ferait un acte aussi odieux ? Non, il ne pouvait pas imaginer Sidonie en voleuse d'enfants...

— Tu penses pouvoir récupérer ta fille dans combien de temps ?

— Le plus vite possible. Il faut juste m'organiser, mais ça devrait aller vite à présent que j'ai un travail. Il me faut trouver au minimum un deux-pièces pour commencer, pas trop loin de mon travail. Oh, Pierre, merci pour ton aide, je t'attendrai dimanche. Je vais t'expliquer comment faire pour te rendre chez Léon, rue du Trech à Tulle. Tu verras, ce n'est pas difficile, puis ça te fera un peu de repos. Je suis sûre que tu n'as pas eu un jour rien qu'à toi depuis que tu es là-bas ?

— Oh, en même temps je n'en ai pas besoin, je n'ai personne chez qui aller. Mes grands-parents qui m'ont élevé sont décédés, alors je suis libre comme l'air !

— Je suis désolée pour toi, sincèrement. Alors, si je comprends, tu n'es pas mieux loti que moi. Mais au moins, tu viens de trouver un nouvel endroit où tu pourras venir quand tu veux passer un moment, même une journée ! répliqua Anette avec un sourire affectueux.

Pierre eut un rire franc. Décidément, il aimait beaucoup cette jeune fille.

Ils arrivèrent bien vite à la gare, bien trop vite au goût du jeune homme.

— Veux-tu que je t'attende au cas où il n'y aurait pas de train ?

— Non, ça va aller, il y en aura bien un à un moment donné. Retourne vite, tu as du travail en retard à cause de moi, les bêtes t'attendent et la nuit tombe déjà.

Après avoir promis à la jeune fille de venir dimanche à Tulle et de s'être assuré de bien avoir noté l'adresse, il s'en retourna le cœur chaviré. Il pensait bien être tombé amoureux pour la première fois de sa vie. Il ne savait pas exactement comment cela devait se manifester, mais il avait éprouvé des sentiments que jamais il n'avait encore ressentis…

— Ah, revoici notre jolie demoiselle ! Mais je ne vous ai pas vue à l'aller ? Constata le cherf-de-gare.

— Non, je suis descendue à la Gare d'Aubazine, pour une affaire à traiter. Je souhaiterais un billet pour Tulle, s'il vous plaît.

— Mais je vois que vous avez pris de l'assurance, la taquina-t-il, enjoué. C'est comme si c'était fait !

— Merci beaucoup, monsieur, prenant le ticket tendu. Je dois attendre longtemps pour le prochain train ?

— Non, il est parti de Brive vers 18 h 50, il sera vite là. C'est que c'est l'heure de la débauche, on ne peut pas retarder tous ces travailleurs qui rentrent chez eux après une dure journée ! J'espère vous revoir bien vite, mademoiselle, et bon voyage ! devant s'occuper d'un autre client.

Anette repartait vers sa nouvelle vie à la ville. Un travail, un patron si gentil, sans oublier Christian et Lucienne, des gens charmants. Elle avait aussi ses clients au café, tellement sympathiques, ses habitués comme elle les appelait. En quelques mois, elle avait réussi à tisser un environnement social convivial. Jamais elle n'aurait pu imaginer cela il y a trois mois de cela !

Puis dimanche, elle verrait Pierre, la toute première personne qui lui rendrait visite depuis qu'elle était à Tulle…

En pensant à Pierre, cela la ramena subitement à la ferme, chez Sidonie.

« Ma Fannie, la prochaine fois que je prendrai le train dans ce sens, ce sera avec toi dans mes bras, pour toujours, loin de cette maudite ferme ! », se jura

Anette, bien décidée à ce que ce soit le plus tôt possible.

La nuit était tombée sur un Tulle encore agité à cette heure. Le chef de gare avait raison, le train était bondé. Le quai de Tulle fut pris d'assaut par des voyageurs qui descendaient du train et ceux qui y montaient, pressés de rentrer chez eux. Anette, quant à elle, avait encore de la route à faire, à pied. Trois bons kilomètres.

Elle profita tout le long de l'avenue Victor Hugo, des vitrines illuminées et décorées pour les fêtes de fin d'année. Comme c'était beau ! Fallait-il encore pouvoir s'acheter toutes ces jolies choses ?

« Sans doute un jour, pour ma Fannie, je pourrai lui offrir de beaux cadeaux ! », pensa alors la jeune fille, attardant son regard sur une magnifique poupée à la chevelure scintillante et à la robe aux délicats volants.

Puis, elle marcha d'un bon pas, son estomac criant famine. Elle rentrait plus tôt que prévu dans son petit chez elle, mais elle n'avait pas eu d'autres choix. Il faudrait bien qu'elle trouve une explication à donner à monsieur Léon, mais laquelle ?

« Je vais devoir encore mentir, décidément ! », se blâma-t-elle.

20 heures sonnèrent au clocher de la cathédrale. Les derniers commerçants nettoyaient leurs vitrines réfrigérées ou les sols piétinés par les clients. Elle

n'avait pas le temps de faire un coucou à la boulangerie si elle voulait arriver juste à temps avant la fermeture du café. Elle passerait voir monsieur Christian et sa gentille femme le lendemain pour leur dire combien leurs pâtisseries étaient délicieuses.

En arrivant dans le Trech, Anette fut surprise de n'apercevoir aucune lumière dans le bistrot. Une fois devant, elle vit les rideaux de fer baissés.

« Il a déjà fermé, monsieur Léon ? Peut-être n'avait-il pas assez de clients entre deux fêtes et qu'il a préféré se reposer un peu ? Après tout, il le mérite bien ! », conclut la jeune fille chaleureusement.

Elle passa par la petite porte de service dont elle gardait la clef et monta directement dans sa chambre. Comme elle n'avait toujours pas mangé, elle décida de redescendre à la cuisine attenante à la salle du café. Elle dénicherait bien un petit quelque chose dans le réfrigérateur. Ce dernier ne réservait pas grand-chose, juste un peu de lait, de la confiture et du beurre. Elle essaya de trouver un morceau de pain, sans succès. Elle passa derrière le comptoir de la grande salle et vit la panière à viennoiseries. Deux malheureux croissants y desséchaient, mais cela ferait l'affaire ! Cependant, elle trouva cela suspect, monsieur Léon ne supportait pas de voir traîner de la nourriture à la clôture. Tout devait être consommé, remisé, au pire, jeté. Mais bien souvent, c'était Anette qui en profitait.

« Tiens, prends donc cela pour grignoter là-haut, ça te remplumera un peu ! », lui disait-il affectueusement.

Elle remonta dans sa chambre avec un repas succinct, mais qui la fera au moins tenir jusqu'au lendemain. Ce soir-là, elle s'endormit profondément, jouant avec sa fille, riant, chantant. Elles étaient si heureuses…

Ce fut le bruit de la ville qui la sortit de son sommeil. Des voix, des voitures, des chevaux… La vie reprenait son rythme entre travail et loisirs. Les enfants étaient en congé, les parents s'organisaient joyeusement. Les commerçants se frottaient les mains, ces périodes de fêtes remplissaient leurs caisses.

— Mais quelle heure est-il, je n'entends pas un seul bruit en dessous ? J'ai dû dormir d'une seule traite !

Il n'était pas rare qu'Anette parle à voix haute dans sa modeste chambre. La solitude lui pesait bien souvent. À la ferme, il y avait toujours la présence de Sidonie et d'Émile, même si ce n'était pas lui qui discutait le plus, il bougonnait tout au plus ! Il y avait aussi les animaux qui demandaient toujours une petite attention particulière, surtout les chèvres, avec leurs yeux malicieux. Mais ici, une fois que Léon avait fermé le café, elle se sentait vraiment seule.

Elle repensa à ces deux jours d'escapade. Un drôle de Noël ! Rien ne s'était passé comme prévu. Une succession d'incompréhensions et de déceptions. Jamais elle n'aurait pu s'imaginer subir une telle injustice face à Sidonie. Quelle honte, et devant son commis qui plus est, Pierre ! Il avait été des plus compatissants, certes, mais avec le recul, que penserait-il vraiment d'elle ? Sidonie allait la rendre responsable de tout ce chaos. Pierre, Émile, Le Guste, Berthe, tous finiraient par la juger coupable. Mais de quoi, et comment s'en défendre ? Anette avait le cœur rempli de tristesse et l'esprit d'incertitudes. Sa Fannie lui manquait tellement déjà…

Elle sursauta lorsque l'on frappa à sa porte de chambre.

— Ah, monsieur Léon, vous êtes là ! Ne vous inquiétez pas, je suis rentrée plus tôt, mais je vais tout vous expliquer. Je descends dans un moment, le temps de m'habiller.

Mais ce fut une tout autre voix qui lui répondit, une voix qu'elle ne connaissait pas du tout.

— Pouvez-vous ouvrir mademoiselle, police ?

Son sang ne fit qu'un tour. Était-ce Sidonie qui l'avait dénoncée pour fugue, ou pire, l'abandon de sa fille ? Elle n'avait que 16 ans après tout, bientôt 17, mais elle était en placement familial, sous la responsabilité de la famille Lapierre !

— La police ? Mais, que se passe-t-il ? demanda-t-elle, la voix tremblante, à travers la porte.

— Si vous pouviez ouvrir, nous pourrions en discuter, mademoiselle.

Anette enfila un gilet et ouvrit la porte.

Elle fut saluée militairement par un homme à la moustache impressionnante et aux yeux noirs perçants.

— Bonjour, mademoiselle, pouvez-vous décliner votre identité, je vous prie ?

— Bonjour monsieur. Moi ? Euh… c'est Anette… Anette Lagrange. Si c'est pour mon placement à la ferme, sachez que je…

L'homme la coupa promptement.

— C'est au sujet de monsieur Léon. Pourriez-vous descendre en bas, mon collègue nous y attend. On vous expliquera. Si vous voulez bien vous habiller, je vous attends.

— M'habiller ? Oh oui, bien sûr… mais… rougissant jusqu'à la racine des cheveux.

L'homme sans un mot sortit en tirant la porte derrière lui.

Anette ne mit pas plus de trois minutes pour remettre ses vêtements de la veille posés sur la chaise. Elle passa ses mains dans ses longs cheveux pour les attacher avec un élastique, et respira un grand coup.

« Ce doit être parce que je n'ai pas encore mon contrat. Monsieur Léon va avoir des ennuis à cause de moi. Je vais prendre mes papiers, j'en aurai sûrement besoin pour justifier ma place ! », eut-elle le temps de réfléchir tout en se regardant hâtivement dans le petit miroir mural.

Elle ouvrit la porte pour trouver le policier en faction sur le palier. Il lui fit signe de passer devant lui, elle obtempéra, baissant la tête d'effroi. Elle pensa alors qu'il valait mieux en finir le plus vite possible…

Un autre homme était installé à une table devant des papiers, il semblait réfléchir sérieusement. Pas de monsieur Léon, pas d'odeur de café, pas un client, constata alors la jeune employée.

— Ah, bonjour mademoiselle, asseyez-vous, je vous en prie, lui dit-il, se levant pour la saluer.

Anette s'assit et l'homme reprit sa place. Son collègue tira une chaise et s'installa également en face d'elle.

Elle regardait la pièce, inquiète du silence qui régnait dans le café. Les rideaux étaient toujours baissés et seuls les plafonniers éclairaient la salle.

— Bien, mademoiselle Lagrange, nous devons vérifier votre position ainsi que votre emploi du temps de ces deux derniers jours. Que pouvez-vous nous dire, je vous prie ?

Elle sursauta lorsque l'homme prit la parole tant ses pensées étaient troublées par l'absence de son patron.

— Pardon, vous me disiez ? retrouvant toute son attention.

— Pouvez-vous nous dire quel emploi vous exercez, depuis quand, et où vous avez passé ces deux derniers jours, enfin, les fêtes de Noël si vous préférez ?

Elle leur dit la vérité, jusque-là, elle n'avait rien à cacher. Elle était à l'essai depuis trois mois et elle était partie la veille de Noël chez sa famille, rien de bien compromettant.

— Vous comprenez, je voulais aller à la messe de minuit à Aubazine, alors j'ai pris le train du soir à Tulle dès la fermeture. Monsieur Léon m'a donné ma semaine, et même mes étrennes ! C'est un si gentil patron, précisa la jeune fille encore attendrie par son geste.

Les deux policiers se regardèrent et celui qui reprit la parole se racla la gorge avant de continuer.

— Nous n'en doutons pas, les témoignages du quartier allaient tous dans ce sens. Mais pourquoi rentrer aussi rapidement si vous aviez votre semaine, mademoiselle ?

« Nous y voilà, il faut que je reste prudente. Mais pourquoi me parle-t-il de témoignage, je ne comprends pas ? », se questionna Anette secrètement.

— D'abord, je n'ai pas eu de chance. Je n'ai pas pu retrouver Sidonie et sa voisine Berthe comme prévu à la messe de minuit. Il y avait bien trop de neige sur Aubazine, les petites routes étaient impraticables. Elles n'ont jamais pu arriver jusqu'à l'abbaye ! Vous savez, il fait bien plus doux à Tulle. C'est fou comme le temps est différent à une vingtaine de kilomètres d'écart ! Donc, après la messe, je me suis rendue à pied jusqu'à la ferme, au Puy de Pauliac, et je m'en suis vue pour avancer ! Quand j'y suis enfin arrivée, une autre mauvaise nouvelle m'y attendait. Monsieur Lapierre, enfin, le fermier, était tombé en réparant le toit du hangar, le poids de la neige risquait de le faire plier, vous comprenez ! Donc à présent, il doit garder le lit pour une bonne quinzaine de jours, au minimum a dit le docteur !

Les deux policiers s'impatientaient, se demandant où elle voulait en venir avec tous ces détails inutiles…

Mais Anette poursuivit sans se rendre compte de leur empressement.

— Comme il souffre terriblement, il s'est installé dans ma chambre. Ne sachant où coucher moi-même, j'ai donc repris le train en gare de Cornil pour rentrer chez moi… enfin ici, chez monsieur Léon. Mais tout était déjà fermé lorsque je suis arrivée alors, je suis montée directement dans ma chambre. Voilà, c'est tout, précisa Anette, les joues en feu. Enfin non, j'ai aussi pris à grignoter dans la cuisine, mais j'y suis autorisée, je n'ai rien volé ! s'en défendit-elle.

— Bien, bien, nous n'en doutons nullement, mademoiselle. Vous avez vos papiers d'identité à nous présenter, s'il vous plaît ? demanda l'homme à la moustache.

Anette tendit son livret de famille et sa feuille sociale, sentant le besoin de se justifier.

— Monsieur Léon n'est pas responsable du retard pour mon contrat de travail, je suis seule responsable, vous savez. J'ai tardé à revenir chez moi, à cause du mauvais temps… et du manque de temps, je l'avoue.

Les deux hommes se penchèrent sur les documents, regardant tantôt la jeune fille, tantôt les papiers.

— Avez-vous remarqué quelque chose, disons, d'inhabituel chez votre employeur, dans son comportement, son humeur ? Avait-il des soucis particuliers ? Tout ce que vous pourrez nous dire est capital.

— Oh, je ne vois pas, non, il faut dire que je ne le côtoie qu'au travail. Il se comporte comme un père avec moi, je ne voudrais pour rien au monde un autre employeur que lui ! Mais, pour vous répondre, il me paraissait en bonne forme, toujours un mot gentil avec les clients, enfin, comme à son habitude ! Monsieur Christian, le boulanger, vous le confirmera, il vient livrer et boire son café chaque matin. D'ailleurs, pourquoi n'est-il pas là, lui non plus ? fronçant les sourcils… Je peux me permettre de vous poser une question, monsieur l'agent ?

Ce dernier hocha la tête.

— Comment avez-vous su que j'étais rentrée plus tôt de mes congés ?

— Le voisin d'en face a vu de la lumière hier soir à la fenêtre de votre chambre, il en a donc déduit que vous étiez là !

— Oui, bien sûr, le voisin ! Mais, je ne sais toujours pas ce qu'a fait monsieur Léon, vous pouvez me le dire, car je commence à être très mal à l'aise, vous comprenez ? Toutes ces questions, je vois bien que ce n'est pas normal.

Après un temps de réflexion et un signe de tête de son collègue, le deuxième policier prit la parole.

— Votre patron s'est suicidé la nuit de Noël, mademoiselle. Nous sommes désolés de vous l'apprendre ainsi, mais nous devons mener une enquête, c'est habituel dans ce genre d'affaires.

Anette se retint à la table, la tête se mit à lui tourner. Les meubles tournoyaient au-dessus d'elle, les chaises tanguaient d'un pied sur l'autre, le comptoir s'étirait comme un accordéon, et les deux hommes ressemblaient à deux pantins articulés.

Elle entendit vaguement des voix, puis plus rien, le trou noir…

Elle ouvrit les yeux, étendue dans son lit. Elle avait des maux de tête épouvantables, des nausées, les mains moites et le front brûlant.

— Ce n'était donc qu'un cauchemar. Mon Dieu, c'était épouvantable, j'ai bien cru que ce rêve était une réalité. Mais dans quel état je me retrouve ? constata Anette, à voix haute.

— Ah, vous êtes enfin réveillée, comment vous sentez-vous ? Vous nous avez fait une peur bleue, vous savez !

Anette sursauta et se frotta les yeux pour vérifier qu'elle ne rêvait pas encore.

Mais qui était cette femme blonde aux yeux bleus qui la fixaient avec ce sourire étrange ?

Elle se redressa alors sur son lit, un peu trop rapidement, car la tête se remit à lui tourner.

— Oh, allez-y doucement, prenez votre temps !

— Mais, qui êtes-vous, et que faites-vous dans ma chambre ?

La femme s'assit sur le rebord du lit et lui prit les mains.

— Vous ne vous souvenez pas ? Vous avez eu un malaise dans la salle du café en présence de ces deux policiers. Je suis arrivée juste à ce moment-là. Ils ne la ramenaient pas large. Ah, ces hommes, tous les mêmes ! J'ai dû prendre les choses en main, vous pensez. Enfin bref, ils m'ont aidé à vous remonter dans la chambre, c'était bien là un minimum, tout de même.

Anette se mit à pleurer. Ce n'était donc pas un cauchemar ? Tout lui revint d'un seul coup en mémoire…

— Vous êtes choquée, c'est normal, ça va aller. Je m'appelle Sylvette, je suis la sœur de notre pauvre Léon. Le temps de m'organiser et de venir de Paris par le premier train, me voici ! Je dois m'occuper des affaires de mon frère et de ses obsèques. Son corps sera ramené à sa demeure vers 14 h. J'ai déjà tout vu avec les pompes funèbres, j'ai pris la même entreprise que pour ma belle-sœur. Ils connaissaient bien Léon qui plus est, s'essuyant les yeux furtivement.

Anette n'en revenait pas, son patron était mort, mais comment, pourquoi ?

Comme si elle lisait dans ses pensées, la femme continua.

— Vous vous demandez comment il s'y est pris ? Il s'est pendu. Une horreur, en arriver là ! Moi qui le croyais remis de la mort de sa femme. Voilà deux années qu'elle est partie, et aujourd'hui, c'est son tour…

Elle se leva et se dirigea vers la fenêtre. Anette pouvait l'entendre renifler.

— On ne se voyait plus beaucoup. Paris dévore ses habitants en les retenant prisonniers. Entre le travail, le métro, les écoles, les courses, la vie de famille, la vie tout court, ça ne s'arrête jamais, on s'épuise ! Alors les fins de semaine, on se repose en comptant sur un sommeil réparateur, en amenant les enfants en balade dans un parc ou au zoo, une sortie pas trop loin de l'appartement surtout ! Je me suis toujours demandé si je ne prendrais pas ma retraite dans votre belle région, mais maintenant que mon frère n'est plus… à quoi bon ? Pour tout vous dire, j'ai déjà quelqu'un d'intéressé, un ami parisien, qui lui, s'est décidé à changer de vie pour de bon, il ne supporte plus Paris ! Il veut acheter tout l'immeuble. Après, ce qu'il en fera, ça ne me regarde plus…

Anette venait de comprendre le message. Plus de travail, plus d'avenir, et donc, plus de Fannie…

— Je suis désolée pour vous, j'ai appris que vous étiez en période d'essai depuis peu ?

— Depuis un peu plus de trois mois, j'avais fini ma période d'essai. Monsieur Léon devait signer mon contrat d'embauche du reste, ne put s'empêcher de préciser Anette.

— Mais vous êtes toute jeune, vous retrouverez un apprentissage ailleurs, et un nouveau logement aussi ! Vous comprenez que je ne peux vous laisser la chambre, mon ami arrive dès demain et il désire y loger immédiatement. Il pourra mieux évaluer ainsi son achat, ses projets, les futurs travaux…

« Elle me demande de partir au plus vite ? », comprit alors la jeune fille, déçue.

— J'ai trouvé une lettre pour vous, continua la femme en cherchant dans son sac à main.

— Une lettre… pour moi ?

— Mon frère l'avait laissée dans le tiroir-caisse, il devait beaucoup vous apprécier. Pour moi, aucun mot ! lui tendant une enveloppe sur laquelle il était écrit à la main, *Pour Anette.* Bien entendu, je ne me suis pas permise de l'ouvrir, même si je dois bien l'avouer, l'envie m'a quelque peu effleurée… À mon avis, ce doit être vos pourboires du mois vu la lourdeur du pli.

La jeune fille prit l'enveloppe et la serra contre son cœur, au même endroit où se cachait la chaleur de sa fille.

« C'est une des dernières choses que monsieur Léon aura tenues dans ses mains ! Mais pourquoi toutes les personnes que j'aime ne restent-elles pas près de moi ? Que vais-je devenir à présent ? »

— Je vous sens attristée, c'est bien normal, la vie ne vous a pas encore aiguisée. Plus on vieillit, plus on sait affronter les échecs, les malheurs, et tout ce qui va avec ! Croyez-moi, la vie n'est pas toujours tendre, insista la femme de plus en plus amère. Mais vous êtes jeune, vous passerez vite à autre chose.

« Mais va-t-elle se taire à la fin, je ne lui demande pas son avis ? Si quelqu'un est bien placé pour connaître la dureté de la vie, c'est bien moi ! », maugréa intimement Anette, ne supportant plus la présence de cette femme.

La sœur de monsieur Léon mit fin à son monologue devant le mutisme de l'employée.

— Bon, je ne vais pas me retarder plus longuement. Je vous laisse rassembler vos affaires, ça ne devrait pas prendre trop de temps, je vois que vous n'avez pas grand-chose. Les obsèques auront lieu vendredi à 10 h 30 à la cathédrale de Tulle, mais ce n'est pas une obligation de venir. Personne ne remarquera votre absence, encore moins votre présence !

— Mais pour la police… je peux m'en aller comme ça ? demanda Anette, encore sous le choc.

— Bien évidemment ! Un suicide, ma pauvre petite, que voulez-vous y redire ? Je vous abandonne, j'ai rendez-vous avec le curé. Que de choses à penser, et seule comme d'habitude pour tout faire ! Mais je sais qu'il était aimé dans le quartier, avec quelques amis, clients et commerçants, il sera bien représenté. Ah, vous laisserez les clefs dans la boîte aux lettres en partant, je vous prie. Et si je ne vous revois pas, et ce sera sûrement le cas, bonne continuation, mademoiselle !

Et elle disparut comme elle était apparue, en un battement de cils…

Anette regardait sa chambre. Il n'y avait pas grand-chose à emporter, mais la pièce s'était remplie d'espoir et de projets ces trois derniers mois. Rien ne serait désormais assez grand pour contenir tout cela…

Elle plia son linge, défit le lit, aéra, vida l'eau du nécessaire à toilette, balaya, lava, ôta la poussière. Elle laissa la chambre telle qu'elle l'avait trouvée. Dénudée et propre.

Lorsqu'elle passa devant la salle du café, seul un silence lourd et triste régnait. Elle y pénétra et respira très fort en fermant les yeux, comme pour imprégner cette odeur de café à tout jamais sur sa peau, dans sa mémoire. Ces senteurs lui feraient penser à monsieur Léon le restant de sa vie...

Elle marcha un bon moment dans la ville, traînant son énorme baluchon et son sac. Elle avait pensé s'arrêter à la boulangerie, mais se ravisa au dernier moment. Ils auraient pu croire qu'elle demandait encore une fois de l'aide, du travail ou à manger...

« Non, je ne veux plus faire pitié, il faut que je me débrouille par moi-même ! », fustigea-t-elle.

Elle s'assit sur un banc donnant sur la Corrèze. L'eau filait en lançant des éclairs scintillants, emportant en petits clapotis les restants de neige sur les rives empierrées. Puis, perdant de son éclat en glissant sous un pont assombri, puis un autre, sa course folle irait se perdre dans l'immensité de l'océan...

Comme elle aurait aimé être une rivière, se laisser aller, porter, ballotter. Contournant les roches, léchant les herbes folles, dansant joyeusement en cascades... Mais celle d'Anette n'était ni de l'eau douce ni de l'eau de mer. Elle était sans joie ni éclat. Elle restait terne et fade, prise dans des remous d'une noirceur profonde, ou de tempêtes dévastatrices. Tout comme sa vie...

Elle sortit l'enveloppe de son sac. Elle n'avait pas eu le courage de la lire dans la chambre de peur de trop sentir la présence de monsieur Léon dans la pièce. Elle ne pouvait pas encore réaliser qu'elle ne le verrait plus, qu'il ne serait plus là pour la soutenir, la guider, la taquiner, l'aimer comme l'aurait fait un père…

Elle déplia le feuillet griffonné par une écriture mal assurée, hachée, blessée. Puis elle se mit à lire, le cœur serré, la bouche sèche, les yeux humides…

« Ma petite Anette, tu dois te demander comment moi, le Léon, ce gros bonhomme à grande gueule, peut avoir fini ainsi ? Tu vois, l'amour est une belle maladie, mais sa perte est une abominable torture. Avec le temps, tu crois t'habituer, mais l'abîme s'ouvre chaque soir sous tes pieds. Oh, la journée, ça allait à peu près, avec les clients, le travail, puis toi, ma jolie ! Ta venue m'avait donné un bon coup de fouet. Un petit ange dans mes nuits. Mais ce Noël, après être partie vers les tiens, d'un coup, je me suis senti si las et si seul. Je n'avais plus envie de rien, plus envie de continuer, plus envie de vivre… Je t'imaginais mon bel ange avec tes petites ailes dorées, les yeux rivés sur la vierge Marie et l'enfant Jésus, fêtant sa naissance en famille. Moi, l'homme en noir, aigri, seul, pleurant l'amour de sa vie, sans descendance… Tu imagines le contraste, Anette, la noirceur de mon cœur ? Alors je suis parti vers les étoiles ou je retrouverai la lumière qui me manquait tant. Je vais retrouver mon amour vagabond, errant dans l'immensité des cieux. On est tellement plus forts

à deux... Je te remercie, Anette, de ta bonté, ta gentillesse et ton désir de bien faire. Tu m'auras rendu un peu de bonheur ces trois derniers mois, mais vois-tu, ça ne devait pas suffire au vieux grincheux que je suis ! Va jusqu'au bout de tes rêves, ne te retourne jamais et vis à fond. J'ai lu dans tes yeux ce que tu n'as jamais osé me dire, mais j'ai vu aussi la force qui te poussait, et ça m'a réconforté. Je n'ai pas peur pour toi !

Anette, tu trouveras dans une autre petite enveloppe ton salaire du mois et tes pourboires. J'ai rajouté un petit quelque chose pour t'aider à redémarrer. N'hésite pas à t'en servir pour un jour très spécial, ça me fera plaisir ! Ça appartenait à ma tendre épouse, elle sera heureuse de savoir à qui je l'ai confié. Je te demanderai de ne pas en parler à ma sœur, elle serait capable de te le reprendre malgré tout l'argent que je vais lui laisser ! Un plus pour mener sa grande vie parisienne... Méfie-toi d'elle, elle ne serait pas de bon conseil, tu vaux mille fois mieux.

Si tu veux me parler, un de ces quatre, regarde les étoiles, je serai toujours là pour t'écouter et te conseiller, comme un père à sa fille, celle que j'aurais tant aimé avoir.

Bon vent mon bel ange, ma si jolie Anette, laisse tes ailes dorées te mener vers une belle et longue vie. Bats-toi, ose, aime et ne te retourne pas... Léon

Ps: dis à mon ami Christian qu'il ne change pas sa recette de pain, il fait le meilleur du pays ! »

Anette prit la deuxième petite enveloppe, de celles qui généralement cachent une carte de vœux ou un faire-part. Elle était lourde et bombée. Son cœur manqua un battement lorsqu'elle découvrit son contenu. Elle leva les yeux au ciel comme pour gronder monsieur Léon. Puis ses yeux se remplirent de larmes et son cœur d'amour. Désormais, tout près de sa fille, là au creux de sa poitrine, se trouvait un homme merveilleux, un homme en or, qui veillerait toujours sur elles deux…

Chapitre XIII

L'ennui de Sidonie

Sidonie avait passé une nuit agitée. Elle avait des tas de choses à régler, et pas les moindres. Il lui tardait que son homme revienne à la maison, elle devait lui demander certaines choses et lui en avouer d'autres…

Ce que lui avait jeté Anette à la figure à propos de son mari, juste avant de partir, trottait encore dans sa tête. Elle avait voulu la blesser, mais tout de même, avec une telle conviction ! Elle avait reconnu dans ses yeux cette même détresse que lorsqu'elle lui avait raconté son infortune…

« Bah, elle aura essayé de me faire mal, et elle a réussi la bougresse ! Y'a pas pire que de mettre des doutes dans la tête de quelqu'un pour le lui faire croire ! », se rassura la femme.

Lorsque Pierre était rentré la veille, Sidonie l'avait trouvé différent, plus mûr, ou plus vieux, elle ne sut le dire, mais quelque chose dans son regard avait changé. Sidonie se demandait si cette dispute avec la gamine ne l'avait pas un peu trop affecté. Ou alors, cette fille de malheur lui avait raconté des idioties, et il l'aura cru !

Pierre en rentrant de la gare lui avait juste confirmé le départ d'Anette. Il avait ensuite fait son travail, avait dîné dans le silence et était monté se coucher.

Ce matin après avoir été aux étables, il était passé dire à la fermière qu'il devait aller voir le Guste pour une histoire de carriole.

Alors que Fannie venait de boire son biberon et jouait sur la couverture près du feu, il posa son regard sur elle. Il était resté un moment à la contempler, avec une ombre devant les yeux qui n'avait pas échappé à Sidonie.

— Ça va, mon garçon ? Tu as l'air tout bizarre depuis hier soir, tu es plus loquace d'habitude !

— Oh non, ça va, je regarde juste comment va notre Fannie ce matin. Je trouve qu'elle ressemble tellement à sa maman maintenant que je la connais, faisant un sourire à l'enfant.

— Tu trouves ? L'est bien trop petite encore pour savoir, puis j'espère surtout qu'elle aura plus de plomb dans la caboche !

— Comment vous y allez, je n'ai pas trouvé sa mère fort sotte ! Bon, je file, le Guste a besoin de l'équipage ce matin. Je dois dire quelque chose de particulier au patron ? se dirigeant vers la porte.

— Dis-lui que j'aimerais bien qu'il rentre à la maison, je me languis de lui !

Pierre n'en croyait pas ses oreilles. Décidément, ça ne tournait pas rond depuis deux jours dans cette maison…

Il sortit en criant « à plus tard ».

Chez le Guste, les hommes discutaient au coin du feu. Émile ne restait plus allongé, il pouvait s'asseoir normalement, sa jambe bien calée sur un tabouret avec un confortable coussin sous son genou.

— Tiens, voilà le Pierre ! Ça va mon gars, des nouvelles de ma ferme ? demanda Émile, de fort bonne humeur.

— Vos vaches se portent bien, elles ont beaucoup de lait et les veaux grandissent à vue d'œil. Il y en a un qui donne de ces coups de tête pour boire, une force incroyable ! Ah, et madame Sidonie vous fait dire qu'il lui tarde que vous rentriez, elle se languit de vous, qu'elle a dit ! le sourire en coin.

— Ah ! t'entends ça le Guste ? Ma femme se languit de moi, bin ça alors ! Elle picole en mon absence ma parole ? riant comme un gamin avec son ami.

— Que de l'eau, je peux en témoigner ! Le Guste, j'ai laissé la carriole prête à repartir, l'âne est encore bien chaud, il ne faudrait pas qu'il se refroidisse à vous attendre.

— Tu as raison, mon gars, j'y file. Oh, je serai pas bien long, mais je dois vraiment aller sur le marché de Cornil récupérer des pièces pour la charrue. Tu regarderas le bois, il reste quelques longueurs à couper, qu'on te paie pas pour rien, le commis. Pas vrai l'Émile ? s'essuyant le front avec sa casquette.

— Pour sûr, il va bosser un peu, il en a dans les bras, va pas mettre bien longtemps même.

Le Guste partit à son marché, Pierre à sa coupe, et le convalescent songeait à sa femme en regardant sautiller les braises dans l'âtre du cantou.

« Se languit de moi ! Si je m'attendais à ça ! Va falloir que je rentre si elle m'attend ainsi. C'est toujours bon signe quand une femme minaude ! Ah, mon absence lui aura remis les idées en place. Sans doute, se débarrassera-t-elle enfin de la petiote, et qu'elle reviendra dans mon lit ! Un commis m'y suffira bien à faire tourner la ferme. Plus besoin de ces gosses tordus qui rapportent pas un clou ! »

Pierre calma ses nerfs en tapant le merlin de toutes ses forces sur les longues bûches. Cet exercice fut salutaire pour lui redonner le moral. Il empila la coupe de bois sous le hangar afin qu'il y reste au sec. Il finit par un tour de la propriété pour vérifier si tout allait bien.

Les bœufs laissaient sortir de leurs naseaux une vapeur laiteuse. Ils s'étaient engraissés à rester à l'étable et il devait leur tarder de reprendre également de l'exercice physique.

Il faudrait sous peu réviser et préparer tout le matériel des champs, suivre les rigoles, les piquets, remettre à niveau les trous des chemins creusés par la neige, tailler les haies bocagères... Tout devait être prêt pour le printemps, et ce, sur les deux fermes. Pierre ne s'inquiétait pas de se partager ainsi entre les deux hommes, bien au contraire, il ne s'ennuyait pas ainsi !

Quand il revint vers son patron, Émile, ce dernier avait l'air préoccupé. Mais un large sourire se fixa alors sur son visage lorsqu'il aperçut Pierre.

— T'as été long, le Pierre !

— Long ? J'ai tout coupé et pilé, et j'ai fait le tour de la propriété pour faire le bilan. Dans un gros mois, il va falloir donner sacré un coup de collier. Les bœufs sont lourds, ils aimeraient bien bouger eux aussi, expliqua le jeune homme.

— Comme moi, tiens, avec cette guibole ! Puis va falloir que je rentre chez moi. Le Guste est bien gentil, mais c'est pas pareil, j'suis pas mon patron ici ! Faut que je garde un œil sur mes affaires tout de même !

Voyant Pierre perplexe, il se rattrapa.

— Oh, je ne dis pas ça pour toi, je te fais confiance. Tu comprendras ça quand t'auras un chez-toi, une femme, et j'espère des enfants ! Fais pas comme moi surtout, choisis une fille avec les hanches bien larges, les seins lourds pour qu'elle te fasse de beaux petits ! Ça a aigri la Sidonie de ne pas en avoir, puis moi, j'aurais bien aimé un gars pour passer le flambeau, tu comprends ?

C'était la première fois que Pierre entendait ce genre de dialogue chez cet homme. Dans un sens, il pouvait comprendre son mal-être, de l'autre, il ne l'excusait pas pour son fichu caractère !

— Je suis encore jeune pour penser à tout ça, mais je peux vous comprendre ! Mais sans vouloir vous vexer, Anette aurait pu vous apporter tout cela si chacun avait mis du sien. Une fille certes, mais d'après Sidonie, une vraie bosseuse. Et rien ne vous dit que vous auriez eu un fils avec votre épouse ? Enfin, avec tout ce qui s'est passé, il en est bien fini de toute cette histoire…

— Nom de Diou, de quelle histoire tu parles ? Il me semble pas t'avoir parlé de mes problèmes avec cette satanée Anette ! D'où tu sors tout c'qu'tu dis là, le Pierre ?

Le commis venait de faire une gourde et ce n'était sûrement pas à lui de raconter ce qui s'était passé à la ferme entre Sidonie et Anette. Il essaya de rattraper le coup.

— Ce que je veux dire, c'est que j'ai bien saisi quelques brides de ce que pouvait dire Sidonie, elle se parle à elle-même de temps en temps, alors j'ai compris qu'il y avait des soucis ! Mais, ça ne me regarde pas comme vous dites, patron, et je suis désolé d'avoir essayé d'interpréter ce que j'avais cru entendre.

— Bin, je préfère que tu t'occupes de tes affaires, pour sûr ! Puis la Sidonie a toujours eu un problème pour fermer son caquet, faut qu'elle jacte même quand elle est toute seule, celle-ci. N'en parlons plus, cette Anette n'en vaut pas la peine et je ne veux plus entendre ce nom sous mon toit ou y'aura du grabuge ! Puis la gouyate, va falloir qu'elle fiche le camp de chez moi. J'aimerais bien retrouver ma ferme et ma femme comme je l'veux, nom d'un chien ! Toi, le Pierre, tu es le seul dont j'ai besoin pour les gros travaux, et ça tournera comme ça ! tapant du poing sur le rebord de son fauteuil. Sers-moi donc un coup de rouge que ça me remette les idées en place…

Pierre lui fit passer un ballon de piquette, quant à lui, il prit un café noir.

L'heure qui suivit se passa à parler de l'hiver bien marqué, de l'abondance de neige et surtout de l'attente du printemps. Bien entendu, le fermier ne put s'empêcher de parler de ses vaches. Il avait prévu d'agrandir son troupeau à présent qu'il avait embauché deux bras jeunes et forts.

— Ah, nos belles limousines. Un jour, on ira gagner un prix avec cette race-là, j't'le dis ! Ma Belle est une bête magnifique. Sa puissance, ses membres, ses mamelles, et ce bassin large ! Elle n'aura pas de mal à détrôner toutes les participantes, se mit à rêver le fermier. T'as vu les veaux qu'elle donne ? La meilleure qu'j'te dis !

Le Guste revint juste avant midi. Les hommes ne se cassaient pas la tête pour manger et Sidonie ne venait jamais les mains vides à chaque visite. Soupe, pâté, jambon de pays bien sec, pommes de terre à toutes les sauces, surtout râpées en millassou, cette galette bien persillée avec un bon morceau de gras. Et la caillade de lait de vache, un tendre fromage frais égoutté, qui finissait plaisamment le repas des deux paysans.

— Tu mangeras avec nous, mon gars ? Je te laisse dételer l'âne, le rentrer et le nourrir, pendant que je prépare un peu de soupe. Après, je voudrais bien que tu regardes la charrue avec les nouvelles pièces, précisa le Guste, se frottant les mains devant l'âtre.

— Bin, t'as tôt fait de donner des ordres, toi. Tu t'prends pour le grand patron, ma parole ! se moqua Émile.

Pierre rit de bon cœur en voyant la tête que fit le Guste devant l'air moqueur d'Émile. Ces deux hommes ne lui déplaisaient pas, et il se sentait bien à travailler pour eux. Ça mettait un peu de piquant dans cette nouvelle vie…

À la ferme, Sidonie vit arriver midi et comprit que Pierre ne rentrerait pas déjeuner. Boudait-il ou les deux hommes se l'étaient accaparé pour passer le temps ? Elle se mit à table sans avoir bien faim. Elle reconnaissait que depuis le départ d'Anette, elle détestait être seule à remuer ses gamelles ou à faire les tâches ménagères. Elle s'ennuyait pour de bon. Tous ces moments partagés entre les deux femmes à cuisiner, coudre, tricoter, broder, jardiner, refaire le monde… Fannie la comblait, certes, mais elle était encore trop petite pour communiquer. Pierre avait donc remplacé l'absence de la jeune mère ainsi que celle, provisoire, de son mari. Alors ce midi, ça ne lui plaisait pas du tout d'être seule.

Elle avait fait des pommes de terre sautées avec un morceau de petit salé.

— Je vais le garder pour le Pierre ce soir. Mon bouillon et mon morceau de fromage me suffiront pour ce midi, décida-t-elle à haute voix. Et s'il rentrait pas le Pierre ? Il me fait peut-être la tête ? Il me tarde de savoir quelle mouche l'a piqué ! Mais, je crois la connaître la mouche, elle s'appellerait Anette, que ça m'étonnerait pas ! Manquerait plus qu'il s'entiche de cette gamine. Un garçon si bien de sa personne, il mérite mieux ! Va falloir que je veille au grain…

En fin de journée, Pierre rentra à la ferme à pied, car le Guste avait besoin de son attelage jusqu'à la fin de semaine.

Il ne passa pas par la maison, mais alla directement à l'étable s'occuper des bêtes. Fourrage, traite, raclage des sols, poules à rentrer... Il s'était occupé de tout pour arriver le plus tard possible vers Sidonie. Il se posait tellement de questions depuis la visite d'Anette...

— Ah, le Pierre, je pensais bien te trouver là ! s'esclaffa Sidonie, faisant sursauter le commis alors qu'il fermait la porte de la grange.

— Madame Sidonie, vous m'avez fait peur ! J'ai fait tout le travail en arrivant car la nuit tombe vite à cette heure. Puis j'ai dû rentrer à pied, le Guste veut garder la carriole. Bon, tout est fait, ne restez pas dehors avec ce froid.

Pierre et la fermière rentrèrent vite à la cuisine se réchauffer. Une bonne odeur titilla les narines du garçon affamé.

— Hum, ça sent bon la persillade, serait-ce des patates rôties ? demanda-t-il.

— T'as un bon nez toi, et un bon ventre aussi, faut pas t'en promettre ! répondit la fermière, déridée.

La bonne humeur avait l'air d'être revenue, ce qui rassura quelque peu Sidonie.

— Fannie dort déjà ? s'asseyant à la table, près du bon feu.

— Oui, la coquinette a fait la vie tantôt, des coliques sûrement ! Aussi, ce soir, elle n'a pas traîné ! J'ai pas pu la lâcher une seule minute pour m'occuper à l'extérieur comme t'as pu le voir. Mais j'aurais fini par le faire si t'avais pas pris l'initiative !

— Demain, je finirai la coupe de bois ici. Celle de chez le Guste est faite et j'ai révisé la charrue avec les nouvelles pièces. Vous irez voir votre mari dans l'après-midi ?

— J'en ai bien l'intention, mais je pensais y aller en carriole avec la petite ! Mais je vais m'arranger autrement. Je passerai par chez la Berthe pour lui laisser Fannie et je filerai le voir. Ce sera mieux ainsi. J'y porterai une potée et une tarte aux pommes, tu connais donc le menu pour demain ! faisant claquer sa langue de satisfaction.

Pierre se frotta le ventre. Il devait bien reconnaître que cette femme était un vrai cordon bleu.

— Alors, mon homme, il rentre ou pas, qu'est-ce qu'il t'a dit ?

— Pas grand-chose, il ne s'étend jamais beaucoup, mais j'ai bien cru voir un sourire quand je lui ai fait la commission de votre part !

Sidonie alla mettre une bûche dans l'âtre, le rouge aux joues. Son homme était donc content de revenir.

« Si seulement la paix pouvait revenir dans cette maison ! », pria-t-elle en secret.

— Et, il t'a parlé de Fannie, d'Anette ? continua-t-elle, soucieuse de prendre la température.

— Non pas. On a parlé du travail, du printemps, des bêtes, mais pas de ça ! Puis, il faut que je vous dise, sans vous vexer, que je préfère en entendre et en dire le moins possible. Ça ne fait pas partie de mes attributions de m'immiscer dans votre vie privée, enfin je veux dire, dans vos affaires personnelles, vous comprenez !

— Bin, si tu le dis, alors n'en parlons plus ! T'as raison, j'ai bien vu que ça t'avait contrarié tout ça, mais c'est du passé, d'accord ?

Pierre ne lui répondit pas, il préféra lui rappeler sa sortie de fin de semaine.

— Dimanche, je serai absent toute la journée. Je vais voir Anette pour récupérer les papiers comme vous l'avez demandé. C'est son seul jour de repos, puis moi, ce sera mon premier sur le coup !

Sidonie le regarda, étonnée. Elle avait oublié cette histoire de papiers.

— C'est vrai, j'y pensais plus ! T'es obligé d'y aller tout dimanche ? Un aller-retour y suffirait, non ? En même temps, c'est vrai que t'as pas pris un vrai repos depuis qu't'es chez nous, essayant de paraître conciliante. Bon, c'est entendu le Pierre, pas de souci. Mais, fais attention à toi ! Si tu veux pas être ennuyé par nos problèmes privés, comme tu dis, va pas mettre les pieds dans ceux d'Anette, il t'y pousserait des racines à la place des orteils ! conseilla Sidonie les yeux plissés de sous-entendus.

Voilà qui était fait. Pierre se sentit plus léger. Il allait revoir Anette. Son cœur se mit à battre la chamade et une chaleur envahit sa tête. Comme il lui tardait d'être à dimanche…

Pierre n'eut pas le temps de trouver le temps long pour attendre sa journée de repos. Il se perdit dans le travail les quatre derniers jours entre les deux fermes. La neige ne tombait plus, mais le gel l'avait remplacée, laissant un ciel lumineux les après-midi. Si les rayons du soleil n'avaient pas encore la force de réchauffer l'atmosphère et les sols, ils apportaient tout de même de belles promesses.

Pierre abordait ce Nouvel An, le cœur léger. Il se dirigeait vers la gare de Cornil. Il se sentait comme un petit oiseau sur une branche bousculée gentiment par le vent. Il sifflotait en marchant d'un bon pas. Il ne sentait même pas le froid.

Sidonie s'était moquée de lui en lui faisant remarquer qu'il n'avait pas pris de retard ce matin. Tout le travail de la ferme avait été abattu en à peine deux heures.

Il prit la route vers 9 heures pour prendre le premier train. Une journée seul avec Anette, à la ville, il fallait faire durer le plaisir !

C'était un dimanche si exceptionnel, il espérait bien qu'il y en aurait d'autres dans l'avenir…

Chapitre **XIV**

Départ à zéro

Anette devait réfléchir, et vite. Une fois l'émotion maîtrisée, il fallait se décider. Aller aux obsèques de monsieur Léon voulait dire rester dans le coin jusqu'à vendredi, au risque de tomber nez à nez avec cette femme qui lui avait demandé de partir sans sourciller. Anette n'en avait pas vraiment envie. Monsieur Léon lui avait bien écrit de se méfier de sa sœur. Des ennuis, elle en avait eu son reste. De toute façon, où coucherait-elle jusque-là ? Elle était bel et bien à la rue…

Retourner à la ferme ? Il n'en était pas question. Elle n'était plus autorisée à mettre les pieds chez les Lapierre, ça, elle l'avait bien compris !

Elle ne voyait plus qu'une éventualité, mais fort gênante. Revenir chez les seules personnes qui lui avaient tendu la main à Souilhac. Elle n'avait plus qu'eux pour l'héberger quelque temps. Mais que penseront-ils d'elle pour oser revenir ainsi après être partie comme elle l'avait fait ?

Oh, elle aurait pu compter sur Christian et Lucienne, de ça, elle en était persuadée. Mais ils avaient un travail harassant, une employée à payer, et une maison de campagne où se réfugier pour un court repos tant mérité. Alors non, elle ne voulait pas troubler leur vie.

Elle quitta son banc, bien décidée à se rendre à Souilhac. Tant pis, elle verrait bien comment cela se passerait une fois là-bas. Elle devrait rester franche avec eux cette fois-ci, elle ne voulait plus mentir, à personne…

Les rues étaient de plus en plus désertées, les rideaux des boutiques baissés. Les gens se retrouvaient en famille, entre amis, dans la joie…

La famille, les amis, la joie… Décidément, ce n'était pas pour elle. Abandonnée, rejetée, oubliée, et si seule. Anette finissait par croire que la vie ne l'aimait vraiment pas. Peut-être que monsieur Léon avait eu raison de rejoindre les étoiles pour réchauffer son âme ! Elle était une âme esseulée, tout comme lui…

Arrivée à Souilhac devant la maison de ses sauveurs d'un soir, la jeune fille eut une hésitation, voire, une certaine appréhension. Mais plus elle regardait autour d'elle, plus une angoisse lui serrait la gorge. Elle ne pouvait pas vivre comme une misérable et dormir sous les ponts ! Toujours dans ses pensées, elle ne se rendit pas compte que son doigt appuyait déjà sur la sonnette, et lorsque la porte s'ouvrit, elle sursauta.

— Anette ? s'esclaffa l'homme, étonné, se frottant les sourcils pour être sûr d'avoir bien vu.

La jeune fille s'effondra à genoux sur le perron de l'entrée, et des sanglots secouèrent tout son corps. Elle n'arrivait pas à dire un seul mot, comme si la honte l'étranglait de ses longs doigts crochus.

François releva doucement Anette par les épaules et la fit entrer. Sa femme se précipita pour voir ce qui se passait et ne put étouffer un cri de surprise.

— Oh seigneur, Anette ! Mais, que vous est-il arrivé, ma pauvre enfant ? Entrez vite !

La voix apaisante de Claire adoucit quelque peu le mal-être de la jeune fille, lorsqu'elle entendit s'écrier Laurette.

— Anette, Anette, c'est Anette, elle est revenue, viens vite voir, Sophie ! tapant des mains, heureuse.

— Mais, pourquoi tu étais partie l'autre fois, Anette ? demanda Sophie, touchée par la tristesse de leur visiteuse. Pourquoi elle pleure Anette, maman ?

— Chut, doucement les filles, vous allez la fatiguer encore plus. Allez, laissez-la finir d'arriver. Vous pourrez lui parler après qu'elle sera remise.

Anette se retrouva assise sur le canapé, au même endroit où elle avait pris une délicieuse infusion la toute première fois qu'elle avait été reçue. C'était comme si rien n'avait changé, comme si le temps s'était figé, comme si elle n'en était jamais partie…

— Les filles, allez préparer une assiette de biscuits de Noël et sortez les tasses, vous serez gentilles. Allez, faites bien les choses pour notre invitée, éloignant ainsi ses filles pour un moment. Son mari n'avait encore rien dit, toujours sous le choc de l'effondrement de la jeune fille devant ses yeux.

— Il va falloir tout nous raconter, Anette, et ce, depuis votre départ précipité de chez nous. Si vous saviez comme l'on s'est inquiétés, nous demandant ce que nous avions pu mal faire ? se décida à dire François. Ma femme en a été très affectée, dans son état qui plus est, caressant tendrement le ventre bien arrondi de son épouse.

Anette suivit du regard la main de l'homme qui se posa délicatement sur le ventre de Claire, pour enfin comprendre.

— Claire, quelle bonne nouvelle, c'est formidable, je suis bien contente pour vous deux, pour vous quatre, je veux dire ! laissant apercevoir un léger sourire entre ses larmes. Je vous demande pardon, je ne suis qu'une idiote, une égoïste, une irresponsable. Je fais toujours tout de travers. Je comprends mieux pourquoi ma mère m'a abandonnée dans une étable, elle savait que je ne valais rien, éclatant dans un flot de larmes intarissables...

Le couple se regarda tristement. Ils venaient de comprendre ce que cette pauvre jeune fille avait dû subir dès sa naissance et qu'elle leur avait caché. Pour eux, concevoir un enfant, c'était pour le chérir, l'élever, le consoler, l'épauler, être présents toute une vie. Anette n'avait donc jamais connu cela.

— Anette, vous allez vous reposer un peu, le petit bureau est toujours disponible. Voici les filles qui reviennent, regardez-moi ce joli plateau ! François, tu veux bien aller chercher le café qui doit être encore bien chaud ?

Les deux fillettes s'assirent de chaque côté d'Anette et lui prirent chacune une main. Elles avaient envie de pleurer en voyant les larmes couler sur le visage de leur amie.

— C'est triste maman, Anette pleure encore, s'épancha Sophie.

— Elle a mal ? s'inquiéta Laurette, la mine boudeuse.

— Oui, mes chéries, elle a mal au cœur, parce que quelqu'un lui a fait beaucoup de peine. Mais ça va aller à présent, on va bien s'occuper d'elle, d'accord ?

Sophie et Laurette confirmèrent, le regard mélancolique, et leurs petites mains serraient encore plus fort celles d'Anette.

La petite famille discuta tout en dégustant les bons biscuits à la cannelle et buvant une boisson chaude. Rien de mieux pour remettre les idées en place, avait fait remarquer François.

Claire amena Anette s'allonger un petit moment dans le bureau. Rien n'avait changé de place, et ça sentait toujours aussi bon la cire, une odeur rassurante. La jeune fille se sentit immédiatement apaisée, en sécurité.

— Comment pourrais-je un jour vous remercier ? vous êtes des gens si bons, et j'ai si honte d'abuser ainsi de vous. Je ne le mérite pas !

— Mais pas du tout, voyons, bien au contraire, vous êtes une jeune fille courageuse. La preuve, vous êtes revenue vers nous. Mais il faut me promettre une chose, Anette, c'est de ne plus vous enfuir !

— Je vous le promets, Claire. Merci de m'avoir à nouveau ouvert votre porte, les larmes inondant à nouveau son visage.

— Chut, ça va aller, tout va bien. Reposez-vous à présent, je reviendrai vous voir dans un moment.

Claire se dirigea vers la porte lorsqu'elle entendit dans un sanglot.

— Restez Claire, j'aimerais tout vous raconter, depuis le début. Je ne vous ai pas tout dit la première fois, enfin, j'ai quelque peu embelli mon passé à vrai dire ! Venez vous asseoir près de moi, je vais tout vous dire cette fois-ci, tapotant sur le rebord du lit.

Claire s'installa confortablement tout près de la jeune fille, touchée par sa confiance et son désir de sincérité…

Lorsque Claire sortit du bureau, Anette s'était enfin assoupie. La jeune fille avait énormément pleuré lors de ses confidences, et Claire en eut le cœur chaviré. Comment à un si jeune âge pouvait-on avoir déjà souffert autant ?

« Un bébé abandonné qui s'est retrouvé à l'orphelinat. Qui à 8 ans a été placée dans une ferme pour y travailler jusqu'à ses 16 ans. L'âge où elle a subi ce viol un soir d'hiver en plein bois, par un individu dont elle ne connaît pas l'identité. Pauvre Anette qui se sentait si honteuse qu'elle dut taire sa grossesse. Pour finir seule dans une grange afin de mettre son enfant au monde ! Et comme si elle n'avait pas assez souffert, elle s'obligea à laisser son bébé à la seule femme en qui elle avait confiance pour s'enfuir par peur de la réaction du maître des lieux. Elle était convaincue qu'il les aurait mises à la porte, elle et son bébé ! Anette, si seule, affrontant la misère, la faim, le froid, la peur. Rendre une ultime visite pour subir cette dispute avec cette femme, Sidonie, qui au contraire, aurait dû la soutenir et non la renier ! Et son odieux mari qui n'a su que la rabaisser… Et comme si tout ce malheur ne suffisait pas, vivre le décès de ce gentil monsieur Léon à présent. Comment pouvait-on supporter tout ceci en seize années d'existence alors qu'elles devraient être les plus douces ? », songea alors Claire en essuyant les larmes qui inondaient son visage. Tous ces mots ancrés au plus profond de son cœur repassaient en boucle. Comment sortir indemne après un tel récit ?

En passant devant la porte d'entrée, par réflexe protecteur, elle ôta la clef de la serrure. Elle ne voulait pas qu'Anette se volatilise encore une fois. Un oisillon sans nid n'avait aucune chance de survie...

Les fillettes s'amusaient avec leurs nouveaux jouets de Noël dans leur chambre. Claire cherchait ces temps de repos car elle avait de plus en plus de douleurs lancinantes dans le bas du dos. Mais elle faisait bonne figure pour ne pas inquiéter son époux.

— Alors, comment va-t-elle ? demanda François en voyant revenir sa femme, les yeux rougis.

— Elle s'est enfin endormie. Oh, mais François, c'est affreux ce qu'elle m'a confié. Viens au salon, je vais me reposer un peu tout en te racontant son histoire.

François fut à son tour accablé par ce qu'il venait d'entendre.

— Que va-t-on faire d'elle, qu'en penses-tu toi, ma chérie ? Une femme doit mieux appréhender ce genre de problème ?

— Mieux je ne sais pas, mais je pense qu'il est de notre devoir de s'occuper d'elle. D'abord, lui laisser le temps de se remettre, et ensuite, voir comment elle peut remettre les pieds à l'étrier. Pour panser son cœur, il faut aussi qu'elle récupère sa fille, c'est primordial pour le bien-être de la maman et de l'enfant. Je sais qu'elle est très jeune, mais si elle est soutenue, elle devrait y arriver. Imagine François, sa fille vient d'avoir tout juste trois mois. Je ne peux pas imaginer laisser un de nos enfants à une autre femme ! Il faut qu'on l'aide, chéri, tu veux bien faire ça ? Je sais que ça tombe mal avec la venue de notre troisième enfant, mais…

— Mais bien sûr que oui, au contraire ! Tu voulais prendre une aide, tu n'arrivais pas à te décider, et bien aujourd'hui, tu l'as trouvée ! Tout en te prêtant main-forte, elle se refera une santé et l'on pourra s'occuper de son avenir. De toute façon, elle ne pourra pas récupérer sa fille dans les conditions actuelles. Il lui faut un salaire, un logement, et encore, son si jeune âge risque d'être un obstacle. Les services sociaux peuvent lui retirer son enfant et ce n'est pas ce que nous voulons pour elle, n'est-ce pas ? expliqua François tendrement, bien décidé à soutenir sa femme dans sa démarche.

— Tu as raison mon chéri, tu es un homme exceptionnel et si bon, déposant un baiser sur ses lèvres douces. Nous lui expliquerons tout ceci lorsqu'elle sera bien reposée, elle se raisonnera. Anette aura ainsi un salaire, elle sera logée, nourrie et blanchie, le temps qu'il faudra. J'ai besoin d'assistance pour aborder ce dernier trimestre et j'ai confiance en elle. C'est la personne que je n'aurais jamais osé penser trouver, elle sera parfaite, et les filles l'adorent déjà ! répliqua l'épouse, rassérénée.

Anette fut séduite par la proposition de ses bienfaiteurs lorsqu'elle revint après un bon repos. Les fillettes lui firent la fête, elles aussi contentes d'avoir cette jeune fille pour nounou.

— C'est Anette qui nous amènera à l'école ? demanda alors Laurette

— Mais bien entendu, cela va permettre à maman de laisser grossir le bébé, ce qui eut pour effet de faire pouffer ses filles.

— Oui, un gros pépère ! s'esclaffa Sophie, en gonflant ses joues.

— Ou une grosse mémère, reprit Laurette, sortant son ventre.

— Voulez-vous vous tenir un peu, demoiselles ? reprit la maman, réprimant son envie de rire.

— Bien, je crois que tout le monde est satisfait. Nous allons pouvoir fêter cette nouvelle année comme il se doit. Nous n'avons rien prévu de bien extraordinaire afin que maman se repose comme l'a demandé le médecin, mais à présent que nous avons une invitée de marque, il va falloir organiser une belle réception ! proposa François à ses filles, l'air espiègle. Ce qui ne tarda pas à motiver la troupe…

— On va préparer une pièce de théâtre. Vient Sophie, il faut qu'on répète et qu'on trouve nos déguisements ! grimpant l'escalier quatre à quatre.

Anette profita de l'absence des fillettes pour confier une chose qui lui tenait à cœur, elle ne pouvait pas garder cela pour elle.

— Je voulais vous dire aussi… Vendredi, on enterre monsieur Léon à la cathédrale de Tulle. Je ne voudrais pas passer pour une personne ingrate, mais je ne pense pas m'y rendre. Sa sœur m'a fait comprendre que visiblement, elle ne souhaitait plus croiser mon chemin. Ne me demandez pas pourquoi, je ne saurais vous le dire. Une chose est certaine, c'est que monsieur Léon sera toujours là, et je n'ai pas besoin d'autre chose pour en garder le meilleur des souvenirs ni pour penser à lui, posant sa main sur son cœur.

— C'est comme vous voulez, Anette, mais je peux vous y accompagner si jamais vous changez d'avis, répliqua François, attendri.

— Merci infiniment, mais ma décision est prise, je n'irai pas. Il faut aussi que je vous dise encore une autre chose, sans vouloir abuser de votre patience…

— Décidément, Anette, vous aviez une pleine valise de secrets et de nouvelles à nous révéler, sourit Claire, compatissante. Vous n'abusez absolument pas et l'on vous écoute avec grand intérêt !

— Dimanche en matinée, Pierre, le commis de la ferme, doit venir récupérer des papiers importants dont j'avais besoin pour mon contrat de travail chez monsieur Léon. Malheureusement, cela n'a pu se faire. Il vient spécialement du Puy de Pauliac pour passer la journée avec moi. Le pauvre, il ne m'y trouvera pas et il va s'inquiéter !

C'était une grande contrariété pour la jeune fille qui s'était fait une joie de revoir Pierre. Et à présent, une telle déception. Devait-elle se rendre dans le Trech dimanche matin et attendre sa venue comme prévu ?

— Nous comprenons. Vos projets ont été tellement bouleversés avec tout ce qu'il s'est passé. Vous pourriez l'attendre à l'entrée de la gare de Tulle, vous seriez sûre de le voir arriver. Vers quelle heure pensez-vous qu'il sera là ? demanda François.

— C'est que je ne sais pas trop, entre 10 et 11 heures, je pense ! C'est qu'il a toutes les bêtes à s'occuper, ça en demande du temps ! Et je sais qu'il fera son possible pour que tout soit fait afin de libérer Sidonie pour qu'elle s'occupe de Fannie. Il y a un train à 9 h 30, mais à mon avis, celui-ci est bien trop tôt. Le prochain est à 11 h 15. Je suis presque certaine que ce sera celui-ci.

— Alors, vous savez ce qu'il vous reste à faire ? Le guet sur le quai de la gare juste un peu avant l'heure pour être certaine de ne pas le rater ! s'enthousiasma Claire.

La soirée était apaisante, ce qui permit à Anette d'apaiser quelque peu son chagrin. Les filles avaient mis la table et Anette avait aidé en cuisine, toujours, aussi surprise de l'investissement de monsieur François dans cette famille…

Laurette et Sophie discutaient de leur futur spectacle pour le nouvel an, sur le thème de « Boucle d'or ». L'une ferait le rôle de la petite fille et l'autre des trois ours. Les parents quant à eux, élaboraient un menu de réveillon, qui serait en partie commandé chez leur boucher-charcutier. Ils demandaient conseil à Anette afin de l'intégrer immédiatement…

Les fillettes durent monter se coucher, l'heure étant largement dépassé ! Puis vint le tour des parents, Claire devait se reposer.

— Nous vous souhaitons une bonne nuit, Anette. Nous sommes heureux de vous avoir parmi nous…

Anette avait l'impression de faire partie d'une famille, d'une si belle famille ! Et pourtant, une ombre était bien là alors qu'elle rejoignait sa chambre. Était-elle vraiment à sa place ici ? Ne devrait-elle pas être plutôt près de sa fille pour fêter ce Nouvel An qui arrivait à grands pas ? Saurait-elle tenir ses promesses afin de récupérer sa fille le plus vite possible pour la sortir des griffes de ce couple devenu perfide ?

Pierre saurait sûrement la conseiller dimanche. Ils se connaissaient si peu et portant, ils se comprenaient si bien. Pierre. Comme son cœur vibrait chaque fois qu'elle pensait à lui. Un sentiment jusque-là inconnu…

Elle s'endormit en rêvant de quais de gares, de retrouvailles et de joie. De tendresse et de bienveillance entre deux êtres. D'amour…

Les jours suivants, Anette commençait à trouver sa place et à prendre ses responsabilités au sein de la famille. Elle aimait beaucoup s'occuper des deux fillettes. Claire pouvait enfin se reposer sérieusement. Ses douleurs lombaires ne la lâchaient plus et elle se demandait comment elle allait supporter cela encore tout un trimestre.

François, entre les deux fêtes, était en congé pour la semaine, aussi en profita-t-il pour préparer la future chambre du bébé. Peinture, tapisserie, décorations, rien n'était assez beau. Le couple avait choisi une dominance couleur crème, ainsi fille ou garçon, ce serait parfait ! Claire avait rehaussé ce ton neutre en choisissant des tentures à rayures multicolores.

Ce vendredi matin, Anette se leva avec une grande tristesse. Son cœur se trouvait en la cathédrale de Tulle pour la dernière révérence de monsieur Léon. François lui avait une nouvelle fois proposé de l'accompagner si elle le souhaitait, mais Anette ne revint pas sur sa décision.

— J'irai allumer un cierge à l'église Saint-Joseph et je prierai pour le repos de son âme.

François n'insista pas, il respectait son choix.

— Anette, j'ai une proposition à vous faire. Vous avez le droit de refuser, c'est comme vous le souhaiterez. Voilà, puisque vous avez vos papiers avec vous jusqu'à dimanche, il nous semblait judicieux, à Claire et moi-même, de préparer un contrat d'embauche comme aide familiale à domicile. Ainsi, vous seriez en règle pour les services sociaux le temps de voir venir, et Claire aurait une employée à demeure, ce dont elle a tant besoin.

Anette n'en revenait pas. Un contrat de travail, un toit sur la tête, un salaire, tout ce dont elle avait besoin pour récupérer sa fille ! Elle sauta au cou spontanément de cet homme si généreux.

— Et bien, je crois que ça veut dire oui, jeune fille ?

— Oui, mille fois oui ! Merci, merci pour tout, vous me sauvez la vie !

— Et nous, la nôtre !

C'est ainsi qu'Anette vit arriver dimanche le cœur plus léger. Une lueur d'espoir s'était immiscée dans sa pauvre existence. Son triste sort allait enfin prendre fin, sa revanche sur la vie se profilait, elle pouvait faire de magnifiques projets. Monsieur Léon ne l'avait pas abandonnée, il l'avait guidée vers un nouvel horizon…

Anette s'occupa du petit-déjeuner des deux fillettes et monta un plateau à Claire. Cette dernière n'avait pas pu se lever ce dimanche matin tant elle avait mal aux reins. François était inquiet, ça ne ressemblait pas à son épouse de rester ainsi alitée.

— Vous êtes certain que vous ne voulez pas que je reste, monsieur, pour m'occuper des enfants et veiller sur votre épouse ?

— Et rater votre rendez-vous ? Certainement pas ! Je m'en sortirai très bien, ne vous inquiétez pas, Anette.

Il était certain que la jeune fille en aurait eu une grande déception, mais son devoir était de prendre soin de cette famille. La veille, le couple avait rempli et signé son contrat de travail, écrit un courrier pour le service social de Brive qui serait posté dès mardi matin. Un exemplaire était également destiné à la famille Lapierre que Pierre leur remettrait ce soir en rentrant. Tout était donc en ordre…

Anette, après un dernier coup d'œil jeté dans le miroir du bureau, fut satisfaite de ce qu'elle y voyait.

« C'est fou ce que le fait d'avoir moins de soucis peut se voir sur le physique d'une personne ! Mon visage est plus détendu et mes yeux ont plus d'éclat ! Pierre va-t-il s'en apercevoir ? », pensa alors la jeune fille, soulagée.

Elle vérifia le contenu de sa bourse. Elle avait rangé l'enveloppe de monsieur Léon dans le tiroir du bureau, son trésor. Chaque soir, elle y jetait un coup d'œil puis le rangeait aussi vite. Mais aujourd'hui, elle avait pris un des billets de son salaire afin de manger un petit quelque chose et boire un café en compagnie de ce garçon. Elle lui devait bien ça. Venir expressément à Tulle pour elle…

Lorsqu'elle traversa l'entrée afin de rejoindre la partie commune, l'on toqua violemment à la porte. Anette se précipita pour ouvrir, pensant à Pierre.

Un homme, qu'elle ne connaissait pas, s'agitait en tous sens, bégayant d'énervement.

— Bon… bonjour ma… ma… demoiselle. Mon… mon, monsieur le con… contremaître est… est-il… là ? Vi… vite, s'iii… s'il vous plaît !

Anette saisit l'importance du message et se précipita au séjour pour appeler monsieur François.

— C'est urgent, monsieur, un homme à l'entrée pour vous. Je jette un œil sur les filles, allez-y !

Anette entendit les deux hommes débattre énergiquement quelques secondes lorsque François revint, inquiet.

— Le feu est parti dans un atelier de la manufacture, je dois y aller au plus vite. Veuillez prévenir mon épouse, Anette, et veillez sur les filles. Je suis vraiment désolé, quittant la pièce sans se retourner.

Il fallut une bonne minute à Anette pour tout se remémorer. Le feu, prévenir madame, garder les filles, désolé… ce qui l'amena à une triste conclusion.

« Ça veut dire que je ne peux pas rejoindre Pierre à la gare. Je ne le verrai pas arriver et lui ne me trouvera pas dans mon ancienne chambre ! », s'apitoya-t-elle.

— Anette, il est parti où mon papa ?

La jeune fille fit un effort pour ne pas montrer sa déception et expliqua à Laurette que son papa avait dû partir à son travail pour une urgence.

— Venez avec moi les filles, nous allons prévenir votre maman.

Les deux fillettes partirent en courant pour porter la nouvelle avec un temps d'avance sur leur nounou.

Lorsqu'Anette entra dans la chambre de Claire, cette dernière était en position fœtale sur son lit et grimaçait de douleur. Elle s'approcha à pas rapides du lit, inquiète.

— Ça ne va pas, madame, je peux faire quelque chose pour vous ?

— Merci, Anette, mais ça devrait finir par se calmer ! Décidément, ce bébé m'en fait bien voir. Mais que disent les filles, elles sont énervées à un point ?

Anette demanda à Sophie et Laurette d'aller jouer dans leur chambre pour laisser leur maman se reposer. Elles s'éloignèrent sans cacher leur mécontentement.

— C'est monsieur François, madame, il a dû partir en urgence. Il y a un feu à la manufacture d'après ce que j'ai pu comprendre. Quelqu'un est venu le chercher.

— Oh, mon dieu, pourvu que ce ne soit pas grave avec tous ces jeunes ouvriers qui y travaillent. J'espère qu'il ne prendra pas de risques lui-même ? Même en congé, on a besoin de lui. Décidément, tout va de travers en ce dernier jour de l'année ! Et vous, ma pauvre petite, votre rendez-vous avec Pierre ? Il faut aller prévenir ce garçon, c'est la moindre des choses ! Ramenez-le ici, ça ne me dérange pas le moins du monde, proposa Claire, toujours conciliante pour rendre heureuse sa protégée.

— Ce n'est pas grave, je ne veux pas vous laisser seule. On ne fait pas toujours comme l'on veut ! répondit Anette, se forçant à sourire.

Claire voulut se redresser dans son lit lorsqu'elle émit un gémissement beaucoup plus fort. Anette se précipita vers elle, la calant avec le gros oreiller. Elle vit les larmes inonder son beau visage et ses mains crispées sur son ventre tendu.

— Il y a quelque chose qui ne va pas, ces douleurs ne sont pas normales. Je crois qu'il va falloir faire venir le médecin dès demain matin ! Pouvez-vous me faire une infusion bien chaude, Anette, j'ai des frissons dans tout le corps ? Les filles ne risquent rien dans leur chambre, vous pouvez descendre, je tends une oreille…

Il était vrai qu'on entendait les deux fillettes jouer à la maman avec leurs poupées. L'une cuisinait, l'autre punissait…

Une fois à la cuisine, tout en préparant une tisane, Anette se laissa aller à penser à Pierre. Comme c'était regrettable. Mais comment faire, elle ne pouvait pas se couper en deux ? Elle versa l'eau bouillante dans la tasse, y mit une cuillérée de miel, une tranche de citron et une feuille de menthe. Alors qu'elle remuait délicatement la boisson, elle entendit un cri horrible, telle une bête blessée…

Elle reposa brusquement la tasse en faisant déborder son contenu sur la table et grimpa en courant à l'étage. Les deux fillettes pleuraient sur le palier du haut, les mains plaquées sur leurs oreilles.

— Ne restez pas là ! Retournez dans votre chambre, allez, oust ! se fâcha Anette, laissant les filles tétanisées.

Lorsqu'elle entra dans la chambre, elle vit Claire agonisant, une grosse tache de sang sur le drap. La future mère gémissait, se tordant dans un sens puis dans l'autre.

— Madame Claire, je dois aller chercher le médecin, mais les filles doivent rester un instant seules. Je vais faire vite. Surtout, n'essayez pas de vous lever, ni de bouger. Je reviens…

Anette donna l'ordre aux filles de rester dans leur chambre sous peine d'être punies toute la journée ! Cela lui creva le cœur de voir Sophie et Laurette ne pas comprendre un tel comportement, mais elle n'avait trouvé aucun autre argument…

Elle dévala l'escalier et sortit dans la rue pour se mettre à courir. Elle avait entendu parler du médecin Fraysse par le couple qui habitait à un pâté de maisons de chez eux. Même si elle ne l'avait jamais rencontré, elle saurait le trouver et lui expliquer.

Le temps de vérifier sa plaque qu'elle sonnait encore et encore jusqu'à ce que la porte s'ouvre sur une femme de service, agacée.

— Je ne suis pas sourde ! Que…

— Il faut que le docteur Fraysse vienne chez Claire Verdier, elle est en train de perdre son petit, vite !

À peine finissait-elle sa phrase que le médecin apparut dans l'entrée, veste et sacoche sous le bras.

— Allons-y, mademoiselle, je vous suis. Vous m'expliquerez en chemin.

Anette suffoquait en relatant les faits au médecin tout en marchant d'un pas rapide.

— Monsieur Verdier a été appelé d'urgence pour un feu à la manufacture d'armes. Madame n'est pas bien depuis hier soir, mais elle voulait attendre encore un peu, au cas où cela se calme, avant de vous faire prévenir. Ça s'est aggravé subitement, peu de temps après que son époux soit parti. Elle souffre beaucoup et elle saigne. J'ai dû laisser les filles seules pour venir vous chercher. Je n'aurais pas dû, mais je n'ai pas eu le choix, vous comprenez ?

— Ça fait beaucoup pour clôturer une année tout ça ! Mais vous avez fait au mieux et au plus rapide. Vous êtes de la famille ?

— Oh non, pas du tout ! Je suis leur employée de maison, pour seconder madame Claire et m'occuper des filles.

— Cela faisait un bon moment que je lui conseillais de trouver une personne pour l'aider, j'espère seulement qu'il ne sera pas trop tard.

— Que voulez-vous dire par trop tard ?

— Pour le bébé, j'entends ! Nous y voici, je passe devant.

Le médecin connaissait bien la maison, car il monta directement dans la chambre de Claire sans une hésitation.

Anette rejoignit les deux fillettes qui n'avaient pas bougé de leur chambre. Elle devait faire retomber la tension et l'inquiétude de ces pauvres petites.

— Je vous demande pardon, je n'aurais pas dû m'énerver après vous, mais je devais faire vite ! Le docteur est là, ça va aller maintenant, et votre papa va vite revenir. Tout va bien aller et vous avez été bien sages !

Elles se jetèrent dans les bras d'Anette, laissant aller leur gros chagrin…

Chapitre XV

Un dimanche à la ville

Pierre connaissait les horaires de train par cœur, car la fois où il avait ramené Anette, il avait pensé à regarder les départs pour Tulle. Il y avait deux trains en matinée, mais il avait décidé de prendre le tout premier, celui de 9 h 30. Il arriva à la gare avec de l'avance tant il avait pressé le pas. Il avait coupé à travers des près si pentus, qu'il ne perdit pas une minute ! Il n'en serait pas de même au retour…

Le hall était désert à cette heure. Le chef de gare lui vendit son billet aller-retour en lui souhaitant une belle journée.

— Oh, elle le sera, pour sûr ! Merci, monsieur, vous de même, et bon reveillon !

Le chef de gare leva un bras pour saluer ce jeune homme si aimable, et fort poli.

Pierre avait déjà pris le train avec ses grands-parents. Il était si petit la première fois qu'il avait été très impressionné par cette énorme machine de fer. Son grand-père lui avait expliqué tous les mécanismes, la construction des rails, les différents corps de métiers… Quand il y repensait, son cœur se gorgeait d'amour. Ils l'avaient recueilli sans la moindre hésitation après la disparition de ses parents et ils avaient pris soin de lui comme leur propre fils. Il leur devait absolument tout. Un enfant choyé, aimé, protégé, pour devenir le jeune homme qu'il était aujourd'hui, avec de bonnes valeurs, enfin, il l'espérait ! Son grand-père lui disait toujours que la richesse d'un homme ne s'évaluait pas à son argent, mais à son courage, son savoir-vivre et son respect…

Pierre n'avait pas fait de grandes études, il préférait vivre au grand air. La ferme, c'était une évidence pour lui et il comptait bien s'installer dès qu'il le pourrait. Il disait à son grand-père qu'un paysan savait tout faire. S'occuper des bêtes, couper le bois, travailler la terre, faire de la mécanique et même de la maçonnerie !

— Tu vois pépé, moi, je serai le cheminot de la nature ! faisant rire le vieil homme de toutes ses dents jaunies…

Pierre quitta sa rêverie lorsque le train rentra en gare de Tulle. Il fut agréablement surpris de sa rapidité depuis Cornil. Il se rapprochait de plus en plus d'Anette, et son cœur battait de plus en plus fort. Il s'arrêta à une boulangerie pour acheter quatre viennoiseries, et une rose chez le fleuriste d'à côté. Une rose d'un rouge foncé velouté à la senteur délicate. Il trouva le quartier de la gare fort sympathique et bien achalandé.

Ensuite, il remonta les trois kilomètres qui le séparaient de l'adresse indiquée, en admirant au passage les rives de la Corrèze, les hôtels, les restaurants, les boutiques, le théâtre, tous ses ponts traversants, le clocher de la cathédrale qui se dessinait à l'horizon… Tulle était magnifique et lui semblait très agréable à vivre.

Il arriva enfin sur la place de la cathédrale et repéra d'un coup d'œil la rue qui rejoignait la préfecture. Anette la lui avait décrite comme une construction ressemblant à un château, et elle avait raison, elle était majestueuse !

Il passa devant le café dont les rideaux de fer étaient baissés. Il trouva cela surprenant, un jour de réveillon ! Anette lui avait parlé de la porte de service située juste après l'entrée principale. Cette porte en bois vert foncé à la poignée de cuivre ne le séparait plus que de quelques mètres de sa charmante amie.

« Sa chambre est à l'étage, mais comment faire pour qu'elle sache que je suis là ? », pensa alors le jeune homme.

Il frappa deux coups, mais sûrement pas assez forts pour se faire entendre jusqu'en haut ! Il tenta une nouvelle fois en tapant beaucoup plus fort, une, deux, trois fois. Il colla l'oreille à la porte et entendit alors râler dans l'escalier une personne qui descendait hâtivement. La porte s'ouvrit brutalement sur un homme enroulé à la hâte dans une robe de chambre en mohair.

— Et bien, jeune homme, on ne vous a pas appris à respecter les dimanches matin ? s'énerva l'homme à l'accent déplaisant.

— Veuillez m'excuser, vous êtes le propriétaire du café ?

— C'est bien moi le propriétaire, oui, et alors, qu'est-ce que ça peut bien vous faire ? Vous ne voyez pas qu'il est fermé ?

— Oh si, bien sûr, cela m'a même surpris, enfin pour un 31 décembre je veux dire... C'est que je cherche Anette, on avait rendez-vous ici même, c'est notre jour de repos, vous comprenez ? précisa Pierre.

— Je ne connais pas, bougonna l'homme.

— Comment ça, vous ne la connaissez pas ? Elle travaille pour vous depuis plus de trois mois, vous lui avez même donné sa semaine de vacances. Enfin, vous me faites marcher ? Puis, elle habite la chambre juste au-dessus. D'ailleurs, que faites-vous dans sa... ? Oh, je vois, elle n'est pas seule ! venant de comprendre la situation et l'embarras de son interlocuteur.

L'homme se mit à rire à gorge déployée. Il regardait Pierre d'un œil amusé, moqueur même. Pierre avait une réelle envie de lui mettre son poing dans la figure.

— Veuillez m'excuser, mais vous êtes si pathétique. Je viens juste de saisir ce à quoi vous pensiez. La jeune fille que vous cherchez est partie, je suis le nouveau propriétaire. L'autre, enfin l'ancien, il est mort, on l'a enterré vendredi matin, lui montrant négligemment le clocher du menton.

— Mort, dites-vous, mais... comment est-ce possible ?

— C'est possible puisqu'il s'est pendu ! mimant le geste en croisant ses mains sur son cou et sortant sa langue. Bon, je sais, ce n'est pas drôle, mais je ne le connaissais pas moi, cet homme-là ! Je suis un ami de sa sœur qui m'a donné l'opportunité d'acheter l'immeuble. Je rêvais de vivre dans votre région depuis bien longtemps. À moi de savoir quoi faire du commerce à présent ? Voilà, vous savez tout jeune homme, bonne journée, commençant à refermer la porte.

Pierre eut juste le temps de la caler avec son pied pour l'empêcher de se refermer complètement. L'homme, surpris, fit une grimace d'agacement.

— Anette, elle est où ? Donnez-moi son adresse au moins, c'est très important !

— Mais je n'en sais rien, je vous dis que je ne la connais pas votre Anette ! Allez, fichez-moi le camp, vous êtes pire que ces sales petits parigots qui font du grabuge dans les quartiers rupins ! Je ne suis pas venu en Corrèze pour être déjà emmerdé !

— Bin, vous savez quoi, retournez-y dans votre Paris, parce qu'ici, les Corréziens sont bien plus polis que vous. Et votre accent est à mourir de rire ! Sur ce, Pierre lui tourna le dos et allongea le pas vers la cathédrale. Du monde attendait sur le parvis, la messe n'allait pas tarder.

« Je vais me mettre au fond de l'église, je la verrai peut-être rentrer. Je sais qu'elle aimait bien aller à la messe à Aubazine avec Sidonie et Berthe… Au cas où, j'irai voir le curé, il la connaît peut-être ? Puis, elle a bien dû venir pour l'enterrement de monsieur Léon, se réconforta le jeune homme. Mais que va-t-elle faire à présent ? Elle était si heureuse d'avoir cet emploi, un patron si gentil, un avenir qui se dessinait enfin. Je me demande dans quel état moral elle se trouve ? »

Le clocher fit retentir ses onze coups, invitant ses fidèles à rentrer dans la maison de Dieu. Le prêtre ouvrit la grande porte dans un geste solennel et théâtral. Pierre fut surpris de voir autant de monde tout à coup sur la place, comme sorti de nulle part. Il fut un des premiers à rentrer et s'assit sur une des dernières chaises, tout au fond. Il regardait chaque personne défiler sur sa droite. Des familles riches dont les assises en première place leur étaient réservées et qui n'avaient d'yeux que pour le saint homme qui allait les bénir. Des familles moins aisées qui se fixaient sur les bancs du milieu, discrètement, presque intimidées. Des veuves, vêtues de noir, montrant leur deuil dignement. Des femmes seules, avec des enfants en bas âge, comme honteuses, rougissantes, se plaçant sur les extérieurs, comme pour s'éclipser au plus vite le moment venu. Quelques hommes, fiers et endimanchés, scrutaient à droite, à gauche, tel un roi de ses sujets. Et d'autres, bien moins endimanchés, la tête basse, se forçaient certainement à honorer cet instant religieux pour plaire à Dieu, afin qu'il ne leur arrive rien de plus miséreux pour l'année à venir…

Pierre vit passer un échantillon complet de la population citadine. Il préférait de loin ces petites églises où les villageois venaient sans chichi et pieusement entendre la parole de Dieu pour prendre du courage et faire entendre leurs prières. De la pluie, juste ce qu'il faut, pas trop de sécheresse, de belles cultures, des bêtes pas malades, du pain sur leur table chaque jour de l'année, de solides enfants, si possible un fils pour reprendre la ferme, et une bonne santé ! N'étaient-ce pas là les principes d'une vie simple et saine ? Dieu lui-même le confirmerait…

Mais, aucunement d'Anette ce matin à la cathédrale Notre-Dame de Tulle…

Il attendit la fin de la messe, de toute façon, que pouvait-il faire d'autre ? Rentrer à la ferme ? Sûrement pas. Lorsqu'il vit le prêtre enfin seul dans la nef, il s'approcha de lui à pas feutrés.

— Bonjour, mon père, auriez-vous un petit moment à m'accorder, c'est très important ?

L'homme d'Église fut tout d'abord surpris, et après un coup d'œil sur le jeune homme, lui demanda de le suivre.

Ils arrivèrent dans une petite pièce qui sentait fort l'encens et le bois vieilli. Un mélange de cire et d'humidité. Le prêtre plia et rangea son étole méticuleusement dans une simple armoire au bois lustré.

— Je vous écoute mon garçon, continuant à ranger ses accessoires comme si de rien n'était.

— Voilà, il y a eu un enterrement vendredi, un certain monsieur Léon, et je voulais savoir si vous connaissiez ou aviez aperçu sa serveuse, elle s'appelle Anette ?

— Oh, ce pauvre Léon ! Oui, un monument, cet homme-là dans le quartier, on ne s'attendait pas à ça, il cachait bien son jeu ! On le croyait suffisamment remis, tout au moins pour continuer de vivre. Dieu lui aura permis de rejoindre son épouse, se signant en levant les yeux vers le plafond. Mais je ne connais pas d'Anette. La seule personne qui s'est occupée des obsèques est sa sœur. Il y avait énormément de monde, surtout des commerçants du Trech et même alentour, des clients, quelques amis. Mais si peu de famille, des Parisiens ! Vous me paraissez bien déçu, mon fils ?

Pierre avait la mine défaite et se sentit perdu tout à coup. Comment allait-il retrouver son amie ?

— Je ne vous cache pas que je le suis, mon père. Il était si important pour moi de la voir. Nous avions rendez-vous ici même ce matin, et, quelles que soient les circonstances, elle aurait dû être là ! se lamenta Pierre.

— Malheureusement, j'aimerais pouvoir vous aider, mais je ne vois pas comment ! J'espère que vous aurez bien vite de ses nouvelles... Mais, il me vient une idée. Si vous demandiez au boulanger juste en face, c'était le meilleur ami de Léon, il saura peut-être vous aider ?

— Merci, mon père, merci ! cria le jeune homme en traversant la cathédrale, s'obligeant à retenir son allure. Il se mit à courir une fois sur la place pour pousser la porte de la boulangerie bondée de clients.

Le curé l'avait regardé filer, le sourire aux lèvres. Seul l'amour pouvait faire galoper la jeunesse ainsi, pensa-t-il...

Monsieur Christian avait fort bien travaillé pour respecter toutes les commandes du réveillon de ce soir et pour le lendemain, jour du Nouvel An. Des sainthonorés, des polkas, des bûches au chocolat, au café, des forêts noires. Sans oublier les pains d'épices, les sablés à la cannelle, les choux à la crème… Chaque année se rajoutaient de nouvelles saveurs, de nouvelles exigences… Ce fut un rythme intense ces dernières 48 heures, et à présent, il ne rêvait que d'une seule chose. Rejoindre sa maison de campagne, demain vers 13 heures, pour enfin profiter d'un peu de tranquillité. Sa femme et sa jeune serveuse étaient encore bien actives au service de la boutique.

— Vous désirez, monsieur ? l'interpella gentiment l'employée, prête à le servir.

— Oh rien, enfin si, juste un renseignement, je vous prie. J'aimerais savoir si vous connaissez…

Ce fut la patronne qui fondit sur lui, l'empêchant de terminer sa phrase. Elle demanda à son employée de continuer le service sur un ton de reproche.

— Vous savez, jeune homme, c'est qu'on a du travail ce matin, bien plus qu'il n'en faudrait, alors pour les renseignements, nous n'avons pas trop le temps. Si vous n'avez besoin de rien d'autre, bonne journée, ou plutôt, bonne fin d'année ! lui montrant la porte de sortie et retournant à sa caisse, excédée.

— C'est au sujet de ce pauvre monsieur Léon, c'est très important ! insista Pierre, la voix portée si haut qu'il en fit tourner tous les visages vers lui. Le boulanger vérifiait l'énorme panière à pain pour voir s'il y en restait suffisamment, lorsqu'il entendit la phrase lancée à la cantonade par le jeune homme. Il s'approcha, faisant comprendre à sa femme d'un regard discret qu'il s'en occupait.

— Ne restons pas là, vous dérangez, allons à mon atelier, menant le garçon d'un pas rapide.

La pièce sentait bon la farine, le levain, le sucre, les croûtes bien dorées... Toutes les odeurs semblaient se mélanger, et pourtant, restaient bien distinctes. Pierre s'en délecta, c'était la première fois qu'il mettait les pieds dans un fournil.

— Alors mon garçon, qu'as-tu à demander à propos de ce pauvre Léon ? Tu sais qu'on l'a enterré vendredi ? On ne revient pas sur un mort chez nous, c'est sacré !

— Oh, vous vous méprenez, ce n'est pas pour le déprécier. Je viens pour vous parler de sa serveuse, Anette. Je la cherche partout. Ni le nouveau propriétaire ni le curé ne savent où elle est partie. J'ai attendu toute la messe espérant la croiser, mais elle n'est pas venue. Alors le prêtre m'a dit de venir vous voir, car vous étiez son meilleur ami... à monsieur Léon ! Alors vous devez bien connaître Anette ? Nous avions rendez-vous à sa chambre, enfin, devant le café, je veux dire, rougissant comme un adolescent.

— Anette ? La pauvrette, ça a dû lui faire un tel choc ! J'aurais espéré la voir moi aussi, du moins à l'enterrement, mais je pense qu'elle a dû être jetée à la rue sans ménagement par la sœur de Léon. Lui-même l'appelait « la parasite » c'est pour vous dire ! C'est qu'elle a sa fierté notre Anette et je suis certain qu'elle n'a pas voulu nous demander de l'aider, à Lucienne et à moi. Elle ne connaissait que nous ici et on l'aimait beaucoup. On lui aurait tendu la main, vous pouvez me croire, mais voilà, allez savoir où elle se trouve à présent ?

Le boulanger semblait très affecté et inquiet de ce départ précipité depuis mardi dernier. Pierre comprit toute l'affection qu'il lui portait.

— Je pense bien à quelque chose à présent... Anette nous a parlé une fois de gens très gentils qui habitent Souilhac. Ils l'ont hébergée le premier soir où elle est arrivée à Tulle. Mais je ne connais ni leur nom ni leur adresse ! Je sais seulement que ce monsieur travaille à la manufacture d'armes, un contremaître, il me semble. C'est peu, mais, pourquoi ne pas ratisser le quartier ou demander à la manufacture, on ne sait jamais ? Mais promettez-moi que si vous la retrouvez, vous lui direz de passer chez Christian. C'est qu'on s'est attachés à cette gentille gamine, nous autres !

— Entendu, mais faut-il encore que je la déniche pour ça ! Souilhac, c'est le quartier de la gare, c'est bien ça ?

— Oui, à trois cents mètres de la gare, direction sortie de Tulle. Vous trouverez une place qui donne juste sur la manufacture d'armes, et vous y trouverez tout autour des commerces. Vous ne pouvez pas vous tromper ! Bon, je dois vous laisser, j'ai encore du travail, réveillon oblige ! Au revoir, jeune homme, et bon courage. Ah, tenez, attrapant trois croissants aux amandes bien grillées, pour la nouvelle année ! Vous ferez la différence avec ceux-ci, lui faisant un clin d'œil en direction du paquet que Pierre tenait serré dans sa main. Les viennoiseries achetées en remontant de la gare avec la rose.

Pierre fit un sourire complice à cet homme si aimable. Il sortit de la boutique devant le regard courroucé de la patronne…

Il reprit le chemin à l'envers, d'un bon pas et inquiet. Comment trouver ce fameux contremaître qui devait être sûrement en repos, bien au chaud chez lui ? Il pourrait à la rigueur prospecter les commerces de bouche, où les gens s'agglutinaient pour prendre leurs commandes pour ce soir et demain ?

« Te voilà bien, pauvre bougre ! Comment veux-tu la retrouver dans ces conditions ? De plus, j'ai un train à prendre à 17 heures ! Je ne sais pas qui d'Anette ou de moi porte la guigne ? », maugréa le jeune homme, tout à coup démoralisé.

Pierre arriva sur la place de Souilhac, épuisé et affamé. Il prit le temps de s'asseoir sur un banc pour dévorer les croissants achetés pour Anette. La rose, flétrie et noircie, atterrit dans un parterre parsemé de cristaux blancs et scintillants. Son regard fit le tour de l'environnement lorsqu'il entendit tout à coup des voix fortes venir d'un long et grand bâtiment à une cinquantaine de mètres devant lui.

Il se leva prestement pour aller vérifier ce qui se passait. La manufacture d'armes. Des hommes secouaient leurs bras et discutaient dans une agitation décousue.

« On dirait bien qu'il y a eu du grabuge ici ! », conclut Pierre en voyant deux sapeurs-pompiers qui finissaient d'enrouler un long et lourd tuyau sur leur fourgon-incendie Berliet.

Peut-être que parmi ces hommes, y avait-il le contremaître qu'il recherchait ? Mais comment les aborder sans passer pour un fou ? Il ne pouvait pas interpeller chaque ouvrier pour leur servir sa requête !

« Vous êtes contremaître ? Vous connaissez une certaine Anette ? Autant chercher une aiguille dans une botte de foin ! », réprouva-t-il.

Le silence revint. Les hommes rentrèrent dans le bâtiment, des barrières se levèrent pour laisser sortir le véhicule du feu. Il en était fini de l'incident. Il en était fini aussi pour Pierre. Il n'avait plus qu'à rejoindre la gare pour attendre un train.

Avant de se rendre à la gare, il déambula dans les rues, regardant les vitrines des commerces, les portes d'habitations alignées aux numéros et noms inconnus, levant quelquefois les yeux pour fixer son regard sur un balcon, une fenêtre, un toit… De temps en temps, quelques personnes seules ou en couple filaient sans lever la tête. Un homme aux pas pressés arriva sur lui, s'arrêta à ses côtés tout en s'excusant afin de pouvoir rentrer chez lui. Pierre s'écarta tout en lui faisant un signe de tête respectueux. Il vit la lourde porte du numéro 18 se refermer dans un bruit sourd. Il lut machinalement le nom inscrit sur la sonnette, « Mr & Mme Verdier », puis reprit son chemin…

La gare était déserte et Pierre se demandait s'il n'aurait pas été plus vite à rentrer à pied au lieu d'attendre ce foutu train. Mais, il avait payé son ticket retour, alors autant s'en servir ! Il marcha le long du quai, s'assit sur un banc, se releva pour faire à nouveau les cent pas. Pour tuer le temps, il finit par croquer dans les délicieux croissants aux amandes, constatant que ce monsieur Christian n'avait pas menti, ils étaient succulents ! À présent, il avait la gorge sèche. Il se rendit aux sanitaires pour se désaltérer et se laver les mains. Il jeta un œil rapide dans la glace fixée au-dessus du lavabo pour découvrir sa mine déconfite.

Il était déçu et malheureux comme la pierre. Il n'aura pas vu Anette ni su ce qu'elle comptait faire à présent. Comment ferait-il pour la retrouver ?

« Le mieux serait encore qu'elle revienne à la ferme retrouver Fannie. Au diable Émile et Sidonie, je serai là pour les protéger ! », finit-il par conclure.

Le chef de gare l'interpella lorsqu'il ressortit des toilettes.

— Vous êtes égarés, jeune homme, je vous vois aller et venir depuis plus d'une heure. Je peux vous renseigner ?

— Oh, j'attends mon train de 17 heures. J'ai loupé mon rendez-vous en ville, donc je tue le temps comme je peux.

— Quelle malchance, en effet. J'ai du café tout chaud, vous en voulez une tasse, ça me passera le temps à moi aussi ? Un soir de réveillon, vous pensez, les gens n'aspirent qu'à une seule chose, être en famille et s'amuser !

C'est ainsi que les deux hommes discutèrent devant une boisson chaude et finirent les croissants aux amandes. Un homme seul qui se portait volontaire pour les fêtes afin de ne pas penser à ses malheurs. Il était veuf depuis cinq ans, une fille unique mariée qui vivait à Bordeaux, et qu'il voyait peu…

— Alors, vous savez, quand vous n'avez plus grand-chose comme plaisir, il vous reste le travail !

Pierre n'était pas loin de se sentir aussi démuni que ce pauvre homme, à la différence, qu'il avait deux fois moins d'années que lui…

Enfin 17 heures. Le chef de gare était à pied d'œuvre sur le quai à siffler et faire son annonce tout en secouant son fanion. Pierre, installé dans son compartiment, le salua une dernière fois.

Au moment où le train s'ébranla dans un bruit crissant, Pierre crut entendre crier son nom.

Machinalement, il regarda le quai et vit alors une jeune fille emmitouflée dans un manteau qui marchait à pas rapides en gesticulant, des papiers à la main. Elle avait dû manquer son train, conclut alors le jeune homme. Puis, dans un regard plus soutenu, il la reconnut. Anette ! Elle se mit à courir pour suivre la voiture qui prenait de la vitesse. Pierre s'était collé à la vitre du train pour mieux la voir, mais il ne pouvait pas arrêter cette maudite machine !

Ne pouvant aller plus loin, la jeune fille s'arrêta, essoufflée, en levant sept doigts puis montra de l'index le quai de la gare.

Pierre leva le pouce en signe de confirmation et lui envoya un baiser.

Le désespoir ne frapperait pas aujourd'hui.

Dans sept jours, ici même, il retrouverait Anette, que Dieu en soit témoin…

Chapitre XVI

La convalescence

Lorsque François revint à son domicile, il régnait un silence anormal dans la maison. Personne ne se trouvait au rez-de-chaussée. Il grimpa les escaliers quatre à quatre et se dirigea immédiatement dans la chambre de son épouse. Il trouva le médecin qui finissait de faire une piqûre à Claire.

— Que s'est-il passé, docteur ? Depuis quand êtes-vous là ? Comment va mon épouse ?

Le médecin lui fit signe de se taire, Claire s'endormait déjà.

— Suivez-moi, je vais tout vous expliquer, mais il faut impérativement que votre épouse se repose au maximum.

Anette entendit parler les deux hommes et sortit de la chambre, les deux fillettes sur ses talons.

Laurette et Sophie se jetèrent dans les bras de leur père, encore affectées par l'inquiétude ressentie.

— Papa, on a eu peur, maman a crié très fort, et Anette est partie ! s'esclaffa Laurette.

— On a dû rester dans notre chambre, toutes seules, se plaignit Sophie.

François jeta un regard noir à Anette, trouvant impensable un tel comportement.

Ce fut le médecin, devant cette incompréhension, qui intervint. Il s'adressa aux fillettes.

— Votre nounou a eu beaucoup de courage et un sang-froid exemplaire. Il faut, bien au contraire, la remercier, mesdemoiselles. Grâce à elle, votre maman va vite se remettre !

Anette se sentir rougir sous le regard navré de monsieur François. Elle ne se trouvait absolument pas héroïque, n'importe qui aurait fait la même chose ! Elle prit les deux filles par la main pour les conduire à la chambre. Elle comprit que les deux hommes avaient à discuter intimement.

Une fois à la cuisine, François préparait un café pendant que le médecin lui expliquait la situation.

— Votre épouse a eu un début de décollement placentaire. C'est sérieux et quelque peu inquiétant à ce stade de la grossesse. J'ai réussi à arrêter le saignement et le cœur du bébé va bien. Claire a une tension relativement basse, elle doit garder le lit. Il est impératif qu'elle tienne encore quelques semaines pour que ce bébé puisse naître... dans de bonnes conditions. Je ne vous cache pas qu'à ce jour, il ne serait pas viable. Je suis désolé de paraître aussi dur, mais je préfère être franc avec vous.

— Et... si ça devait se compliquer, que se passerait-il, docteur ? s'inquiéta François.

— Une hémorragie, un accouchement prématuré, un bébé condamné. Mais gardez espoir, Claire est une battante. Vous avez une personne à votre service, cela tombe on ne peut mieux ! Du reste, à propos de cette Anette, c'est une jeune fille réactive et très intelligente. Elle a sauvé la vie de votre femme et celle du bébé. Si je n'étais pas intervenu immédiatement, vous seriez tous accablés par le chagrin à l'heure qu'il est. C'est une chance d'avoir une personne si jeune et pourtant, si dégourdie ! Si un jour vous n'en voulez plus, je la prendrai bien volontiers à mon service. C'est une perle rare, dans tous les sens du terme ! buvant sa tasse de café sur le pouce.

— Je saurai la remercier, c'est certain. Il y a eu un départ de feu à la manufacture, aussi j'ai dû partir en coup de vent. J'avoue que je n'ai pensé à rien d'autre à ce moment-là. La vie est drôlement faite, vous ne trouvez pas, docteur ?

— A qui le dites-vous ! passant son pardessus et calant sa sacoche sous le bras.

— Enfin, heureusement que les choses finissent souvent bien ! Mon épouse et notre enfant sont en bonne voie et la manufacture d'armes n'a pas brûlé ! Merci docteur, mille fois merci. Nous aurons perturbé votre 31 décembre, ainsi qu'à votre épouse !

— Perturbé ? Nullement, je n'aurais jamais fait ce métier si j'avais voulu rester bien au chaud chez moi ! Quant à mon épouse, cela fait 35 ans qu'elle supporte mes absences. 35 années, c'est bien trop tard pour se plaindre, vous ne croyez pas ? lançant une œillade complice. Je repasserai demain matin vérifier comment se porte Claire. N'hésitez pas à me faire appeler si un problème survenait d'ici là, quelle que soit l'heure. Je vous souhaite une bonne fin de journée, c'est de circonstance, je crois. Mais passez ce changement d'année bien au calme surtout !

— Nous suivrons vos conseils à la lettre ! Bon réveillon à vous aussi docteur, nos amitiés à votre dame.

Les deux hommes se séparèrent dans une poignée de main amicale et sincère...

François put enfin passer un long moment avec ses filles. Il remercia chaleureusement Anette en s'excusant de son départ précipité. Le salon reprit vie comme si de rien n'était. À tour de rôle, l'époux ou Anette montait voir l'état de la convalescente. Elle dormait toujours d'un sommeil profond...

Anette regardait l'heure régulièrement, pensant à Pierre qui devait errer dans la ville, seul et tellement contrarié. Mais elle ne montra pas sa déception, elle devait tenir sa place sans s'apitoyer sur son sort. Il fallait savoir différencier les choses importantes à celles de plus futiles. Comme retrouver un garçon pour passer du bon temps alors que madame Claire avait frôlé un grave incident ?

Toute la famille avait le ventre vide et Anette prépara un repas avec les bons restes de la veille.
François tint à monter un plateau à son épouse lui-même. Il la trouva réveillée et songeuse.

— Ma chérie, comment te sens-tu ? Tu vas manger un peu, ça va te requinquer, ce bébé doit être affamé ! C'est bien la première fois que nous mangeons notre repas à l'heure du goûter ! la taquina-t-il.

Claire fut attendrie par l'attention de son époux, elle avait beaucoup de chance d'être mariée à un homme tel que lui.

— Raconte-moi donc cet incendie. Il y a beaucoup de dégâts ? J'ai entendu le médecin l'évoquer alors que je te réclamais. Tu as pris des risques, encore une fois, à croire qu'il n'y a que toi pour assumer un tel problème, le dernier jour de l'année ! L'indispensable contremaître Verdier !

— C'était mon service, et mes gars. En soudant une pièce, un jeune tout juste embauché n'a pas respecté les règles de sécurité. Le feu est parti à une vitesse incroyable ! Ça aurait pu être bien plus dramatique, mais encore une fois, nos sapeurs-pompiers sont réactifs, tout comme notre Anette !

— Anette ? Pourquoi parles-tu d'Anette ? Elle a combattu le feu également ? s'étonna Claire.

— Pas le feu, mais une chose bien plus précieuse. Notre bébé, posant délicatement une main sur son ventre.

François lui relata dans le moindre détail tout ce que le médecin lui avait raconté…

— Mais alors, son rendez-vous avec son ami Pierre ?

— Ah, c'est tout toi, ça, t'apitoyer sur son sort au lieu du tien ! Malheureusement, tout est tombé à l'eau. J'en suis navré, mais comment aurions-nous pu faire ? Tu n'aurais pas pu être soignée à temps, c'est un mal pour un bien… Mais j'y pense, quelle heure est-il ? Il n'est peut-être pas trop tard pour qu'elle le retrouve à la gare pour son train de retour ?

— Va vite lui dire, je serais si heureuse qu'elle le voie, ne serait-ce que quelques minutes ! Nous lui devons bien ça. Va, mon chéri, je vais manger un peu pendant ce temps, se calant au mieux dans ses oreillers.

François arriva au salon tout sourire. Anette comprit que Claire allait bien mieux et elle en était heureuse pour eux tous.

— Anette, il faut vous préparer mon petit !

— Me préparer à quoi ?

— Votre rendez-vous à la gare ! Avec un peu de chance, il est encore temps de tomber sur votre Pierre qui va prendre son train du soir ! Allez, ouste, je ne veux plus vous voir, filez !

Anette n'osait pas bouger. Entre les filles et madame Claire, comment cet homme allait-il gérer le tout ?

— Non, je ne peux pas vous laisser seul. Vous avez bien trop à penser ! Claire a besoin de vous en haut, vos filles s'occupent en bas. Les pauvres, elles sont bien assez restées dans leur chambre pour aujourd'hui ! jetant un regard attendri aux fillettes.

François lui rappela qu'il était son employeur et lui ordonna de se rendre à la gare sur le champ !

Anette fila dans sa chambre, se recoiffa, mit son manteau et prit son sac. Il était encore possible de tomber sur Pierre. Elle connaissait les horaires par cœur, il lui restait peu de temps…

Le froid la saisit en sortant dans la rue bien moins agitée à présent. Elle remonta son col et allongea le pas.

« Zut, j'ai oublié les papiers à rendre à Pierre, Sidonie va lui passer un savon s'il ne les ramène pas ! », faisant un rapide demi-tour pour retourner à sa chambre où ils étaient rangés dans le tiroir du bureau, avec son trésor.

Elle reprit son chemin en courant, consciente d'avoir perdu quelques minutes précieuses. Elle ne pensait plus qu'à une chose… voir Pierre.

Lorsqu'elle arriva à la gare, elle comprit en entendant un vrombissement, que le train était en gare. Elle lut 17 heures à la pendule située au-dessus de la porte donnant sur le quai. Elle se précipita et n'eut que le temps de voir le convoi s'élancer. Elle aperçut alors Pierre, le nez collé à la fenêtre.

Anette prit un pas de course pour remonter à sa hauteur, fouettant l'air de ses documents, mais comprit bien vite qu'elle n'arriverait pas à le rattraper. Alors elle s'arrêta net et mima le chiffre 7 avec ses doigts pour ensuite lui montrer le quai.

« Dans sept jours sur ce quai, Pierre. Je t'attendrai chaque dimanche s'il le faut ! », murmura-t-elle.

Dans un dernier regard, elle vit le garçon lever le pouce pour lui confirmer qu'il avait bien compris et lui envoya un baiser.

Elle sentit monter une bouffée de chaleur et son cœur manqua un battement. Un baiser. Ça voulait dire qu'il l'aimait bien ? Ces quelques secondes valaient tout le bonheur du monde.

Elle lâcha du regard l'arrière du train, lorsque l'horizon laissa place à un brouillard laiteux et flou. Elle entendit au loin retentir le sifflet de la locomotive. Puis plus rien. La nuit et le froid tombèrent lourdement sur le quai déserté…

Anette repartit vers son nouveau chez elle. Claire et François seraient sûrement déçus pour elle. Elle tairait le baiser envoyé qui fit chavirer son cœur, c'était son jardin secret et non un mensonge ! Mais elle ne leur cacherait pas le rendez-vous de dimanche prochain. Elle s'était promis de ne plus jamais rien leur cacher...

Pour le réveillon, Claire étant encore bien fatiguée, la soirée fut donc ordinaire. François ne voulant pas laisser son épouse seule et alitée, c'est Anette qui occupa les fillettes entre grignotages, jeux et lectures...

Le docteur Fraysse passa comme promis à la première heure ce 1er janvier 1951, et fut rassurant. Claire allait beaucoup mieux. Il fit promettre à la famille de rester bien au calme et s'éclipsa en leur souhaitant une bonne et heureuse année. Il repasserait jeudi matin...

Anette n'avait rien à faire ce midi, monsieur François avait pris des plats cuisinés chez le boucher-charcutier et une bûche chez le pâtissier. Il ramena pour son épouse un magnifique bouquet de roses rouges ainsi que des chocolats. Anette avait trouvé cela si touchant...

Le père de famille dut se partager entre le séjour où il prit le début du repas avec ses filles et Anette, et la chambre, en le terminant avec sa femme. Après le dessert, les fillettes jouèrent leur pièce de théâtre devant un public ravi, installé autour de la convalescente, en dégustant les succulents chocolats...

Claire se remettait gentiment et trouvait difficile de devoir garder le lit. Son mari était reparti au travail dès mardi ! Jeudi, le médecin était repassé et se disait confiant quant à la suite de la grossesse. Claire serait autorisée à reprendre un semblant de vie normale en début de semaine prochaine. Anette faisait tout son possible pour satisfaire ses besoins et combler son ennui. Elle passait du temps près de l'alitée en partageant la lecture d'un livre, en tricotant de la layette, en brodant un drap de bébé, tout en conversant… C'était certes fort agréable, mais du temps en moins pour Anette afin d'assurer le ménage, la lessive, la cuisine. Laurette et Sophie lui prenaient beaucoup d'énergie également ! Le soir, elle se couchait épuisée. Mais elle ne s'en plaignait pas, jamais elle n'avait eu une vie qui ressemblait autant à celle d'une vraie famille. Elle doutait tout de même de ses capacités lorsque le bébé serait là. Un rajout de travail indéniable, sans compter les pleurs nocturnes qui allaient retentir dans la maison à en perturber son sommeil ! Comment ferait-elle alors pour tenir la journée ?

Claire avait dû s'apercevoir de son inquiétude, car ce vendredi après-midi, elle lui demanda.

— Anette, je vous sens soucieuse, y aurait-il un problème ? C'est à cause de votre ami, il ne vient plus vous voir ?

— Oh non, je vois Pierre comme prévu dimanche. Ce n'est pas ça ! C'est que… ne le prenez pas mal surtout. Mais, je pensais qu'avec le bébé qui sera là bientôt, j'ai peur de ne pas m'en sortir, vous comprenez ! Déjà que la journée me semble si courte pour arriver à tout faire ! Je ne voudrais pas vous décevoir surtout, osa la jeune fille, regrettant déjà sa confidence.

— J'apprécie votre franchise, Anette, et je dois bien reconnaître que ça fait beaucoup pour une seule personne ! Vous m'en voyez sincèrement désolée. Vous deviez m'aider pour les filles et non pour faire tourner cette maison ! Si seulement je n'avais pas eu ce problème, je vous aurais soulagé un minimum. Mais je vous promets de reprendre le flambeau dès que le bébé sera né. Il n'était pas prévu que ça se passe ainsi. Je vais même vous confier que…

Le couple était conscient du sacrifice demandé à Anette et cela les contrariait honteusement même. Mais ils n'avaient aucune autre alternative pour le moment ! Ils avaient bien pensé à prendre une deuxième personne pour quelques heures de ménage, mais financièrement, c'était trop lourd à supporter. Ils avaient donc envisagé de laisser leurs filles manger à la cantine de l'école le midi après les vacances de Pâques. Le bébé sera né, Claire plus disponible et Anette sur le coup, moins fatiguée.

— Qu'en dites-vous, Anette, vous pensez que ça pourrait fonctionner ainsi ? Nous avons décidé également de vous payer deux heures de plus par semaine pour compenser l'aide au ménage. Nous ferons tout notre possible pour que vous vous sentiez bien chez nous !

Anette se sentait gênée, cette femme avait bien d'autres soucis pour le moment que de penser à son bien-être personnel. Pourquoi lui avoir confié son ressenti ? Elle se trouvait si stupide à présent !

— Ce n'est pas une question d'argent et je bouscule votre organisation. Je suis désolée, je n'aurais pas dû vous en parler. Ne vous préoccupez pas de moi. Il faut juste penser à votre bébé ces trois mois à venir. Moi, je suis jeune, en bonne santé et j'ai tellement de chance d'être dans une famille comme la vôtre !

— Vous êtes adorable, Anette. Sans vous, je n'y arriverai pas et je n'oublie pas que vous m'avez sauvé la vie, et celle de ce petit ! se caressant le ventre.

— Disons que l'on s'est sauvées mutuellement, alors, madame ! Et moi, je n'oublie pas que je serais à la rue sans votre bonté. Tout va bien, je me sentais juste un peu fatiguée. L'hiver est long, ma fille me manque, je doute de moi par moment. Mais je vous promets de ne plus vous importuner avec tout ça ! prenant une humeur plus joyeuse et complaisante…

Dimanche était enfin là. Anette avait sa journée tout à elle. Et cette fois-ci, elle n'avait pas l'intention de la gâcher. La manufacture d'armes, Souilhac, Tulle, la terre entière pouvaient bien brûler ou exploser, elle serait bel et bien avec Pierre…

Lorsqu'elle ouvrit le tiroir pour prendre sa bourse, elle trouva une pièce de 10 francs sur le dessus de son enveloppe avec un mot.

« Pour toute la peine que vous prenez à vous occuper de nous, mais surtout pour vous souhaiter un beau dimanche en compagnie de votre ami. Profitez de votre journée Anette, vous en avez bien besoin ! De la part de la famille Verdier (au grand complet) qui vous doit tant ! »

Anette fut très touchée par ce geste qui lui fit monter les larmes aux yeux. Puis, elle eut un petit rire amusé. François s'était permis en douce de rentrer dans sa chambre et d'ouvrir son tiroir à trésors, comme un père l'aurait fait avec sa propre fille. Elle trouva cela charmant et réconfortant…

9 h 30 ! Le temps de se rendre à la gare, le train rentrerait en quai. Le ciel était brumeux. Si seulement un ciel lumineux pouvait se cacher sous cette masse qui se dissiperait au fil des heures… Il semblait à Anette que depuis octobre dernier, elle n'avait pas vu un seul rayon de soleil. Avec cet hiver précoce, gel, neige et froid n'avaient pas cessé !

Anette s'était cachée derrière un panneau publicitaire sur le quai. Elle vit descendre Pierre du train, cherchant en tous sens son amie. Lorsqu'il arriva à sa hauteur, elle s'élança et lui mit les deux mains sur les yeux.

— Qui est-ce, monsieur ?

— Qu'en sais-je ? Une mendiante ? Une misérable qui demande l'aumône ? Une vilaine sorcière sortie tout droit du dessous de cette machine d'enfer ? se retournant en riant aux éclats. Anette, enfin tu es là ! J'ai cru mourir dimanche dernier de ne pas te voir. Tu vas devoir tout me raconter, je me suis fait un sang d'encre !

— Allons boire un café en ville, proposa Anette.

— Oh, j'ai bien mieux que ça, il va falloir marcher un peu, mais tu seras heureuse. En chemin, tu vas m'expliquer ce qui s'est passé…

Bras dessus, bras dessous, les deux jeunes gens marchaient en discutant, se souriant, se regardant tendrement. Bien souvent, Pierre serrait fort le bras d'Anette, comme pour l'empêcher de s'évaporer…

— Quelle soirée de réveillon tu as passé ! Ça a dû être terriblement angoissant pour vous tous. En encore une fois, tu t'en es sortie comme un chef ! Il y a bien que toi pour réagir et courir aussi vite pour trouver un médecin que tu ne connais même pas !

— Arrête, c'est n'importe quoi, tout le monde en aurait fait autant ! Parle-moi plutôt de ma Fannie !

Alors Pierre se mit à raconter, heureux de voir briller de bonheur les yeux d'Anette.

Sa fille était sage comme une image. Elle gazouillait et souriait dès qu'on la regardait, une vraie charmeuse ! Elle était également bien gourmande, elle lapait son lait tel un chaton jusqu'à la dernière goutte ! Sidonie s'en occupait fort bien, il ne fallait pas qu'elle s'inquiète…

— Plus les jours passent, plus elle te ressemble. Belle comme un cœur ! regardant Anette malicieusement.

Anette en rougit, ce compliment lui était destiné. Ne sachant que répondre, elle lui mit un coup de coude dans les côtes. Pierre se plia en deux, faisant celui qui souffrait le martyre, ce qui fit éclater de rire la jeune fille enjouée. Elle était si bien, elle se sentait si vivante…

Lorsqu'elle reprit son souffle et leva les yeux, elle vit qu'ils se trouvaient sur la place de la cathédrale.

— Qu'est-ce qu'on fait là, Pierre ? Tu parles, tu fais l'âne, et moi je ne vois même pas où tu me mènes !

— Allez, viens donc, tu vas faire des heureux !

La porte de la boulangerie s'ouvrit sur une Lucienne rouge et échevelée. Cette matinée avait été bien chargée, comme chaque dimanche matin !

— Vous désirez ? demanda-t-elle machinalement, sans lever les yeux le temps de refermer son tiroir-caisse.

— Les meilleurs croissants de Tulle pour mon amie, elle s'appelle Anette !

En entendant ce prénom, Lucienne posa les yeux sur le couple et mit sa main devant la bouche.

— Mais ce n'est pas possible, Anette ! Christian, viens vite voir qui est là ! cria-t-elle à en faire trembler le clocher d'en face. Oh, mon Dieu ! Viens que je te serre dans mes bras, ma petite !

Christian arriva, recouvert de farine. De ses longs bras, il tapa sur son tablier qui laissa s'envoler une traînée de poudre blanche.

— Vous voyez, monsieur Christian, comme promis, je vous l'amène votre Anette ! Bonne année à vous tous !

— Alors vous, vous êtes un as, vous avez réussi à la retrouver ? Meilleurs vœux à vous aussi !

— Grâce à vous, monsieur, grâce à vous !

Ce fut une série d'embrassades et de larmes. Pour Anette, pour Christian et Lucienne, et sûrement pour ce pauvre Léon aussi…

Deux clients rentrèrent dans la boutique, ne sachant comment se comporter. Il fallut à Lucienne recouvrer sa lucidité pour se remettre au travail.

Christian conduisit le jeune couple à l'arrière de la boutique, ils seraient plus tranquilles. Tout en travaillant sa dernière tournée de cuisson, il écouta Anette lui raconter comment elle s'était retrouvée à la rue sans ménagement. Dans la panique, elle avait décidé de repartir à Souilhac.

— Pourquoi t'es pas venue nous voir, on t'aurait aidée, même hébergée ? Tu nous as donné du souci, tu sais petite ! Enfin, tu as l'air en forme, la détaillant de la tête aux pieds, comme pour s'assurer de sa santé.

— Vous avez bien assez à faire comme ça pour vous occuper de moi en plus ! Je voulais aussi vous dire, pour monsieur Léon, je ne suis pas venue aux obsèques, j'avais bien trop peur de sa sœur. Elle m'a fait comprendre qu'elle ne désirait pas recroiser mon chemin ! Mais, j'ai prié et fait brûler un cierge à l'église de Souilhac pour son âme, se justifia Anette, embarrassée.

— Bah, ça ne le fera pas revenir notre Léon. T'inquiètes pas, petite, je sais que tu lui as fait une place dans ton cœur !

Ces dernières paroles firent monter les larmes dans les beaux yeux d'Anette. Il disait si vrai…

Lucienne et Christian refusèrent de laisser partir le jeune couple sans manger ce midi à leur table. Un moment fort agréable et joyeux. Les mauvaises nouvelles étant passées, il ne restait plus qu'à profiter de ce chaleureux moment…

Pierre regardait Anette rire et parler, la découvrant sous un autre jour. Comme elle était belle et pétillante. Personne ne pouvait l'entendre, mais son cœur battait si fort près d'elle !

« Des dimanches comme celui-ci, j'en veux des milliers ! », pensa alors le jeune homme, intimement.

Vers 14 heures, Lucienne et Christian prirent congé de leurs hôtes avec la promesse de se revoir bien vite. Ils filaient à leur maison de campagne prendre un peu de repos bien mérité à quelques kilomètres de Tulle.

Anette et Pierre se promenèrent dans les rues de Tulle, regardant les vitrines, s'arrêtant au bord de la Corrèze contempler l'eau vive qui filait, envoûtante, étincelante. Ils avaient encore trois longues heures devant eux, rien qu'à eux. Ils s'arrêtèrent prendre un café en plein milieu de leur parcours, avenue Victor-Hugo. Ils s'installèrent à une table, la plus en retrait, afin de s'isoler un peu.

— Sais-tu que Sidonie m'a reproché de partir ce deuxième dimanche, se demandant si ça deviendrait une habitude ! lui avoua Pierre.

— Ça ne m'étonne pas, elle ne doit pas supporter l'idée que tu viennes me voir ! Tiens, tant que j'y pense, je te rends ces papiers cette fois-ci, sortant les documents de son sac.

Leurs mains s'effleurèrent au passage, laissant les deux jeunes gens troublés.

— Elle m'en a passé une quand je suis rentré sans le livret dimanche soir ! Je lui ai dit que je n'avais jamais trouvé où tu vivais et que le café était fermé. Que j'aurais certainement plus de chance aujourd'hui ! Mais il faudra qu'elle s'y fasse, car j'ai bien l'intention de prendre mon dimanche comme jour de repos. Oh, je ne dis pas en pleine saison des foins ou des récoltes, je prêterai main forte, je suis payé pour ça ! De toute façon, Émile ne va pas tarder à rentrer, je verrai ça avec lui. Il vaut mieux s'adresser directement à Dieu qu'à ses saints ! plaisanta Pierre, convaincu qu'il serait plus facile de négocier avec le fermier.

— Oui, ce serait bien, on pourrait se voir plus souvent. Si seulement je pouvais profiter un peu de Fannie. Quand je repense à ma dernière visite, je n'en suis toujours pas remise ! Enfin, avec mon emploi, je vais pouvoir mettre de l'ordre dans ma vie pour vite reprendre ma fille. Parle-moi encore un peu d'elle, Pierre, j'aurais l'impression d'être plus près d'elle, posant sa main sur celle du jeune homme.

Pierre resserra ses doigts pour garder la main d'Anette au creux de la sienne, et se mit à lui dépeindre Fannie. Elle buvait ses paroles, souriait, s'en délectait... Il vit alors dans les yeux de la jeune mère cette étincelle de bonheur qui lui donnait un éclat si particulier.

— Lorsque je te regarde, surtout avec ce petit air que tu as là, je vois combien Fannie te ressemble ! Elle est et sera aussi jolie que sa maman !

Anette se sentit rougir. Était-ce une déclaration ? Elle se rendit compte que Pierre tenait toujours sa main. Un peu honteuse, elle la retira fébrilement. Ce garçon lui faisait-il perdre toute convenance ?

Devant sa mine, Pierre éclata de rire, saisissant son trouble.

— Tu es encore plus jolie avec le rose aux joues ! Je garderai ce moment ancré dans mes songes pour les jours à passer loin de toi. Anette, pourrons-nous nous voir ainsi, encore et encore, chaque dimanche que Dieu nous permettra de vivre ?

— Pierre, il ne faut pas t'attacher. Tu vois comme la vie peut changer le cours de nos choix, de nos envies ? J'en suis un bel exemple, tu ne trouves pas ? Monsieur Léon, Fannie, Sidonie, Émile… rien ne se passe comme je l'avais imaginé ! Profitons d'une belle amitié naissante, tu veux bien ? Nous n'aurons aucune déception ainsi…

Pierre avait-il été trop vite ? Il s'en voulait à présent. Il devait se montrer patient.

— Tu as raison, restons amis, Anette ! Je suis incorrigible, mais que veux-tu, je me sens tellement bien et heureux avec toi ! Mais je garde espoir, Anette, qui sait, peut-être un jour ? L'avenir nous le dira…

Ils reprirent leur marche pour se rendre à la gare. Anette frissonnait, sentant le froid tomber sur ses épaules, et le jour déclinait bien vite. Elle se tenait à quelques centimètres de Pierre, évitant de le frôler, et n'osait plus parler tant son esprit était torturé. Elle lui avait demandé de rester seulement un ami alors qu'elle sentait son cœur complètement chaviré en sa présence.

Pierre respectait son silence, il ne voulait pas la hâter, mais il remarqua combien Anette avait froid.

— Tu sais Anette, des amis peuvent se tenir chaud sans arrière-pensées ! Me permets-tu de te prendre au moins le bras pour te tenir un peu au chaud ?

Anette alors lui sourit et se laissa presser contre son corps musclé et chaud. Voilà pourquoi elle s'y refusait, car à cet instant, elle n'avait décidément plus envie de s'en éloigner…

Le train rentra en gare. Les deux jeunes gens, maladroits, ne savaient comment se dire au revoir. Ce fut Anette qui, la première, posa un baiser sur la joue de Pierre. Et cette fois-ci, ce fut bien lui qui rougit.

À regret, Pierre monta dans la voiture et colla son nez à la vitre pour la regarder une dernière fois. Elle lui manquait déjà. En soufflant de l'air chaud sur la fenêtre, il dessina un cœur du bout du doigt.

Anette ne put qu'être attendrie par ce geste et dut se retenir pour ne pas lui envoyer un baiser en retour. Elle resta frigorifiée un long moment sur le quai. Sans Pierre, sans train, seule. Mais il lui restait un sentiment de béatitude et de tendresse qu'elle garderait précieusement pour ces longs jours à venir…

Il était temps pour elle de retrouver sa gentille famille. Ils allaient certainement lui poser des tas de questions sur son dimanche, sur Pierre, et surtout sur Fannie...

Chapitre XVII

Le retour d'Émile

Le grand jour arriva. Il y avait une effervescence toute particulière à la ferme ce matin-là. Le patron rentrait chez lui.

Lorsque Pierre rentra l'avant-veille de son escapade à Tulle, Sidonie avait une grande nouvelle à lui annoncer. Son époux rentrait mardi pour midi. Ce dimanche, la neige avait enfin cessé de tomber, le déplacement avec Fannie dans les bras fut bien moins épuisant. Sidonie avait déposé sa petite chez son amie Berthe pour se rendre chez le Guste. Une fois sur place, elle avait pris son époux entre quatre yeux, pour lui demander s'il comptait rentrer un jour ?

L'homme, surpris par le ton de sa femme, pensa qu'il était temps qu'il reprenne la main sur sa ferme et sur ses affaires. Il était sûrement vrai qu'elle se languissait de lui !

— Tu as raison, ma femme, je me sens enfin plus solide, aussi je serai là mardi pour midi. Le Guste me conduira avec la carriole et il mangera avec nous, en remerciement. Tu es d'accord avec ça, l'ami ?

Le Guste avait-il le choix ? Son acolyte avait tout planifié à sa place de toute façon. Puis, un bon repas, ça ne se refusait pas, assurément bien arrosé !

— Et bien sûr qu'j'suis d'accord, et tu veux qu'j'te dise ? Bon débarras ! s'esclaffa le Guste, qui trouverait sûrement l'absence de son ami bien pesante pour le coup…

Sidonie grinça quelque peu des dents, mais se tut. Il ne fallait pas commencer à contrarier son époux, surtout quand il verra la petiote encore chez eux ! Non, il fallait jouer finement, l'amadouer, le dorloter…

— Alors, je suis contente, mon homme ! Je vais vous faire un repas digne d'un grand retour !

Les deux hommes, surpris, se regardèrent. De la vache ou du cochon ? Dieu seul le savait…

La fermière souhaitait que tout soit parfait pour la venue de son homme. Elle allait en tous sens, ne voulant rien omettre.

La veille, elle avait remis son coffre dans la chambre conjugale. Fannie faisait ses nuits à présent, elle pouvait donc dormir seule. Puis, la place d'une épouse n'était-elle pas dans le lit de son mari, tout de même ? avait-elle fulminé.

Pierre la regardait aller et venir dans cette cuisine tout en parlant, il en attrapait le tournis.

— Veille à ce que les bêtes soient impeccables. Je veux qu'Émile retrouve les choses comme il les avait laissées, t'as bien compris ?

Pierre acquiesça, il ferait comme d'habitude, tout était en ordre chaque jour.

— Tu me rentreras un peu plus de bois, faudrait pas qu'il ramasse le rhume en plus de sa jambe encore de traviole ! J'espère qu'il pourra monter l'escalier ? T'en penses quoi, toi ?

— S'il arrive à grimper dans la carriole, il montera bien les marches ! Ne vous inquiétiez pas comme ça, tout ira bien, et arrêtez donc de vous agiter ainsi, j'en ai le mal de mer !

— Le mal de mer, t'es un drôle toi ! s'amusa Sidonie, continuant son agitation.

— Et pour Fannie, ça va aller, vous allez lui dire quoi au patron ?

— Ah, me monte pas la tête avec ça, c'est pas le moment ! On verra bien, puis il s'y fera ! Fannie, elle fait partie des murs, puis c'est tout ! Je saurai bien lui expliquer à ma façon. Toi, tu dis rien. T'as jamais vu Anette et tu sais rien, c'est compris ?

— Vous avez raison, madame Sidonie. Je ne connais aucune Anette ! fermant sa bouche de ses doigts.

— Bon, j'aime mieux ça !

Pierre s'inquiétait, il sentait que l'ambiance allait être animée. Les retrouvailles passées, il était certain qu'Émile ne verrait pas les choses aussi sereinement. Enfin, il sera bien assez tôt pour le savoir…

Pierre fit en sorte de ne pas revenir dans les pieds de Sidonie. Après avoir rentré le bois, il rangea du matériel dans la grange. Ce fut le bruit de la carriole qui lui fit cesser son travail. Il sortit pour voir Émile qui, du regard, faisait fièrement le tour de sa propriété.

— Ah, le Pierre, voici le patron de retour comme tu peux voir, et bien content d'être chez lui ! s'époumona le fermier.

Pierre l'aida à descendre de la carriole et lui fit passer ses béquilles.

— Vous êtes drôlement solide sur votre jambe on dirait ! ne put que constater le commis.

— Qu'est-ce que tu crois, ça a la peau dure un vieux comme moi. Une canne m'y suffirait bien !

Sidonie attendait sur le perron fait d'une large pierre plate. Elle était heureuse de voir revenir son époux. Il fallait croire que les coups de gueule n'effaçaient pas toutes ces années de vie commune.

Le Guste, après avoir mis l'âne au chaud dans la grange avec un seau d'eau et un picotin d'avoine, rentra à son tour dans la cuisine. L'odeur lui titilla les narines. Il n'y avait pas à dire, c'était bien là la qualité de cette femme !

Le repas fut apprécié, les hommes repus, l'humeur bonne. Jusqu'à ce que des pleurs retentissent à l'étage.

— Me dis pas que t'as encore la petiote ici ! Je t'ai dit de la renvoyer à sa mère, ou place là ailleurs ! C'est pas ma gosse, j'en veux pas chez moi, nom de Diou ! s'écria Émile tout à coup assombri, tapant du poing sur la table.

« Et voilà, c'est reparti, je l'avais bien dit ! », pensa Pierre, fataliste.

Sidonie, sans répondre, monta chercher Fannie. C'était l'heure de sa tétée. Elle ne comptait pas se laisser faire en ce qui concernait sa petite, cette enfant qu'elle avait tant espérée, toute une vie ! Elle revint, Fannie dans les bras, la tête haute et les lèvres pincées. Elle prépara le biberon comme à son habitude devant la mine déconfite de son mari. Fannie enfin calmée, le biberon de lait de chèvre dans la bouche, Sidonie s'assit dans son fauteuil au coin du feu et prit la parole.

— Tu vas bien m'écouter, mon homme ! D'abord, sa mère, je sais pas où elle est, et il est hors de question de lui confier la petite de toute façon, c'est une moins que rien. C'est toi-même qui l'as dit, et tu avais raison depuis le début, je le reconnais ! Secondo, et rentre-toi bien ça dans ta caboche, je ne la placerai jamais. Considère qu'c'est l'enfant qu't'as jamais pu avoir. Alors on va reprendre notre vie comme si rien s'était passé et on en parle plus, t'as bien compris l'Émile ?

Émile comprenait que sa femme lui donnait raison, et ça, c'était une bonne chose. Il ne lui en fallait pas plus pour oublier ce qui aurait pu mal tourner dans cette histoire. Oublier Anette, c'était ce qu'il avait toujours voulu, alors si c'était au prix de la gamine, pourquoi pas ? Ne voulant pas montrer sa satisfaction, il prit soin de grogner encore un peu.

— Ça, c'est toi qui le décides, pas moi ! Mais bon, je veux bien fermer les yeux. Mais je te préviens, je veux pas l'entendre la gouyatte à me casser les oreilles. Vous restez entre femmes, puis c'est tout !

Sidonie en profita pour expliquer combien cette enfant était sage et facile. Elle lui répéta qu'il serait tranquille chez lui…

Le Guste n'en croyait pas ses oreilles. Son ami avait finalement cédé ! Il fallait croire qu'en tombant, il ne s'était pas que vrillé la jambe, la tête avait dû en prendre un sacré coup aussi !

Quant à Pierre, il comprit la manipulation de Sidonie et cela ne lui plut pas du tout ! Fannie avait bel et bien une mère, qui vivait à Tulle, qui faisait tout son possible pour gagner de l'argent et s'établir. Elle comptait bien reprendre sa fille. De quel droit cette femme considérait-elle l'enfant comme sienne ? Il avait honte pour elle. Si seulement Émile avait pu refuser cet arrangement…

« J'aurais pu la ramener à sa mère dès dimanche ! je n'en crois pas mes oreilles, à quoi joue cette femme ? », fustigea intérieurement le commis.

Sidonie remarqua le regard réprobateur de Pierre, mais elle n'en avait que faire. Si ça ne lui plaisait pas, il n'avait cas partir lui aussi. Mais personne ne toucherait à un cheveu de Fannie ! D'ailleurs, elle avait une petite chose à dire sur Pierre, et autant le faire de suite.

— Sais-tu l'Émile que notre Pierre va à la ville les dimanches à présent ? Je mettrais pas ma main au feu qu'il a trouvé une belle ! se moqua Sidonie.

Pierre avait une envie soudaine de l'étrangler, Sidonie s'amusait de lui, comme elle l'avait fait avec Anette. Cette femme pouvait être diabolique.

— Eh bien, le Pierre, tu m'avais point dit ça ? Tous les dimanches que tu dis, ma femme ? Bin, j'aurais jamais vu ça encore dans une ferme ! Et le travail, y'en a point ce jour-là ? fronçant les sourcils de dépit.

— J'estime qu'en tant qu'employé, je peux prendre mon jour de repos le dimanche. Je ne pensais pas que ça vous dérangerait, patron ! Lorsque vous m'avez embauché avec le Guste, vous ne m'aviez pas précisé que c'était pour travailler sept jours sur sept, les douze mois de l'année, que je sache. Maintenant, s'il y a un problème, il faut me le dire, je chercherai une autre ferme ! tournant des yeux noirs vers la fermière.

Le Guste se mit à hausser les épaules puis toussa en regardant son ami. Il voulait prendre la parole…

— Ton commis, c'est aussi le mien, faudrait pas oublier ça l'Émile ! Alors moi, je vois pas le souci à avoir son jour de repos le dimanche ! La Sidonie, elle va bien à la messe ce jour-là, puis chez la Berthe aussi, on lui dit rien à elle ? Et toi l'ami, tu viens bien chez moi boire le coup ? Alors, le gouyat peut bien aller en ville si ça lui chante, mila Diou !

— T'as pas tord, le Guste. Mais y aura des dimanches à pas partir ! Le foin, la récolte, tout ça, ça attendra pas l'amusement du commis ! rétorqua Émile.

— Mais, je sais me tenir et encore plus respecter le travail. Je n'ai jamais dit que je vous lâcherai quand il y aura de l'ouvrage ! Je ne sais pas pourquoi madame Sidonie cherche des noises ? À vouloir donner un coup de bâton, on risque de se prendre une poutre en retour ! tournant un œil d'avertissement vers la fermière.

Car s'il le voulait, Pierre, il pourrait lui aussi mettre une sacrée zizanie dans le couple avec les non-dits. Sidonie n'était pas toute blanche vis-à-vis d'Anette et de la petite…

« Je saurai bien le lui rappeler pour que la prochaine fois, elle se méfie ! », se promit-il.

— Bon, c'est pas tout, mais je m'en retourne ! Pierre, tu peux me suivre, j'ai besoin de toi pour décaler une charrue qui me gêne dans ma grange ?

L'Émile, ça te dérange pas que je m'l'garde ? Puis, vous allez fêter vos retrouvailles avec la femme ! riant en lançant une œillade à Pierre.

Émile lâcha un son rauque de la gorge, mais ne répondit pas. Sidonie haussa les épaules, mais rougit.

Le garçon accepta avec joie, prendre l'air frais et s'occuper lui ferait le plus grand bien…

Le long du chemin, le Guste se confia.

— J'ai cru bien faire de te tirer d'là, ça commençait à sentir le roussi ! Moi, j'y vois pas de mal que t'ailles à la ville un peu le dimanche, c'est bien de ton âge. Après, qui t'y vois, ça me regarde pas ! Tu sais, l'Émile, il râle pour un oui, pour un non, mais il t'apprécie, et il se passerait pas de toi ! Je sais pas ce que t'as fait à la Sidonie, mais j'ai bien vu qu'elle avait une dent contre toi. Je dis ça, mais je suis mal placé, elle peut pas me piffrer. Tins, si elle buvait un peu de pinard, ça irait mieux. Puis, jouer à la maman à son âge ! riant ouvertement cette fois-ci.

— En tout cas, merci le Guste ! Moi, ça ne me regarde pas tout ça, je fais mon travail, c'est tout. Puis, si je veux me marier, il faut bien que je cherche là où il y a des filles, et ce n'est pas par ici que je vais m'en dégoter une ! tapant sur l'épaule de l'homme qui remuait ses rênes en tous sens pour faire avancer l'âne récalcitrant…

À la ferme, Émile avait des remarques à faire à sa femme. Il s'était contenu mais il n'avait pas apprécié son coup bas avec la petiote, et encore moins avec son commis.

— Dis donc ma femme, qu'est-ce qui t'as pris de provoquer le Pierre ?

— Provoquer ? Tu plaisantes ! Je te faisais juste remarquer qu'il a bien changé depuis que t'es plus là. Partir comme ça, pour un oui, pour un non, du matin au soir. Je pensais que tu devais savoir ! Fais attention à lui, quand même, la confiance, ça se mérite !

— La confiance ? C'est toi qui dis ça ? Tu décides de garder la gamine sans me le dire ! Ah, tu es une drôle, toi. Je t'avais prévenu que j'en voulais pas de la gosse, elle est pas à nous. Et toi, qu'est-ce que tu fais ? Tu joues à la maman ! Et devant la justice, t'as le droit de faire ça ? Alors comme ça, n'importe qui ramasse un gamin parce qu'il en a pas et se le garde ? T'as vu ça où ? Moi je dis qu'on va avoir des problèmes, voilà ce que j'en pense ! C'est au service social de s'en occuper d'ces marmots !

— Non ! hurla Sidonie, ce qui fit pleurer l'enfant étendue sur sa couverture au sol. Et voilà, tu fais pleurer Fannie ! la prenant dans ses bras pour se diriger vers l'escalier.

— Moi, j'ai fait pleurer la petite alors qu'tu gueules comme un veau ? Et bin, si j'avais su, je serais pas revenu, au moins, j'étais bien tranquille chez le Guste !

— Et bin, retournes-y voir ! montant quatre à quatre les marches pour se rendre à l'étage.

Une fois en haut, Sidonie fulminait. Elle aurait mieux fait de se taire pour Pierre, mais il l'agaçait tellement ces temps-ci ! Elle se demandait si elle devait remettre son coffre dans la chambre de Fannie ? La joie des retrouvailles aura été de courte durée. Enfin, au moins, elle pouvait garder sa petite ! Son mari râlait, mais il avait, sans le dire vraiment, accepté le fait. Puis, elle avait un coup d'avance, mais ça, il ne le savait pas encore…

Pierre rentra en fin de journée pour soigner les bêtes. Émile, avec ses béquilles, le suivit à l'étable, fort heureux de constater que tout était irréprochable.

— Alors ma Belle, contente de revoir ton patron ? C'est qu'il t'a bien soignée le Pierre ! Et regardez-moi ces deux veaux comme ils profitent ! Ah, j'suis bien content d'être revenu, c'est que vous me manquiez, mes filles !

Pierre souriait en entendant la déclaration d'amour du patron à ses vaches.

— Il me tarde que la saison arrive pour reprendre à l'extérieur. Cet hiver sera long, et toute cette neige qu'on aura eue ! Mais, on dit bien, « année de neige, année d'abondance ! »

Et Émile, il parlait, il n'en finissait plus de parler. Clopin-clopant, il suivait Pierre comme un petit chien, et le chien, frétillant d'avoir retrouvé son maître, suivait les deux hommes…

Tout y passa. Ses belles limousines, pour sûr, bientôt primées. Des chèvres qui faisaient les meilleurs fromages frais ou secs du marché. Ce cochon, le plus gros du village, engraissé mieux qu'un miséreux et qui sustentera une famille jusqu'à l'hiver prochain. Les poules qui pondaient des œufs énormes, d'un jaune orangé exceptionnel que les gens s'arrachaient au marché. Et des lapins… que pouvait-il bien en dire de ces lapins fermiers rustiques à la fourrure grise, si ce n'était qu'ils s'élevaient au fourrage gras d'un vert exceptionnel, son herbe !

C'était comme si Émile découvrait sa ferme pour la toute première fois. L'on aurait dit un petit parisien lâché dans la campagne…

— Tu vois mon garçon, y'a pas mieux que des animaux pour te donner de l'affection sans rien demander en retour. Les femmes, c'est l'inverse. Elles réclament, et après elles t'affectionnent, mais ça dure jamais bien longtemps, elles en redemandent aussitôt…

Pierre était monté se coucher de bonne heure. Émile l'avait particulièrement grisé et il n'avait pas envie de rester en compagnie de Sidonie. Il n'avait toujours pas digéré ses sous-entendus…

Émile fut satisfait de voir revenir sa femme dans son lit, mais surtout, de savoir la gamine seule dans la chambre. Au moins, elle se fera oubliée pour les nuits. Mais tout de même, le fermier se demandait bien comment sa femme allait faire la journée pour cuisiner la cochonnaille, aider dans les champs, vendre ses fromages et œufs, enfin tout ce qu'une épouse d'un paysan se devait de faire ? Avec cette gamine dans les jupons, ce serait une perte de temps, mais aussi, une bouche de plus à nourrir !

« Bah, j'ai pas dit mon dernier mot concernant la gosse. Puis elle ressemble bien de trop à sa mère à y regarder de plus près. On dit « telle mère, telle fille » et c'est pas pour rien ! Ah, si seulement j'avais pu avoir un gars, voilà c'qui m'aurait fallu pour mes terres, pour transmettre mes biens. Un héritier ! Non, j'en veux pas d'cette gosse, elle me rappelle trop cette merdeuse d'Anette, et j'veux plus en entendre parler ! Faudra bien que la Sidonie, elle comprenne ça. », pensait Émile tout en cherchant son sommeil…

Ce soir, quand il s'était couché aux côtés de sa femme, celle-ci avait fait sa coquette, lui faisant comprendre qu'un rapprochement serait bienvenue ! Aussi, s'était-il senti obligé de satisfaire sa demande, en qualité de maître de maison, et pour remettre les points sur les i…

Sidonie afficha un sourire toute la fin de semaine. Fannie fut égale à elle-même, calme et joyeuse. Personne n'aurait pu croire qu'il y avait une enfant dans cette maison ! La fermière, heureuse, se disait que son époux ne pouvait nullement s'en plaindre, Fannie ne le dérangeait pas…

Émile, pour s'isoler et réfléchir en toute quiétude, fabriquait à ses heures perdues une canne, en mouillant le bois, le chauffant, le travaillant, jusqu'à ce qu'il prenne la forme souhaitée. Satisfait de son œuvre, il s'amusa même à graver ses initiales sur la crosse. E.L.

— Voilà qui me plaît ! Au diable les béquilles, il me restera une main de libre et je pourrai me rendre utile au moins…

C'est ainsi que la vie à la ferme reprit un rythme normal. Pierre faisait des allers-retours entre ses deux employeurs. Il ne faudrait pas longtemps au fermier pour reprendre ses visites chez son ami comme il en avait l'habitude avant l'accident.

Le fait que Pierre prenne son dimanche rentra dans la normalité, personne ne s'en plaignit. Il ne vivait que pour ce jour-là tout le long de la semaine. Cela faisait déjà trois dimanches que les deux jeunes gens se retrouvaient, avec le même rituel. Rendre une visite aux boulangers en prenant le repas du midi à leur table, puis s'isoler dans un café au milieu de l'après-midi propice aux confidences, pour enfin marcher en longeant la Corrèze, cette rivière sauvage gonflée par la fonte des neiges venant du plateau de Millevaches. C'était le signe que l'hiver n'allait pas tarder à tirer sa révérence pour laisser la nature s'offrir au printemps.

Anette adorait regarder scintiller les flots comme des petits diamants ballottés. Elle y laissait plonger tout son amour pour Fannie afin que le courant l'emporte jusque sous le pont de Cornil. Ensuite, ce serait le vent qui le ferait virevolter jusqu'à la ferme, et en secret, par le volet entrouvert, se faufilerait dans la petite chambre, jusqu'au cœur de sa fille. Sa fille qui lui manquait tant. Combien de fois demandait-elle à Pierre de lui raconter sa vie, ses pleurs, ses babillements, ses tétées, ses sourires, sa frimousse… Anette ne s'en lassait pas. Encore une fois, une dernière fois, le suppliait-elle !

Pierre se prêtait volontiers au jeu, en changeant le décor, enjolivant une scène, inventant des anecdotes, décrivant avec une précision digne d'un peintre le portrait de Fannie. Il désirait tellement remplir le cœur d'Anette du bonheur d'être mère. Il lui fabriquait des souvenirs par procuration, pour plus tard, pour toujours. Il avait conscience qu'Anette manquait ces premiers et doux moments avec son bébé, ce lien qui unissait deux êtres pour toute une vie. Il avait surtout conscience qu'elle devait récupérer au plus vite Fannie, avant que Sidonie construise une muraille infranchissable autour de sa fille.

Car Pierre avait bien vu la détermination dans les yeux de Sidonie pour garder cette enfant, mais aussi, la haine qu'elle vouait à présent à la jeune mère…

Pierre ne voulait pas gâcher la fin de ce dimanche en inquiétant Anette en lui avouant ce qu'il pressentait. Mais un jour prochain, il faudrait bien qu'il la mette en garde contre ce danger afin qu'elle prenne l'ultime décision, et le plus rapidement possible…

Chapitre XVIII

Paul

Le printemps fermait la porte à l'hiver qui avait plongé les hommes dans une léthargie longue, froide et humide. Il était si fier de redonner le moral aux hommes, de sublimer la nature. Il en serait fini des tons feutrés jaunes, orangés ou mornes bruns, des arbres dénudés aux branches tortueuses qui tremblotent dans le vent glacial. Fini de ce ciel bas, d'un blanc opaque, avec son lourd silence, qui nappait les campagnes d'une neige tenace, ou étalait son brouillard obstruant l'horizon. Ce réveil d'une nouvelle saison laissait exploser les bourgeons, reverdir les prairies, rhabiller les arbres, fleurir les fleurs des jardins ou parsemer celles sauvages le long des chemins et des prés. Le printemps était une toile où les pinceaux d'un maître posaient ses touches de couleurs. Il distribuait sa promesse de semences, d'abondances, de cultures, d'élevages. Il remplissait les greniers, les fenils, les moulins, les celliers et aussi, les porte-monnaie. Si à la campagne, cette belle saison donnait du labeur aux hommes, en ville, elle donnait l'envie de s'évader. Et chacun en tirait sa fierté ou son plaisir…

Rue des Martyrs, à Souilhac, la famille Verdier voyait cette fin mars comme un don du ciel. Le médecin était soulagé, Claire avait tenu sans encombre son troisième trimestre. Anette avait veillé à ce que tout se passe au mieux pour toute la famille. Certes, avec beaucoup de fatigue, peu de repos, mais une grande dignité.

Sophie et Laurette n'attendirent pas les vacances de Pâques pour manger à la cantine scolaire le midi. Ce fut mis en place dès le mois de février.

François et Claire avaient pris en compte la charge de travail bien trop importante de leur jeune employée. S'ils voulaient que tout se passe bien jusqu'à l'arrivée du bébé, il fallait l'épargner et la soulager quelque peu.

Les fillettes rechignèrent les trois premiers jours, versèrent quelques larmes, se plaignirent de maux de ventre, de tête, critiquèrent la nourriture qui n'était pas bonne, essayèrent d'attendrir leur maman ! Mais au quatrième jour, elles annoncèrent joyeusement que c'était trop bien de manger à l'école avec leurs copines, au plus grand soulagement de Claire qui s'en était voulue malgré tout d'écarter ainsi ses filles. Mais une chose était sure, l'habitude serait prise à la venue du bébé, et tout le monde le vivrait bien plus facilement…

François travaillait énormément pour gérer les ateliers de la manufacture d'armes en ce début d'année 1951. Des embauches supplémentaires furent nécessaires. Le Pistolet Mitrailleur MAT 49 remplissait les bons de commande. Ce projet proposé et remporté sur concours par la ville de Tulle, permis d'oublier les difficultés dues à la guerre et de donner un coup de fouet économique à l'établissement et à sa préfecture. Cette arme de fabrication d'une nouvelle technologie réduisait le coût des pièces et facilitait son utilisation pour l'armée française.

François avait laissé son épouse ce matin bien lasse. Elle n'avait pas pu se lever et avait refusé son petit-déjeuner porté au lit.

— Tu peux partir tranquille, mon chéri, Anette va revenir de l'école dans cinq minutes. Que veux-tu qu'il m'arrive dans mon lit ? Je veux juste me reposer. Ce bébé prend toute la place, ce sera un garçon fort comme son papa !

Il n'en fallait pas plus pour faire fondre d'amour son époux. Un garçon ! Si seulement ?

— On le saura très bientôt, ma douce. Mais si c'est une fille, je l'aimerai tout autant ! N'en avons-nous pas deux si adorables ?

Comment faire porter la responsabilité d'une déception à une épouse si parfaite, alors que c'était dame nature qui en décidait ? C'était un comportement si égoïste et stupide ! François aimait bien trop Claire pour ne pas ouvrir les bras devant cette offrande, ce miracle de la vie, fille ou garçon !

— J'essaierai de rentrer à l'heure ce midi, mais je ne te promets rien, j'ai une nouvelle équipe à former. Ne m'attendez pas si je ne suis pas là, commencez sans moi ! Par contre, au moindre problème, qu'Anette se présente au guichet de la manufacture et me réclame, j'ai laissé des consignes au gardien.

— Tu me l'as déjà dit une bonne dizaine de fois, mon cher mari ! sourit Claire.

Il embrassa sa femme sur le front, releva l'oreiller, remonta le drap et la regarda tendrement avant de quitter la chambre.

Anette ne s'attarda pas, elle n'aimait pas laisser Claire seule, même pour cinq petites minutes. Elle se souvenait que trop bien du premier incident en début de grossesse. Claire s'approchait du terme, il fallait rester vigilant à présent…

Chaque soir, seule dans son lit, Anette pouvait enfin se laisser aller à penser à sa jolie Fannie. Trois mois qu'elle ne l'avait pas vue, depuis Noël dernier plus précisément, une éternité ! Sa fille aura six mois dans une semaine, le 2 avril prochain. Pierre lui racontait semaine après semaine comment elle grandissait, s'éveillait, mais les paroles ne remplaceront jamais les yeux, les mains, l'odeur, le cœur, une mère…

Anette avait failli se rendre à la ferme pour se cacher dans la grange afin que Pierre lui mène sa fille, ne serait-ce qu'un court instant. Mais, cela voulait dire, faire prendre des risques à son ami, se faire encore plus haïr par Sidonie. Puis Émile pouvait débarquer à tout moment pour venir voir « ses filles » ! Non, elle ne voulait pas attiser le feu.

Il ne lui restait donc que ses nuits pour se rapprocher en pensées et en rêves de Fannie, elle devait s'en suffire pour le moment…

— Madame Claire, je suis rentrée, tout va bien ? Je monte dans une minute, le temps de ranger le pain !

Chaque jour, Anette passait à la boulangerie sur le chemin du retour de l'école pour prendre un bon pain frais, parfois des viennoiseries pour le goûter des fillettes. Mais pas plus de deux fois par semaine, car Claire trouvait que ce n'était pas une bonne habitude à leur donner. Elle préférait de loin des fruits, des laitages, des mets bien plus sains et légers.

Lorsque la jeune employée de maison arriva dans la chambre de sa patronne, elle la trouva en pleurs. On aurait cru une petite fille punie et contrariée.

— Et bien, madame Claire, que vous arrive-t-il ? Pourquoi pleurez-vous ? Vous vous sentez mal en point, des nausées, le bébé ?

— J'ai terriblement mal aux reins, comme la première fois. J'ai peur, Anette ! Et si je perdais le bébé maintenant ? serrant la main d'Anette.

— Saignez-vous comme au premier trimestre ?

— Non, je ne crois pas ! touchant le drap avec sa main. Oh, mais ça revient si souvent, c'est comme si l'on me sciait le bassin en deux. Je n'en peux plus, Anette, je ne tiendrai pas plus longtemps, gémit-elle entre deux sanglots.

— C'est régulier ? Je vais compter pour vérifier. Vous levez la main quand ça recommence.

Toutes les cinq minutes, et régulier ! Anette commençait à s'inquiéter, elle avait connu ce rythme de douleurs avant de rejoindre la grange pour mettre sa fille au monde.

— Le mieux serait que j'aille chercher le docteur. Il consulte à son cabinet ce matin, mais je dois vous laisser seule le temps d'y aller. Vous ne bougez pas, ne vous levez pas, c'est bien compris, madame Claire ? Fermez les yeux, respirez lentement et comptez plusieurs fois jusqu'à soixante, au moins quinze fois, et je serai de retour, je vous promets de faire vite !

— Et François ?

— Plus tard, d'abord le médecin ! J'irai chercher monsieur François après, c'est promis !

Anette dévala l'escalier, ne prit pas la peine de prendre une veste et remonta la rue de l'école en courant jusqu'au cabinet médical. Elle n'attendit pas qu'on lui ouvre, poussa la porte donnant sur la salle d'attente pour appeler le docteur de toutes ses forces. Les trois personnes qui attendaient leur tour se regardèrent, méfiantes, la prenant pour une folle échappée d'un asile !

Le médecin, surpris par ces cris, sortit brusquement de son bureau, le regard noir et les sourcils froncés.

— C'est donc vous ma petite Anette qui hurlait ainsi ? C'est Claire ?

— Des douleurs… toutes les cinq minutes… et régulières, répondit-elle, essoufflée.

Ce fut le médecin qui cette fois-ci prévint sa femme à l'étage, à en faire trembler l'escalier ! Il attrapa sa sacoche, prévint ses patients d'une urgence, et reprit aux pas longs et rapides la rue qui menait jusqu'à la maison Verdier. Anette avait un mal fou à le suivre, sa respiration était encore si rapide.

Comme à son habitude, le docteur Fraysse monta directement dans la chambre de sa patiente. Celle-ci gémissait, crispée et tétanisée sur son lit.

— Allez Claire, un peu de courage. Je vais vous examiner.

— C'est pire que la première fois, docteur, je souffre le martyre ! se plaignit la mère.

— Ne me dites pas que vous avez oublié les douleurs endurées pour mettre au monde vos deux premières filles ? sourit-il pour détendre l'atmosphère.

Elle ne put qu'en convenir en haussant ses sourcils…

Après avoir vérifié l'état de Claire, il annonça son diagnostic en posant sa veste et retroussant ses manches.

— Il semblerait que ce bébé ait prévu d'arriver plus tôt que prévu. Le travail a déjà bien avancé, il va falloir m'aider, Claire. Anette, mon petit, j'ai besoin de vous ! cria-t-il en direction du palier de sa voix tonitruante.

Anette, aux aguets en bas des escaliers, comprit immédiatement qu'il demandait son aide.

— Anette, allez chercher mon époux immédiatement, s'esclaffa entre deux contractions, madame.

L'employée était sur le point de faire demi-tour lorsque le médecin lui intima.

— Certainement pas, nous n'en avons pas le temps ! Vous allez faire chauffer de l'eau et préparer des serviettes. Mais avant, donnez-moi du linge pour protéger le lit, je vous prie.

Anette s'exécuta au mieux et le plus rapidement possible. Son cœur battait fort, la ramenant immanquablement à son propre accouchement. Le médecin lui demanda par la suite de rester à ses côtés pour tenir la main de Claire, voire plus au besoin. Cette demande la mit mal à l'aise. Claire était la maîtresse de maison, bien plus âgée qu'elle qui plus est ! Cette situation était fort délicate, et une certaine pudeur la fit rougir jusqu'à la racine des cheveux.

— Vous allez voir la plus belle chose qui puisse exister, Anette, mettre au monde un enfant ! assura le docteur sentant la gêne de la jeune fille.

« Si seulement il connaissait la vérité ! », maugréa-t-elle secrètement…

11 heures sonnaient à l'église Saint-Joseph, lorsqu'un vagissement se fit entendre dans la chambre.

— Vous avez un magnifique garçon, Claire, on ne dirait pas qu'il a pratiquement quatre semaines d'avance ! lui posant l'enfant sur son ventre.

Anette avait les larmes aux yeux. Ce miracle de la vie était poignant. Dire qu'elle était partie aussitôt ce lien créé entre elle et son enfant…

Elle aida le médecin à nettoyer le bébé, le langer, ôter les draps souillés. Elle dut également faire une toilette à la mère, la coiffer, et lui mettre une chemise de nuit propre…

— Anette, vous m'avez été d'un grand secours, encore une fois, votre vivacité est impressionnante. Êtes-vous certaine de ne pas vouloir être infirmière, vous en avez toutes les capacités ? Nous en rediscuterons, mon petit, lui proposa le medecin.

Claire serra tendrement le bras de sa bienfaitrice, un sourire sur le visage. C'était la deuxième fois que cette jeune fille lui sauvait la vie, et celle de son bébé.

— Anette, comment vous remercier ? Sans vous, que se serait-il passé ? Merci pour tout, vous êtes une fée, non, mon ange gardien !

Tous ces compliments firent rougir la jeune fille. Elle n'avait fait que prendre ses jambes à son cou pour prévenir le docteur Fraysse ! Bon, elle reconnaissait qu'ensuite, elle avait dû assumer les demandes du médecin. Tenir les épaules de Claire pour pousser, lui mouiller le front, lui donner la main à en avoir les phalanges blanchies, l'aider à contrôler sa respiration… Ensuite, elle dut monter l'eau chaude, prendre le linge pour le bébé, pour madame, dissimuler le linge sale dans une corbeille, tenir le bébé pour les premiers soins… Avec le recul, elle reconnaissait qu'elle avait fort bien apporté une aide précieuse !

— Bien mesdames, je vous laisse. Je repasserai en soirée, Claire. Je pense que mes patients vont être de très mauvaise humeur à m'attendre ce matin ! Je file…

Claire regardait son garçon avec toute la tendresse d'une mère.

— Il est beau, Anette, vous ne trouvez pas ? Il ressemble tellement à François !

Anette approuva, et demanda sur le coup.

— Voulez-vous que j'aille chercher votre époux à présent ?

— Vous savez quoi, nous allons attendre son retour. Ce sera une belle surprise. Et les filles, en rentrant de l'école, ne vont pas en revenir ! Oh, Anette, la vie est si clémente avec nous !

Claire ne vit pas l'ombre de désespoir passer dans les yeux d'Anette. Que ne donnerait-elle pas pour être elle aussi avec sa Fannie pour la serrer dans ses bras ? Mais la jeune fille ne tint pas rigueur à cette mère, il était normal qu'elle soit sur un nuage de bonheur !

Mais voilà, son nuage à elle était si sombre et triste…

À 12 h 30, monsieur François revint déjeuner, exténué. Il s'affala sur une chaise dans la cuisine, surpris de ne trouver qu'une assiette.

— Vous avez déjà fini de déjeuner ? Mon épouse a-t-elle pu manger un peu ? Comment se sent-elle ?

— Elle vous le dira elle-même, monsieur, elle vous attend dans sa chambre, répondit Anette, dissimulant un sourire. Allez-y, je fais réchauffer votre repas en attendant.

— Très bien Anette, merci, se levant péniblement pour rejoindre l'étage.

Telle une petite souris, Anette se cala en bas de l'escalier. Son cœur battait fort, ce bonheur partagé par le couple ne pouvait pas la laisser indifférente, malgré tout le vide que portait son cœur.

Elle entendit une exclamation, des chuchotements, puis des reniflements… L'employée, honteuse de son indiscrétion, retourna en cuisine pour préparer le repas de monsieur François.

Au bout d'un bon quart d'heure, ce dernier rentra dans la cuisine, abasourdi, les yeux rougis. On aurait dit un petit garçon qui venait d'avoir un gros chagrin. Il s'installa à la table.

— Vous êtes une petite cachottière, Anette ! Je crois que l'on vous doit beaucoup encore une fois. Grâce à vous, j'ai un magnifique garçon, et mon épouse est si... rayonnante ! Elle se sent parfaitement bien. On aurait du mal à croire qu'elle vient de mettre au monde un aussi beau bébé il y a à peine deux heures ?

— Mes félicitations, monsieur ! C'est vrai que c'est un magnifique bébé ! Mais je n'ai pas fait grand-chose, c'est à madame Claire que revient tout le mérite ! Vous allez l'appeler comment, si je peux me permettre ?

— Paul, ce sera un petit, Paul Verdier ! Ça sonne bien, vous ne trouvez pas ?

— Oh oui, Paul c'est joli, c'est un prénom qui lui va à ravir !

François mangea sur le pouce, le sourire aux lèvres. Il remonta voir son épouse et admirer encore une fois son fils avant de repartir au travail. Il prévint Claire qu'il ferait tout son possible pour sortir tôt en fin d'après-midi, et qu'il essaierait de prendre sa journée de repos pour le lendemain. La famille souhaitait se retrouver au grand complet...

Anette ferait en sorte que tout se passe le mieux possible afin que la famille profite au maximum les uns des autres. Elle assurerait avec grand plaisir l'intendance pour ce faire…

Le docteur Fraysse passa en fin de journée et assura que tout allait pour le mieux. Claire avait déjà le bébé au sein, le teint rose et le visage reposé.

— On dirait une accouchée de 15 jours, vous vous remettrez vite debout, ma chère Claire ! Et ce garçon va profiter bien vite à téter ainsi, on ne verra plus son mois d'avance !

Le couple se gorgeait de fierté. Sophie et Laurette n'avaient d'yeux que pour ce bébé qui tétait goulûment leur maman. Parfois, elles gloussaient pudiquement, où alors, elles s'interrogeaient du regard.

La surprise avait été totale lorsqu'elles étaient rentrées de l'école. Elles avaient cherché tout d'abord leur maman au salon pour finir par comprendre qu'elle devait se reposer à l'étage. Une fois dans la chambre parentale, elles avaient trouvé leurs parents et… un bébé !

— Maman, le bébé est déjà là ? demanda Laurette.

— Papa, tu n'es pas au travail ? continua Sophie.

— Nous voulions vous faire la surprise ! Alors, comment le trouvez-vous, votre petit frère ?

— C'est un garçon ? Oh ! murmura Laurette, comprenant que ce petit bonhomme allait bel et bien la détrôner.

— Je vous présente Paul. Paul, je te présente Sophie et Laurette, tes chipies de sœurs. Mais tu comprendras bien vite que tu ne pourras pas t'en passer, ce sont de vraies petites mamans et tu vas les adorer ! affirma la maman avec enthousiasme.

Les parents avaient bien vu le voile d'inquiétude qui était passé dans le regard de Laurette. Sophie, avec deux ans de plus, et en qualité d'aînée, ne ressentait pas la même crainte...

Le lendemain fut une journée joyeuse. Les fillettes admiraient ce nouveau poupon vivant, ce qui les changeait un peu de leurs jouets inertes.

François voulut absolument aider Anette. Il épluchait les pommes de terre et carottes alors qu'Anette faisait revenir des morceaux de veau. Avec une bonne sauce blanche, elle ferait une blanquette.

— Anette, je voulais vous demander si vous voyez Pierre les dimanches à venir ?

— Normalement oui, mais si vous avez besoin de moi ici, il n'y a pas de problème, je peux comprendre !

— Absolument pas, bien au contraire ! Nous aimerions vous avoir à notre table, pour fêter la naissance du bébé. Disons, dans quinze jours, Claire aura le temps de se remettre d'ici là et de quitter sa chambre ?

— N'est-ce pas un peu trop tôt… pour madame, je veux dire. Il ne faudrait pas que ça la fatigue ?

— Elle s'en fait une joie. Et, ça nous ferait plaisir de connaître votre ami. Nous lui devons bien ça, car vous avez failli vous manquer pour de bon à cause de nous tout de même ! la taquina-t-il.

Ce dimanche, Anette fit part de l'invitation pour le dimanche suivant à Pierre. Il fut ravi de connaître enfin la famille où travaillait Anette. Ils annoncèrent la nouvelle à Christian et Lucienne chez qui ils mangeaient ce midi.

— C'est bien qu'ils vous reçoivent tous les deux, ça vous changera un peu, puis ça ouvre un autre horizon à Pierre. À part des fermiers et les boulangers, il ne voit pas grand monde ! plaisanta Christian.

— Comme s'il avait besoin de s'ouvrir à d'autres horizons… Moi, je le connais bien son horizon ! émit Lucienne en regardant Anette en souriant.

Tous se mirent à rire à cette boutade. Lorsque Lucienne quittait le sérieux de son commerce, elle était une tout autre femme. Rieuse, taquine, démonstrative, et tellement affectueuse. Elle s'était attachée à ce jeune couple adorable. Elle savait depuis le premier jour où elle les avait vus ensemble qu'ils étaient faits l'un pour l'autre…

— Moi, je te dis mon Christian, qu'il y aura une noce un de ces jours ! Et ils nous feront une jolie petite

Anette ou un espiègle petit Pierre, ou pourquoi pas les deux ? ajouta-t-elle, émue.

Anette sentit son estomac se contracter. Ses yeux se remplirent de larmes. Elle essaya de se reprendre avant de se transformer en fontaine. Pierre lui saisit la main, comprenant d'où venait son chagrin.

Lucienne et Christian se regardèrent, bien ennuyés sur le coup. Avaient-ils été trop loin dans leurs taquineries ?

— Oh, je suis désolée, Anette. Je plaisantais, je ne voulais pas dire mal ! Que t'arrive-t-il, ma fille, je devine une grande tristesse dans ces jolis yeux ?

— Laisse — là, tu ne vois donc pas que tu l'ennuies, Lucienne ! Allez, mangeons…

Anette n'avait jamais parlé de sa fille au couple de boulangers, ni à ce pauvre Léon du reste ! Ce n'était pas par honte, elle était fière de sa Fannie. Mais elle n'avait pas eu envie de partager son jardin secret, une façon de se protéger sûrement aussi. Mais il fallait qu'elle leur dise, ces gens méritaient sa confiance.

— J'ai une petite fille, Fannie, elle a 6 mois, et elle me manque tellement…

Alors, Anette se raconta. De sa naissance à aujourd'hui. Pierre n'intervint pas une seule fois. C'était sa décision, son histoire. Il regardait le couple assis en face de lui et voyait tant d'émotions passer dans leurs yeux. Lucienne avait des larmes qui roulaient sur ses joues rougies et rebondies. Christian se raclait la gorge pour cacher son émoi.

Jusqu'au moment où Pierre entendit Anette prononcer trois mots en répondant à Christian.

— Qui est ce salopard qui t'a fait ça, Anette ? Tu n'as jamais eu un soupçon, une petite idée ? Si tu crois savoir ou si tu as le moindre doute, il faut en parler mon petit, il ne faut pas garder ça pour toi ! Anette, parle-nous...

Anette entendait tous ces mots résonner en boucle dans sa tête. Qui, salopard, soupçon, doute, parle, qui... Un écho douloureux, étourdissant, abasourdissant. Elle avait si mal qu'elle se sentait engloutie toute entière dans un trou noir, profond et froid, elle allait mourir étouffée... Elle en avait assez de se taire, de mentir, de souffrir honteusement en silence depuis si longtemps.

C'est alors, comme une décharge électrique, le regard hagard, qu'elle prit une grande inspiration pour s'écrier.

— C'est Émile Lapierre !

Anette venait de lâcher prise. Elle s'effondra, la tête entre ses bras posés sur la table, dans un cri animal.

Un silence glacial s'installa alors dans la pièce.

Pierre serra ses mâchoires et les poings. Il venait de recevoir un coup de poignard en plein cœur, son estomac se noua, sa gorge se serra, la terreur, la frayeur puis la fureur lui voilèrent les yeux…

Le couple comprit alors toute l'horreur qu'avait subie la jeune fille. Toute cette souffrance tue, terrée. Et surtout, dans quelle position Anette se retrouvait à l'heure actuelle, sans avoir sa fille près d'elle…

Christian dut se ressaisir pour prendre la parole.

— Tu n'as pas à avoir honte, Anette. Tu n'as rien fait de mal. C'est cette sale bête de fermier qui est coupable. Tu dois en parler aux gens chez qui tu travailles, ils comprendront, ils te soutiendront. Nous ferons tout ce qui est en notre pouvoir pour t'aider, nous tous, tu entends, nous ferons bloc ! Tu n'es plus seule à présent, tu entends ? Il doit payer, être traîné devant la justice !

— J'ai tellement voulu protéger Sidonie, cette pauvre femme, elle ne méritait pas ça. Elle était déjà si malheureuse ! J'avais tellement honte et je ne voulais pas détruire sa vie ! Une suffisait, ça aurait changé quoi ? Puis je n'avais qu'elle de confiance pour s'occuper de mon bébé. Je savais que rien ne pouvait arriver à Fannie, Sidonie était la seule à pouvoir tenir tête à son mari. Et je savais pertinemment qu'il n'avouerait pas ce qu'il m'avait fait subir. C'est vrai, je suis partie dans la panique et la peur, parce que j'étais certaine que si j'étais restée, Émile m'aurait mise à la porte avec ma petite, et alors, j'aurais fait quoi à la rue ? Mais je me suis toujours juré de reprendre Fannie bien vite. Il me fallait trouver un travail, un logement, même minuscule, pour nous installer toutes les deux. C'est tout ce dont j'avais besoin pour aller chercher ma petite définitivement. Mais, les choses ne se passent jamais comme prévu. Monsieur Léon est mort, l'hiver rude est arrivé, j'ai perdu beaucoup de temps ! Puis cette visite à Noël où j'ai trouvé Sidonie tant changé. Elle s'est littéralement retournée contre moi, et c'est elle cette fois-ci qui m'a jetée dehors. C'est vrai que Claire et François ont été des gens adorables avec moi, mais ils restent mes employeurs. Je me sens si lasse et si seule, comme au premier jour de ma naissance, abandonnée, trahie…

— Tu m'as, moi ! répondit Pierre plus sèchement qu'il ne l'aurait voulu. N'oublie pas que je vis là-bas moi aussi ! Et Christian a raison, plus tu auras de témoins, mieux ce sera. Nous en parlerons dimanche prochain à tes employeurs, et ensuite nous ferons ce qu'il faut. D'ici là, il faut tenir Anette, pour Fannie ! N'oublie pas que je veille sur elle chaque jour, il ne peut rien lui arriver. Et maintenant que je connais la vérité, je peux te jurer que cette pourriture d'Émile, je ne le lâcherai pas d'une semelle…

CHAPITRE XIX

Les choix de Pierre

Pierre laissa Anette sur le quai de la gare, le cœur brisé. Après avoir quitté la boulangerie de la rue du Trech, ils s'étaient installés dans leur café habituel pour discuter, seuls. Anette paraissait si frêle et si triste qu'il aurait donné n'importe quoi pour la voir sourire.

Le jeune homme lui avait dit et redit qu'il ne lui reprochait absolument rien, et surtout pas d'avoir tenu secrète l'identité de son agresseur jusqu'alors. La honte puis le traumatisme l'avaient accablée. Comment avouer cette ignominie à Sidonie ? Comment rester à la ferme avec cet homme chaque jour face à elle ? Et qui pouvait affirmer qu'il n'aurait pas recommencé un jour ? Elle avait supporté cette grossesse dans le déshonneur. Sanglée dans des vêtements pour cacher son état. Elle avait dû accoucher seule dans une grange, comme un animal.

Et si par malheur, tout ceci avait mal tourné, pour elle, pour le bébé ? Pierre avait imaginé si durement le calvaire qu'avait vécu Anette ! Il pouvait comprendre sa réaction, son mutisme. Mais c'était fini tout ça. Il lui avait dit que c'était une bonne chose d'avoir soulagé sa conscience et livré le nom de cet odieux personnage. C'était très courageux de sa part...

— Je suis fier de toi, Anette. Tu vas te sentir l'esprit plus léger même si ça n'excuse pas un tel acte. Il faut me croire quand je te dis que tu as des gens pour t'aider et te soutenir à présent. Tu n'es plus seule, Anette ! Il va devoir payer l'Émile, tôt ou tard, mais il paiera. Nous allons mettre au point, jour après jour, ta vengeance, pour toi et Fannie. On prendra tout le temps qu'il faudra, il ne faut surtout rien précipiter pour ne pas lui laisser le moindre soupçon, mais l'on réussira ! lui promit Pierre, prêt à tout pour protéger mère et enfant.

Anette acquiesça et posa tendrement sa main sur la sienne. Sans dire un mot. Mais ça valait tous les discours du monde.

Rien ne serait plus jamais pareil à la ferme, mais le commis devait faire bonne figure. Patienter pour mieux frapper. Pour Anette, pour Fannie. Il allait devoir serrer les dents, car il était certain d'avoir une envie folle de mettre à ce sale type une bonne raclée en rentrant ce dimanche soir. Que ça allait être dur de continuer à travailler dans de telles conditions...

Lorsqu'il arriva à la ferme en fin de journée, il trouva Sidonie et Fannie à la cuisine. Émile était encore dans son étable.

— Voilà le Pierre qui rentre de la ville, ma Fannie. À croire que le dimanche à la campagne ne lui plaît plus guère ! Faut bien avoir le cochon à tuer ou le pré à labourer pour le voir rester avec nous ! Ah, c'est sûrement pas à la messe qu'il va, pour sûr ! reprocha la femme. Elle ne supportait pas de le savoir avec Anette.

Pierre fit celui qui n'entendait rien, bien au contraire, il prit son plus beau sourire en s'approchant de l'enfant.

— Ma petite Fannie, tu as une énorme bise de ta maman, elle t'aime beaucoup, tu sais, et elle ne t'oublie pas, bien au contraire ! la prenant dans ses bras pour lui poser un baiser sur le front.

Sidonie fondit sur lui, le regard noir, pour lui reprendre Fannie et monter à l'étage.

« Touchée ! », se félicita Pierre, bien décidé à aiguiser ses piques dans les jours à venir…

Il voyait bien que cette femme changeait semaine après semaine vis-à-vis de l'enfant. Elle se comportait de plus en plus comme si elle en était la propre mère. Plus le temps passait, et plus Pierre avait du mal à accepter cette situation. D'ailleurs, il n'en parlait jamais à Anette lorsqu'il lui racontait chaque dimanche la semaine de sa fille. Cela aurait été terrible pour elle de savoir que Sidonie effaçait minutieusement tout lien avec sa vraie maman…

La porte d'entrée s'ouvrit brusquement sur un Émile rouge et fatigué, tirant Pierre de ses réflexions.

— T'es enfin rentré, le Pierre ! Tu voudrais pas aller vider le fumier dans le couderc, j'ai mal aux reins avec cette jambe qui va pas droit ! Cette foutue brouette semble de plus en plus lourde ! Je sais qu'c'est dimanche, mais bon, comme t'es là, j'me disais ? Et demain matin, tu sortiras les bêtes au pré du haut, et faudra récupérer les bœufs chez le Guste. On pourra récurer les étables à fond après ça. Ah, l'hiver est bien fini, nom d'là, y'a du boulot à suivre…

« J'y porterai bien le bonhomme avec, au tas de fumier si je ne me retenais pas ! », pensa sur le coup Pierre.

— J'y vais de ce pas ! Il ne sera pas dit que même le dimanche, je n'aide pas au besoin !

— Quelle mouche t'a donc piqué ? s'étonna le fermier par ce ton de reproche.

— Demandez donc à votre femme, elle le saura, elle ! Et pour demain, ce sera fait, comme d'habitude, prenant la porte sans se retourner et laissant un Émile perplexe…

Décidément, ce seul jour de repos pris en fin de semaine ne passait toujours pas ! Pourtant, cela faisait trois mois qu'il avait mis cette règle en place. Règle, il fallait plutôt dire, droit ! Car il était bien normal pour un employé, même commis agricole, de prendre un peu de repos ? C'était déjà bien beau qu'il se partage entre les deux fermes, on ne lui doublait pas son salaire pour autant !

Depuis sa première visite à Tulle, la veille du jour de l'an, Pierre avait sacrifié deux dimanches sans rechigner pour travailler. Et il savait très bien qu'il y en aurait d'autres en pleine saison des récoltes !

La première fois, c'était en février, où il était resté pour la cochonnaille, aidé par le Guste, André et sa femme, Berthe. C'était un jour très important de tuer l'animal, le découper, le cuisiner. Tous les morceaux y passaient. En saloirs, en bocaux, ou en consommables, frais. Chacun avait son tour de main ou sa spécialité. Les hommes débitaient, les femmes cuisinaient. Pendant plusieurs jours, ils se rendaient la pareille chez le Guste, puis ensuite chez la Berthe. Ce fut Émile qui donnait le coup fatal, sous la gorge, le couteau bien dirigé. Il fallait faire vite pour récupérer le sang chaud afin de préparer les boudins. Ensuite, Le Guste passait le chalumeau pour brûler le poil rêche et dru de l'animal. Un travail long et harassant… Cette belle bête, bien engraissée chaque jour sur plusieurs mois, devait nourrir jusqu'à l'hiver prochain ! En y rajoutant des volailles et lapins, un chevreau, et quelques spécimens de la chasse, tels que bécasses, perdrix, faisans ou lièvres. Ah, un beau lièvre pour faire un bon civet au vin, accompagné de tourtous, ces galettes de blé noir qui remplaçaient le pain ce jour-là. Un délice régional !

Le deuxième dimanche à ne pas aller voir Anette, avait été réservé à la préparation des terres et semis. Le matériel, quant à lui, avait été entretenu pendant l'hiver. Tout était prêt pour la pleine saison. Pierre avait toujours dit qu'il serait là pour les tâches importantes, et il n'avait qu'une parole. Enfin, ça, c'était avant ! Parce que ce n'était pas l'envie de foutre le camp de cette ferme qui lui manquait, mais il devait rester encore un peu. D'une, pour rester près de Fannie, de deux, pour mettre de l'argent de côté pour ses projets, et des projets, il en avait plein la tête…

Ce matin, comme convenu, Pierre mena les vaches au pré du haut. Les veaux avaient fort bien profité, et étaient à présent de belles génisses. Le troupeau s'arrêta à la sortie de l'étable, hésitant, comme pour vérifier que c'était bien le bon moment. Elles levèrent leurs museaux en faisant frémir leurs naseaux, sentant les effluves extérieurs. Après réflexion, elles se mirent à se presser, se bousculer, poussées par une irrésistible envie de profiter d'une herbe nouvelle et goûteuse. Pas besoin de leur montrer le chemin, elles savaient très bien où se rendre, il suffisait de marcher derrière !

Il n'y avait pas que les hommes qui aimaient l'arrivée du printemps.

Une heure plus tard, Pierre fit la même chose chez le Guste, ou les bœufs, trop arrondis après un hiver à ruminer, sans bouger, allaient rejoindre leurs compères.

— Ah, mon Pierre, la vie reprend enfin ! Comment va la Sidonie et la petiote, je les ai pas vues depuis un moment ? Elles s'arrêtent point en allant chez la Berthe ! Vivement que l'Émile puisse reprendre ses habitudes, lui aussi. Je trouve le temps long, pardi ! Tu sais quoi, mon gars, faudrait déberner le long des prés et des chemins. Si y a de la grosse pluie ou des orages, ça va dégueuler et raviner.

— Ce sera fait, le Guste. J'avais l'intention de suivre tous les chemins et terrains de toute manière. Puis, j'ai vu encore deux piquets qui penchent un peu trop en mettant les vaches ce matin. Je vais aller vérifier tout ça !

— T'es un bon gars ! On y a foutrement gagné de perdre l'Anette pour t'avoir. Puis l'Émile, il est plus serein, tu trouves pas ?

— Ce que j'en pense ? Je risquerai de vous décevoir, il vaut mieux que je ne réponde pas ! Puis l'Anette, c'est elle qui a de la chance d'être partie d'ici, je vous le dis, le Guste.

Ce dernier se gratta la tête, ne comprenant ce changement d'humeur brutal. Mais comme il avait si bien appris à le faire avec Sidonie, il se garda bien de poser des questions. Après tout, c'étaient leurs problèmes ! Lui, sans femme ni enfants, il se trouvait bien tranquille…

Ce dimanche était très spécial. Pierre était reçu chez la famille Verdier. Il était content de les connaître, mais il savait qu'une autre épreuve y attendait Anette.

Sidonie ne manqua pas de lui faire remarquer qu'il avait l'air de partir pour la noce, habillé ainsi ! Sans répondre, il embrassa Fannie qui lui fit un gros sourire, et sortit…

« Je ne sais pas ce qu'il a depuis plusieurs semaines, mais ça commence à me taper sur le ciboulot ! Cette garce d'Anette doit lui monter la tête contre moi, et ça me plait pas du tout ! », maugréa la fermière après son départ…

Pierre, aperçut Anette sur le quai de la gare, d'habitude si souriante, elle semblait absorbée dans ses pensées.

— Et bien, on n'accueille pas son Dieu comme il se doit ? plaisanta le jeune homme pour faire sourire la demoiselle.

— Oh, bonjour Pierre, déposant deux bises sur ses joues fraîchement rasées. C'est que j'ai une boule au ventre depuis ce matin. Je pense qu'on ne devrait rien dire à Claire et François. Tu fais leur connaissance, on déjeune, on discute un petit moment et on s'en va ! supplia Anette, inquiète.

— Je te croyais bien plus courageuse que ça ? Viens, allons prendre un café, on pourra discuter.

Ensuite, on ira chez le fleuriste, je ne veux pas arriver les mains vides.

— Un vrai gentleman ! J'aurai des fleurs, moi aussi, quand je te recevrai chez moi ?

— Je déposerai un jardin à tes pieds, rien que pour toi ! la faisant rougir de plaisir.

Au café de la gare, assis l'un à côté de l'autre sur la banquette en moleskine, ils regardaient à travers la vitre le soleil se lever dans un ciel limpide, tout en buvant un café, en silence.

Pierre désirait laisser à Anette ce moment de sérénité. Ce fut elle qui décida de rompre cet instant en prenant la parole.

— Pourquoi dire la vérité à Claire et François ? Ça ne servira à rien si ce n'est me mettre dans l'embarras. Ça ne changera rien, Pierre. C'est à moi de faire en sorte de me fixer dans la vie pour pouvoir élever ma fille. À personne d'autre !

— Écoute, Anette, je vais te dire franchement comment je vois les choses, enfin si tu me le permets ? Il attendit une réponse qui ne vint pas, alors il continua. Plus tu auras de gens proches qui sauront, mieux ce sera pour t'aider et t'appuyer. Si tu veux faire tomber ce sale type et reprendre ta fille, il te faudra des témoignages. C'est indispensable, Anette ! Lucienne et Christian te l'ont juré, moi-même, je te l'ai promis, tes employeurs te soutiendront également, tu comprends ? insista encore le garçon.

— Et si je voulais juste récupérer ma fille, sans faire comme tu dis ? J'y ai pensé chaque jour, chaque nuit de la semaine. À quoi bon porter plainte, le mal est fait de toute façon ? Non, je préfère faire ça sans bruit, le plus simplement possible. Je prends un logement, j'ai un salaire, je récupère ma fille, point final.

— Je ne peux pas te forcer, mais ça risque d'être plus compliqué que ça !

— Plus compliqué que quoi ? Qu'est-ce qui risque d'être compliqué, Pierre ? Tu me caches quelque chose ? Ça concerne Fannie ? Mais réponds-moi nom d'une pipe ! lâcha Anette un peu trop nerveusement.

Il en avait trop dit, il s'était fait prendre à son propre jeu. Il devait se rattraper, et vite. Il était bien trop tôt pour lui parler du comportement de Sidonie, Anette foncerait à la ferme sans réfléchir, et allez savoir ce qu'il se passerait ? Pierre se ravisa.

— Non, je ne te cache rien. Fannie va bien, elle est joyeuse et aussi bavarde que sa maman, apercevant un sourire revenir sur le beau visage de son amie. Je parlais d'Émile. Il faut rester prudents. Il t'a dans le collimateur, il se méfie de toi. Il a une telle hargne si l'on a le malheur de prononcer ton nom ! C'est trop tôt Anette, il faut préparer le terrain, et pour ça, faire comme je te dis, je ne vois aucune autre solution, pour le moment en tout cas !

La jeune fille souffla et se prit la tête entre les mains. Pierre passa son bras sur ses frêles épaules et se serra contre elle. Elle ne le repoussa pas, bien au contraire, elle se colla encore un peu plus, cherchant du réconfort.

Pierre saisit son menton et lui fit tourner le visage vers lui.

— Anette, tu sais combien je t'aime, et rien ne pourra y changer. Je respire pour toi, je vis pour toi, chaque jour qui passe, tu ne quittes pas mes pensées. Je vous aime, toi et Fannie, je ne veux que votre bonheur.

Une larme perla au coin des yeux d'Anette, glissant lentement sur ses joues. Elles n'eurent pas le temps de rebondir sur la table en marbre blanc. D'un doigt délicat, Pierre les essuya pour les porter à sa bouche. Elles avaient un goût salé, comme de l'eau de mer, mais aussi le goût de l'amour.

Anette n'eut pas le temps de comprendre lorsque le jeune homme lui saisit alors la bouche pour partager ce goût si doux et délicat. Un tout premier baiser. Il se détacha lentement, elle garda les yeux clos.

— Je suis désolé, Anette, mais je n'ai pas pu résister. Je t'aime tellement. J'ai envie d'être bien plus que ton ami, je veux être tout à toi, rien qu'à toi ! Dès le premier jour où je t'ai vue, j'ai su que c'était toi celle que j'aimerais. Dans cette carriole, lors de ton retour à la gare, ce dimanche lorsque je t'ai cherchée dans toute la ville, puis tous les jours suivants, je t'aimais déjà…

— Un autre café, les amoureux ? demanda le serveur en débarrassant leurs tasses vides.

Anette rougit, gênée. Cet homme l'avait-il vue se laisser embrasser ? Pierre la trouva encore plus charmante !

— Non merci, si vous pouviez porter la note, merci…

La famille Verdier était ravie de recevoir le jeune homme. Il était bien de sa personne et ne ressemblait en rien à un commis de ferme, même s'ils ne connaissaient pas exactement les critères d'un commis agricole !

Les deux fillettes le regardaient de leurs grands yeux émerveillés, elles le trouvaient si beau ! Elles se tortillaient et souriaient en regardant Anette, chuchotant que c'était son amoureux.

— Alors, voici celui qui occupe tant les dimanches de notre Anette ! plaisanta François. Nous faisons enfin votre connaissance. C'est qu'elle est terriblement cachottière notre petite employée, vous savez !

— Non, ce n'est pas vrai ! Pourquoi dire que je suis cachottière ? répliqua Anette, le regard malicieux.

— François, arrête donc de la taquiner. Sers-nous plutôt un apéritif au salon, veux-tu ?

Pierre apprécia immédiatement ces gens, tant par leur comportement vis-à-vis d'Anette, mais aussi par leurs gentillesse et ouverture d'esprit. Des gens modernes, ce qui changeait des Lapierre !

La mentalité était bien différente entre la campagne et la ville. Souvent, les paysans trouvaient frivole cette population citadine qui avait des jours de congés pour partir en vacances à des kilomètres de chez eux, et tous leurs dimanches pour se reposer et se promener ! Ils les croisaient souvent par les chemins à la saison des champignons, des châtaignes ou des noisettes… Ils profitaient aussi de la belle saison pour marcher et s'aérer dans leurs forêts entretenues, ou dans les si jolis villages… Les gens de la ville, quant à eux, riaient sous cape en entendant les agriculteurs se plaindre constamment de devoir travailler sept jours sur sept pour des clopinettes ! Les vacances, ils ne connaissaient pas, les dimanches, encore moins ! Partir en laissant leurs bêtes ? Quelle absurdité !

Mais les uns ne pouvaient se passer des autres. Il fallait bien des paysans et des agriculteurs pour manger, et donc, des gens de la ville pour acheter et consommer ! Chacun finissait par en convenir…

Le repas terminé, les deux couples prirent le café au salon. Paul dormait bien sagement dans les bras de Claire, repu par sa tétée donnée quelque instant plus tôt dans la chambre à l'étage, la pudeur obligeant.

— Vous avez des enfants adorables, et ce bébé est si calme. Il me rappelle Fannie ! C'est une petite fille de six mois que je n'ai jamais entendue pleurer !

— Oui, Paul est très paisible. Fannie a trouvé une bonne nounou, voilà pourquoi elle doit être si sereine ! répondit Claire.

— J'aimerais que vous puissiez avoir raison, mais sa constitution n'a rien à voir avec la personne qui s'en occupe, croyez-moi !

— Pierre, je t'en prie, nos ressentis ne regardent pas madame et monsieur Verdier, se défendit Anette.

— Ça ne nous dérange pas du tout, Anette, bien au contraire, si nous pouvons vous aider ou vous conseiller, ce sera avec plaisir.

Anette sentit son cœur prendre un rythme anormal, Pierre était-il sur le point d'avouer ?

Claire et François comprirent à demi-mot qu'il y avait un souci. Ils virent le changement opérer sur leur employée lorsque le garçon prit la parole.

— Vous allez bien, Anette, vous êtes toute pâle d'un coup ? constata François.

— C'est que..., bégaya-t-elle, sans pouvoir terminer sa phrase.

— C'est qu'elle a une chose très importante à vous confier, enfin, que je vais plutôt vous dire à sa place, car elle n'en a pas le courage, continua Pierre bien décidé à poursuivre malgré la gêne d'Anette.

Claire pensa alors que la jeune fille désirait les quitter. Sans doute un projet avec ce garçon ? Ce serait fort dommage, mais elle avait droit de vivre sa vie comme elle l'entendait !

— Nous comprendrons, Anette, si vous voulez partir. Vous en avez tout à fait le droit, vous êtes libre. Vous pouvez nous parler sans crainte. Mon époux et moi sommes très compréhensifs, vous savez !

Anette secouait la tête, regardant tantôt le couple, tantôt Pierre. Mais pourquoi la mettre dans un tel embarras ? Elle n'avait rien demandé ! Elle dut faire un terrible effort pour ne pas partir en courant…

— Ce n'est pas ça. Anette a besoin de vous, bien au contraire. Voilà, je vous explique, même si je sais que c'est très difficile pour elle de l'entendre et de l'admettre. Mais j'en prends l'entière responsabilité.

Claire demanda à son époux de monter coucher le bébé et aux fillettes d'aller jouer gentiment dans leur chambre. Elle pressentit qu'une chose grave allait leur être révélée…

Lorsqu'ils furent entre adultes et dans le calme, Pierre regarda Anette comme pour lui signaler que c'était le moment. Elle ne lui fit aucun signe, n'eut aucune réaction, les yeux rivés sur ses pieds et les mains jointes à en blanchir ses phalanges.

François remplit à nouveau les quatre tasses de café, pensant que ça aurait l'avantage d'occuper leurs mains…

Le jeune homme se lança, franc et concis. Il ne prit pas de gants et ne chercha pas non plus à épargner Anette. La vérité, c'était tout ce qui comptait…

Claire avait posé une main sur sa poitrine, la bouche ouverte comme une carpe manquant d'air. François fronçait les sourcils, jetant un coup d'œil vers Anette de temps en temps.

Lorsque Pierre eut fini son récit, il se sentit obligé de préciser avec une infinie tendresse.

— Anette avait tellement honte qu'elle gardait secret ce pour quoi elle n'était absolument pas responsable. C'était un martyr de se taire, de faire semblant tout ce temps. Si elle n'avait pas craqué chez nos amis boulangers, elle se morfondrait encore, seule dans son coin et loin de sa fille. Je ne peux même pas imaginer une telle souffrance !

Anette leva la tête, avec dans les yeux un éclat particulier. Pas celui de la colère, ni celui de la désolation, mais celui de l'apaisement. Les paroles de Pierre venaient de soulager son cœur…

— Je suis désolée. Je n'ai pas voulu vous mentir, j'ai juste cherché à cacher la vérité. M'auriez-vous ouvert votre porte si généreusement en sachant cela ? M'auriez-vous pris à votre service pour m'occuper de vos enfants ? La seule chose que je désire, c'est reprendre très vite ma fille pour la serrer dans mes bras, la voir s'endormir, se réveiller, grandir. Être là quand elle fait ses dents, babille, marche à quatre pattes, rit. Je veux juste être sa maman ! sanglota Anette.

— Ma pauvre enfant, et moi qui affiche mon bonheur avec mon petit Paul au sein juste sous votre nez ! Que cela a dû être pénible pour vous de vivre ma grossesse, la naissance, et de vous occuper du bébé ? Et même si l'on avait su, bien sûr que l'on vous aurait ouvert notre porte ! Ça n'aurait rien changé, soyez-en sûre ! Que pouvons-nous faire à présent pour vous aider ? François, aurais-tu une idée, mon chéri ?

— Mon idée première, ce serait de porter plainte pour viol et envoyer croupir cet homme en prison ! Mais, ce n'est pas si simple que ça. Anette n'a jamais nommé cet homme comme étant son agresseur, et elle n'a aucun témoin sur son état de viol au moment des faits, réfléchissant en même temps qu'il parlait.

— C'est vrai qu'il s'est passé neuf mois avant qu'Anette raconte à Sidonie cette fausse histoire d'agression dans le bois, à la naissance de Fannie ! reprit Pierre.

— Mais je voulais épargner Sidonie qui, jusqu'à peu, était si bonne avec moi. Et avant tout, je voulais laisser ma fille à l'abri ! Je ne pouvais pas mettre mon bébé en danger, sans un toit sur la tête, en plein froid, démunie de tout ? J'étais complètement perdue, je n'avais rien pour vivre, pas un sou ! Je ne connaissais personne. Je suis certaine que le service social m'aurait retiré sa garde de toute façon. À tout juste 16 ans, il ne m'aurait laissé aucune chance de faire mes preuves en tant que jeune mère, se justifia Anette.

Même si Sidonie ne veut plus me recevoir, je sais qu'elle s'occupe bien de ma fille. Puis, il y a Pierre à la ferme qui surveille comment ça se passe, qui voit grandir Fannie, et qui me donne des nouvelles régulières chaque dimanche…

Anette avait raison, et François se frottait le front, essayant de trouver la meilleure façon d'agir. Chacun le regardait, attendant le verdict.

— Si je comprends bien, il vous faut un logement afin d'y recevoir votre fille, un travail qui puisse vous faire vivre toutes les deux, et le plus important, être en ordre avec le service social en ce qui concerne votre placement, et la naissance de votre fille. À 17 ans, cela ne devrait pas poser de problème si vous êtes autonome. Vous avez chez Christian, Pierre et nous-mêmes pour témoigner de ce qui s'est passé, pour parler de votre souffrance et de la honte qui vous tenaillaient. Un juge tiendra compte de tout cela, conclut François, ne voyant pas d'autres alternatives.

Pierre venait de trouver une autre proposition.

— Je quitterai la ferme le jour où Fannie en partira. J'ai bien l'intention de prendre soin d'elle et de sa maman. Je vais trouver un travail à Tulle qui nous permettra de nous loger. J'en ai fait le tour du métier de la ferme, et je ne voudrais pas devenir aussi bête, méchant, et ivrogne que ce pauvre Lapierre ! faisant sourire le couple et rougir Anette.

Claire releva un sourcil, comme si tout à coup, une idée lui vint aussi.

— Oui, c'est une formidable idée ! Il vous faut trouver un logement près de chez nous ! Anette pourra toujours travailler quelques heures pour nous aider, Fannie jouera avec Paul, enfin si cela vous convient, bien entendu. Et vous, Pierre, vous pourriez trouver facilement du travail, débrouillard comme vous êtes ?

Chacun avait sa propre solution, une proposition, et son enthousiasme, mais ce n'était encore que des mots ! Le plus dur sera de concrétiser tout ceci, et François avait bien une hypothèse à avancer.

— Vous accepteriez de travailler à la manufacture d'armes, Pierre ? Nous formons nos jeunes, je peux placer votre nom discrètement. Vous commenceriez au bas de l'échelle, mais il y a des opportunités à saisir pour celui qui veut s'en donner la peine !

Pierre fut très ému. Ces gens proposaient de les aider sans rien demander en retour. Les aider à chercher un logement, leur donner du travail, autoriser Fannie à rester chez eux pendant qu'Anette ferait un peu de ménage… Le soir, ils se retrouveraient dans leur petit nid d'amour, loin de tous leurs ennuis, de leurs peines… Il y avait dans ce monde des gens aussi dévoués et sincères comme Claire et François, Christian et Lucienne, qui vous réchauffaient le cœur, vous grandissaient, vous aimaient comme de vrais amis le feraient !

Anette pensait au même moment la même chose que Pierre…

— Comment pouvez-vous être aussi gentils, après tout ce que je vous ai fait ? Vous mentir, m'enfuir comme une moins que rien, et revenir démunie et accablée, et encore aujourd'hui, profiter de votre grand cœur. Si seulement tout ce que vous nous proposez pouvait arriver ? Ce serait un pur bonheur, mais n'y a-t-il pas une part de rêve dans tout ceci ? Pensez-vous que je puisse me rendre à la ferme Lapierre et leur dire : « C'est moi, je viens chercher ma fille, je vous remercie pour tout, mais nous partons à présent, toutes les deux ! »

— Et pourquoi pas, Anette ? Qu'est-ce qui nous empêche de réaliser ce rêve ? Fannie est ta fille, contre ça, ils ne peuvent rien, tu entends ? Nous allons faire comme l'ont dit madame et monsieur Verdier. Nous allons commencer par chercher un logement. Nous avons quelque argent de côté pour voir venir. Puis, se tournant vers François. J'accepte votre proposition, monsieur. La manufacture d'armes me conviendra très bien. Mais seulement lorsque Fannie aura quitté la ferme, j'ai juré à Anette de rester près d'elle jusqu'au dernier jour.

Pierre savait à présent comment ça devait se passer. Il avait arrêté ses choix, pour Anette, pour Fannie et pour lui…

Anette n'arrivait pas à y croire. Son cauchemar allait enfin prendre fin. Le bonheur était à portée de main, encore quelques semaines, tout au plus quelques mois, elle était prête à faire ce sacrifice. Le temps de tout mettre en place. Avec l'espoir de reprendre sa fille, elle avait trouvé l'amour aussi. Comme elle l'aimait, ce garçon qui prenait tant soin d'elle et qui veillait sur sa fille. Pendant ces six mois, il ne lui avait rien demandé en retour, elle ne lui avait rien donné, rien promis…

« L'enfant de la grange que je suis va prendre une belle revanche sur la vie. Plus rien ne pourra m'arrêter. Je le jure sur ce que j'ai de plus cher au monde, ma jolie Fannie ! »

Une dernière question, posée par François, tira Anette de ses pensées.

— De toute façon, vous avez déclaré la naissance de votre enfant à la mairie de votre commune, donc vous avez les documents en votre possession ? Nous en aurons besoin pour la suite, c'est capital !

Anette en resta interdite… puis finit par répondre…

— Déclarer ? Les documents ? Non, je n'ai rien fait de tout ça ! Je suis partie tellement vite après avoir accouché ! Je n'y ai jamais pensé, à dire vrai. Je ne connais pas grand-chose dans toutes ces démarches ! Est-ce grave ? Il n'est pas trop tard au moins ? Fannie est ma fille de toute manière, papiers ou pas !

s'esclaffa la jeune fille, de plus en plus en colère contre elle-même.

Il était vrai, qu'à à peine 17 ans, 16 ans lors de la naissance de sa fille, Anette ne pouvait pas tout connaître des modalités administratives et de ses devoirs ! Du reste, qui aurait pu la préparer à sa vie de femme, son futur, son avenir ? Sa mère qui l'a abandonnée ? Son père, un inconnu ? Les sœurs de l'orphelinat, si fermées et dures ? Sa famille d'accueil, qui ne savait parler que de vaches ou d'agriculture ? Personne ne lui avait jamais parlé de tout cela. Ce sont là des sujets que l'on n'aborde pas lorsque l'on est une jeune fille de 16 ans !

Anette comprit alors qu'elle n'était pas au bout de ses peines. Elle n'avait absolument rien pour prouver qu'elle avait été abusée par cet odieux fermier, ivre, violent, au beau milieu d'une étable. Elle n'avait personne pour certifier qu'elle était bien la mère de Fannie, cette enfant qu'elle avait mise au monde seule, sur un lit de paille, dans un fenil. Qu'elle dut couper elle-même le cordon ombilical avec un ciseau subtilisé dans la boîte à couture de Sidonie, et le ligaturer avec du fil à repriser. Et comment expliquer qu'elle est partie immédiatement après avoir mis au monde son bébé, sans savoir où elle allait vraiment ? Affronter le mauvais temps, avec pour seul bagage un vulgaire baluchon contenant un seul change ? C'est elle et elle seule qui avait pris la décision de laisser sa fille sous le toit de son propre agresseur. Qui pourrait comprendre ce comportement, ce choix ? Si seulement elle avait pensé à faire cette déclaration de naissance qui lui faisait tant défaut aujourd'hui, elle aurait au moins une preuve écrite ? Mais même cela, elle ne l'avait pas fait, en pauvre ignorante qu'elle était...

La seule chose à laquelle elle pensa sur l'instant, avait été de partir le plus loin possible de l'homme qui lui avait pris son innocence. Elle avait voulu épargner Sidonie en lui taisant la vérité, cette femme qui avait été si bonne avec elle. Et sa fille, ce minuscule bébé, qui n'avait pour mère qu'une pauvre fille, démunie, bafouée, salie ! Qu'aurait-elle pu lui proposer d'autre que de la laisser bien au chaud sous la garde de cette femme avec la promesse de revenir la chercher, plus tard, un jour ?

Où tout cela l'avait-il menée ? Qu'est-ce qui avait changé tous ces longs mois passés ?

Rien, absolument rien... Elle restait les bras vides, le cœur brisé, inconsolable, impardonnable, devant un dédale d'ennuis, d'incertitudes et de regrets.

Pourra-t-elle arriver jusqu'au bout de la seule chose qui à ce jour, compte pour elle ? Pourra-t-elle tenir sa promesse faite à son enfant ? Saura-t-elle trouver le courage de se battre, même soutenue et aidée par Pierre, Claire, François, Lucienne et Christian, les seules personnes en qui elle avait confiance aujourd'hui ?

Pourra-t-elle serrer sa fille dans ses bras pour le restant de sa vie ?

Si seulement une étoile pouvait briller dans le ciel à cet instant précis, alors Anette, saurait que son ange gardien, son cher monsieur Léon, la guiderait jusqu'à son ultime rêve, sa seule raison de vivre...

Table des matières

Chapitre I	La délivrance
Chapitre II	Le mensonge
Chapitre III	La fuite
Chapitre IV	Fannie
Chapitre V	Tulle
Chapitre VI	Le commis
Chapitre VII	Le bistrot
Chapitre VIII	Le service social
Chapitre IX	La visite
Chapitre X	Les explications
Chapitre XI	La surprise
Chapitre XII	Chez Léon
Chapitre XIII	L'ennui de Sidonie
Chapitre XIV	Départ à zéro
Chapitre XV	Un dimanche à la ville
Chapitre XVI	La convalescente
Chapitre XVII	Le retour d'Émile
Chapitre XVIII	Paul
Chapitre XIX	Les choix de Pierre

Remerciements

La vie d'Anette est une pure fiction, ainsi que les personnages qui l'entourent. Et pourtant, sa vie m'a bouleversée. Elle a fait naître en moi des sentiments forts, poignants, parfois si désarmants, qu'elle en est devenue bien que trop réelle. Elle s'est matérialisée, lettre après lettre, ligne après ligne, page après page, elle a tissé son histoire, en a pris le contrôle et m'a poussée dans mes retranchements… Cette histoire s'est construite en abattant ma forteresse, en fêlant mon armure, en égratignant mon cœur…

J'ai respecté les lieux de ma Corrèze natale que j'affectionne tout particulièrement, tels que Brive, Tulle, Aubazine, Cornil…

Il se peut que subsistent quelques erreurs quant aux métiers et droits de l'après-guerre, notamment concernant les services sociaux, les familles d'accueil et placements… Une période de transition et de reconstruction pour de nombreuses familles. De grands changements sociaux se sont opérés autour de ces années... Veuillez m'excuser si des erreurs subsistent...

Une pensée particulière pour ce quartier de Tulle-Souilhac où mes parents ont vécu, jeunes mariés. Et celui du Trech, où j'aimais tant aller chez ma tante Mado et retrouver mes cousines. Chantal, Édith...

Je pense aussi à ceux que j'ai connus qui ont travaillé à la manufacture d'armes de Tulle, lieu emblématique de Souilhac. Noël, Michel..., une pensée pour vous !

La vie rurale est décrite comme dans mes souvenirs d'enfance. Autour de simples et petites propriétés, avec ses quelques bêtes, leurs jardins et coudercs, ces belles granges, et ces maisons en pierres de taille que j'affectionne si particulièrement...

Le parler régional de ces années-là se retrouve dans certaines tournures de phrases, je m'en délecte tant, j'en abuse bien souvent !

Merci à mon époux, François, pour son aide remarquable concernant mes recherches, mes questionnements, mes doutes, mais aussi, ses nombreuses relectures et avis si précieux...

Je pense aussi à mes enfants et petits-enfants, espérant leur laisser des souvenirs régionaux et un certain plaisir de lire. Puissent-ils ne jamais oublier leurs origines et les senteurs du passé. Mais je sais que lorsqu'ils vieilliront à leur tour, ils prendront le temps d'y revenir avec plaisir…

Mais l'histoire ne s'arrête pas là. Anette a encore beaucoup de chemin à faire, d'obstacles à surmonter, de doutes et de chagrins à contenir. Pourra-t-elle espérer se voir enfin réunie avec sa fille, Fannie ?

Un deuxième tome suivra pour raconter et apporter une justesse et une finalité à cette histoire si touchante et rebondissante.

Je vous dis donc à très bientôt !

Mille mercis pour votre fidélité qui nourrit mon imagination et me donne l'envie de continuer à écrire…

Vous pouvez me retrouver sur ma page Facebook nanou.joly.5 ou Instagram nanou.j.79